UN ÉCART DE JEUNESSE

Nancy Price

UN ÉCART
DE JEUNESSE

FRANCE LOISIRS

Titre original : *Snake in the Blackberries*
Traduction de Daniéle Berdou

Édition du Club France Loisirs,
avec l'autorisation des Presses de la Cité.

France Loisirs,
123, boulevard de Grenelle, Paris
www. franceloisirs.com

© Nancy Price, 2000
© Presses de la Cité, 2001, pour la traduction française
ISBN 2-7441-4669-2

1

En cette fête de Noël 1941, nous reprenions en chœur *Joy to the World*, même si personne dans l'assemblée n'avait la joie au cœur, moi la première. A dix-sept ans, j'étais boudinée dans le costume d'ange confectionné par ma tante l'année de mes dix ans. Le lamé des ailes me piquait le bas du dos comme une pelote d'épingles, pourtant je restais stoïque sur ma caisse d'oranges, à côté du pupitre : pas question de me gratter.

L'attaque de Pearl Harbor venait d'avoir lieu et nous croyions avoir perdu la guerre – Hitler et Mussolini avaient déjà fait main basse sur des pays entiers sans se heurter à la moindre résistance. Dans ces circonstances, les paroissiens n'étaient guère empreints de l'esprit de Noël, et je ne faisais pas exception. Mais au fond, peu m'importait d'être ainsi affublée, sinon j'aurais fui l'Iowa la première fois que j'ai endossé ces ailes.

C'est pourtant cette nuit-là que Conrad Raymond Beale me remarqua. Je ne me trouvais pas très jolie – encore moins déguisée en ange –, mais il faut dire que mon costume se composait d'une superposition de gazes blanches terriblement transparentes. Tous les ans à Noël, je devais enfiler cet accessoire en lamé rêche, que je me nouais sous la poitrine. En m'habillant dans la sacristie, je m'étais aperçue que le

9

petit caraco de gaze que je portais d'habitude par-dessus était trop petit – et je n'avais pas eu le temps de passer à la maison chercher un soutien-gorge. En un an, ma silhouette était devenue ce qu'il est convenu d'appeler « avantageuse ».

Ma tante, sur le point d'accoucher, n'assistait pas à l'office – sinon elle m'aurait immédiatement fait descendre de mon estrade de fortune. Je récitai donc mon discours angélique, éclairée par la lanterne du concierge qui tenait lieu de projecteur. Connaissant mon texte par cœur, je pouvais observer librement l'assemblée : la plupart des éléments mâles ignoraient la jolie Anne Majors, drapée dans une couverture bleue, qui interprétait le rôle de Marie. Tous les regards masculins étaient tournés vers l'ange ruisselant de lumière, enveloppé de gaze immaculée. Même celui du beau Robert Laird, assis au dernier rang.

A la fin du spectacle, je descendis prestement de mon piédestal, impatiente d'ôter mes ailes. Conrad Raymond Beale vint au-devant de moi et me prit les mains en souriant. Je levai les yeux vers lui. Conrad n'était pas aussi beau que Robert Laird.

— Miranda Letty, vous êtes le plus bel ange de la Création.

Je lui rendis son sourire. Grâce à mon oncle pasteur, je connaissais des aspects de sa vie que la plupart des gens ignoraient. Mon oncle parlait souvent d'argent : « Conrad Beale fait son chemin, disait-il. Libre à vous de ne pas me croire, mais c'est l'homme le plus riche de la paroisse. C'est lui qui dirige l'usine de son père, et il a déjà signé des contrats d'armement. »

Je suis d'une nature plutôt renfermée et, à dix-sept ans, j'avais acquis grâce à mes lectures une maturité supérieure à mon âge. La lecture était mon loisir favori, je dévorais les livres. Je dévalisais méthodiquement la bibliothèque de l'école, rayon après rayon – y compris ceux du bas, où étaient rangés les gros volumes. Ceux-ci nous servaient de « boîte à lettres ». Trompant la vigilance du bibliothécaire, nous glissions des mots d'amour entre les pages : il suffisait de chuchoter « Spenser » ou « Milton » et l'élu de votre cœur savait où piocher dans les rayons.

Bien qu'aucun garçon n'ait jamais murmuré « Spenser » ou « Milton » à mon oreille, je lisais ces livres. J'avais lu *La Reine des fées*, de Spenser, un texte vieux de près de quatre cents ans. Le premier chant débute ainsi : « Un noble chevalier piquait des deux dans la plaine », et si ça ne vous fait pas rire un jour où vous n'avez pas le moral, je me demande ce qu'il vous faut. Mais ce texte possède une magie, je le trouvais émouvant. Où sont les nobles chevaliers de nos jours ?

Conrad Beale en était peut-être un… Il était grand et, pour me regarder dans les yeux, il devait se pencher, un peu comme une girafe, et ses cils, presque aussi longs que ceux de cet animal, lui donnaient un regard doux – c'est ce qu'il y avait de plus beau chez lui.

Je lui souris mais ne lui permis pas de garder mes mains dans les siennes plus de quelques secondes en public. Sa mère était morte et il vivait seul avec son père. Il venait à l'église tous les dimanches, et personne ne l'avait jamais vu en compagnie d'une jeune fille. Je lui dis combien je trouvais le compliment aimable et il me répondit qu'il était sincère.

— Comme c'est gentil à vous, dis-je en élargissant mon sourire avant d'aller à la sacristie ôter ma tunique de gaze et mes ailes.

La semaine suivante, ma tante revint à la maison avec le nouveau-né. Je vivais chez mon oncle et ma tante depuis l'âge de neuf ans. C'était moi qui gardais le bébé la plupart du temps et j'avais presque oublié Conrad Beale. Le bébé pleurait, crachotait, souillait ses couches – une véritable machine à les salir ! Mon travail consistait à les tenir propres : je les faisais bouillir, les rinçais trois fois puis les mettais à sécher sur des cintres (nous étions en plein hiver), après quoi elles étaient toutes raides, comme amidonnées. A peine avais-je fini de plier une pile de couches que le panier de linge sale débordait à nouveau.

Après le Nouvel An, par un après-midi glacial de 1942, la cloche du presbytère retentit. Ma tante alla ouvrir, et je l'entendis répondre de sa voix la plus suave :

— Je suis désolée, monsieur Beale, le révérend Letty est à l'église. Il sera ravi de vous voir, j'en suis sûre.

Je m'approchai : Conrad Raymond Beale se tenait sur le pas de la porte dans un silence gêné et un vent froid s'engouffrait dans la maison. Il exhiba alors un objet qu'il tenait caché derrière son dos : c'était une boîte de chocolats. Un homme de sa qualité n'offre pas un tel présent à la légère : de toute évidence, il venait pour affaires. Tante Gertrude se rengorgea : les intentions de M. Beale étaient claires, un « bon parti » se tenait sur le pas de sa porte, une boîte de chocolats à la main – mais à qui ce cadeau était-il destiné ?

Je regardai Conrad sans arrière-pensée – les chocolats étaient sans doute pour ma cousine Betty, la « fille de la maison »... Puis son regard croisa le mien par-dessus l'épaule de ma tante et, sans l'avoir jamais vue, je reconnus son expression. J'étais en tablier, avec mon cousin nouveau-né dans les bras, mais, comme hypnotisée par ce regard, je m'avançai vers Conrad, tremblant de tous mes membres. Je parvins toutefois à articuler d'une voix douce :

— Je vous en prie, monsieur Beale, donnez-vous la peine d'entrer.

Stupéfaite, ma tante se retrouva avec mon tablier et le bébé sur les bras, tandis que le visiteur me tendait la boîte de chocolats après s'être consciencieusement essuyé les pieds sur le paillasson. Médusée, incapable d'articuler un mot ni de lever les yeux vers M. Beale, je pris son manteau et son chapeau, puis le conduisis au salon – dans lequel je n'entrais guère que pour faire le ménage.

Tante Gertrude n'était pas sotte. Elle se débarrassa du bébé et nous prépara du café avec une rapidité surprenante. Conrad et moi avions à peine échangé quelques banalités que ma tante était déjà de retour avec un plateau. Par ce geste d'hôtesse, elle entendait également signifier à ce célibataire convoité que j'étais surveillée de près – aujourd'hui comme à l'avenir. J'avais repris mes esprits et, ouvrant la boîte d'un air distingué, j'offris un chocolat à ma tante. Elle se servit, me remercia poliment, sourit à Conrad et sortit en laissant la porte du salon grande ouverte.

— Prenez-en un, dis-je à Conrad. Je vous dirai quel homme vous êtes, selon ce que vous allez choisir.

Je n'ai cessé de m'étonner depuis lors de la vitesse à laquelle un être peut se métamorphoser. Malgré mon trouble, je me voyais flirter avec cet homme, comme une héroïne de roman. Même tante Gertrude endossait le rôle inédit de la tante aux manières exquises, remerciant sa nièce pour un chocolat, veillant sur sa vertu comme si elle avait toujours su qu'une dangereuse séductrice se cachait en elle. Et dire que cette transformation n'avait pris que quelques secondes…

Conrad ne s'attarda pas, cela faisait également partie du jeu. Nous n'avions ni l'un ni l'autre trouvé grand-chose à nous dire – sa présence était déjà suffisamment éloquente. Je me creusais désespérément les méninges à la recherche de sujets de conversation lorsqu'il se leva pour prendre congé. Je lui dis à quel point sa visite m'avait fait plaisir et l'aidai à passer son manteau, un vêtement neuf et coûteux, comme son costume. Au moment où il coiffait son feutre à bord cassé, je lui murmurai à l'oreille :

— Revenez, s'il vous plaît.

A peine Conrad eut-il franchi notre seuil que tante

Gertrude me rejoignit, le regard fixé sur le dos du visiteur, à travers le rideau de la porte d'entrée.

— Eh bien… fit-elle, l'air de dire : « ce n'est pas tous les jours qu'un miracle se produit ».

Cramponnée à ma boîte de chocolats, je lui décochai un regard signifiant qu'un miracle arrive plus facilement à une jeune fille de dix-sept ans qu'à une femme de bientôt quarante qui a toujours une couche de bébé humide à la main.

2

Quelque temps plus tard, je surpris une conversation entre ma cousine et ma tante :

— Conrad Beale vient tous les après-midi, disait Betty.

— Ne t'inquiète pas. Tu n'as que seize ans.

— Il lui offre des roses, des sucreries… et elle n'a même pas dix-huit ans.

— Tu vois bien… ton tour viendra.

Il y avait des accents de jalousie dans leurs voix. Au fil des jours, Conrad s'était enhardi : il s'asseyait à côté de moi sur le canapé au lieu de prendre une chaise à l'autre bout du salon. Incarnerait-il pour moi ce miracle inespéré : la revanche de mes dix-sept premières années ?

Je garde pourtant de cette période le souvenir de quelques moments heureux – trop rares, hélas. Enfant, je vivais à Chicago avec mes parents, dans une seule pièce. Mon père travaillait la nuit, il était souvent absent. A la fin, il n'était plus là du tout. « Il est parti chercher du travail dans une autre ville, il va revenir », disait ma mère, mais, un jour de 1933, nous reçûmes une lettre.

— C'est l'hôpital, dit maman tandis que des larmes roulaient sur son visage. Ton papa est mort.

Nous avons pleuré ensemble un long moment.

— Il est parti… il est parti… murmurait-elle sans cesse. Il était si bon… nous l'aimions tant…

Je l'entendis pleurer toute la nuit, mais, le jour venu, elle se ressaisit :

— Nous trouverons bien un moyen de nous en sortir. C'est le printemps, au moins nous n'aurons pas froid.

Je la voyais compter et recompter nos économies : notre cagnotte était presque vide.

Vint une autre lettre, ma mère pleura de nouveau. Quand ses larmes cessèrent enfin, elle me dit :

— Le frère de ton père nous invite à Cedar Falls, dans l'Iowa : il nous envoie de l'argent pour le train. Nous allons avoir une maison.

Je n'avais que neuf ans, je pris la phrase au pied de la lettre : *nous aurions une maison*. Une maison ! La seule que j'aie jamais eue était une maison de poupée fabriquée avec des boîtes à cigares ramassées dans la rue. Autour de nous, personne ne vivait dans une maison. Tous nos amis étaient logés à la même enseigne : une ou deux pièces dans des immeubles de brique, noirs de suie. Aux pires moments de la crise, par des hivers d'un froid cuisant, certains chômeurs dormaient dans des voitures abandonnées. C'est sans doute la cruauté de cette époque qui a tué mon père : je l'imagine, chômeur parmi tant d'autres, errant dans les rues d'une ville inconnue…

Mais je n'avais que neuf ans à l'époque et je croyais que mon père était mort pour nous offrir une nouvelle maison dans l'Iowa. Il me semblait que c'était le devoir d'un père aimant.

— Je vais avoir une maison *à moi*, à Cedar Falls, dans l'Iowa, racontai-je à mes petites camarades.

Je harcelai ma mère de questions, mais elle refusa de m'en dire davantage.

— Pour l'instant, ma seule préoccupation est que nous

16

soyons fin prêtes pour le départ. Tu auras tout le temps d'explorer ta nouvelle maison.

Elle nous tailla à chacune une robe, réutilisant du tissu acheté quelques années auparavant et qui avait servi à faire des rideaux. Elle cousait assise dans le lit et s'endormait quand elle était trop fatiguée. Je sortais alors sur la pointe des pieds et dégringolais nos trois étages pour rejoindre mes amies dans la cour de l'immeuble. L'année scolaire était finie et l'été s'annonçait torride.

— Il va falloir abandonner la plupart de tes jouets, me dit ma mère quand l'heure du départ fut proche. Nous n'avons qu'une valise.

Malgré mes pleurs, je dus me séparer de mes cubes, d'un jeu de construction presque complet et de ma maison de poupée en boîtes à cigares. Je ne pus emporter que trois jouets de taille à tenir dans ma poche.

Nous prîmes le train par une chaude matinée de mai. Toutes les vitres étaient ouvertes et la fumée de la locomotive s'engouffrait dans le wagon. Les gants blancs cousus par maman furent bientôt piquetés d'escarbilles. Impossible de faire disparaître les taches. Il nous fallut garder nos gants sur les genoux sans y toucher. C'était la première fois de ma vie que je portais des gants blancs et un chapeau – que maman m'avait confectionné en arrangeant l'un des siens. En rapportant un gobelet d'eau fraîche pour maman, j'avais remarqué dans notre wagon une petite fille qui ne portait ni gants ni chapeau.

Les rues de la ville étaient déjà derrière nous, et sous mes yeux défilaient des rangées de villas de banlieue. Des maisons ! Dans la nôtre, aurions-nous chacune une chambre ? Une salle de bains ? Une vraie cuisine, comme dans les magazines ? Bientôt nous traversâmes de petites villes, avec leurs maisons entourées de pelouses et de jardins fleuris. Jamais je n'aurais osé imaginer un jardin… Dans un rêve à demi éveillé, j'agrémentai notre demeure d'un jardin et d'une pelouse.

Un employé vint proposer des sandwiches, mais maman dit que nous n'avions plus d'argent. Je m'endormis et rêvai de maisons. C'est tout juste si je sentis les mains de ma mère me nouer mon chapeau sous le menton. Je descendis derrière elle et, sur le quai, un homme corpulent nous salua en haussant la voix au-dessus du sifflement de la locomotive :

— Bonjour, Alice. C'est Miranda, je suppose, dit-il en se penchant vers moi.

J'acquiesçai d'un signe de tête.

— Elle est encore à moitié endormie. Je te présente ton oncle Boyd. Dis-lui bonjour.

Je dis bonjour à la chaîne de montre qui barrait la poitrine de l'oncle Boyd, et un autre rêve s'ouvrit devant moi avec la portière de l'automobile. Je n'étais jamais montée dans une voiture… Je m'installai comme une princesse sur le siège de cuir noir, mes gants blancs à plat sur les genoux. C'était une vieille auto toute cabossée, mais je ne remarquai rien. Le visage cramoisi de mon oncle apparaissait et disparaissait en rythme au-dessus du capot de la voiture tandis qu'il tournait la manivelle avec force grincements. Le moteur crachota et hoqueta, puis mon oncle prit place dans la voiture et nous partîmes.

Cedar Falls était très différent de Chicago. Les rares immeubles, des magasins avec de grands frontons, étaient peu élevés. La ville se composait d'une succession de maisons dans des espaces d'un vert intense, avec des clôtures de bois, des jardins, des vérandas à l'ombre fraîche et des balancelles en osier. Chemin faisant, je me demandais sans arrêt : Ce n'est pas encore là ?… Où est-ce qu'on s'arrête ?

— Cedar Falls est surnommé « la ville verte », dit mon oncle à ma mère, assise à l'avant.

— C'est magnifique, répondit-elle d'une toute petite voix.

Nous abordions à présent une partie de la ville où les maisons étaient plus petites et moins espacées. Mon oncle arrêta la voiture devant l'une d'elles, agrémentée d'une véranda et d'une petite pelouse. Une femme mince et brune nous attendait sur le pas de la porte en robe d'intérieur. Elle ne souriait pas. Ses trois enfants non plus. J'eus à peine le temps de voir qu'ils étaient plus jeunes que moi. Au moment où oncle Boyd aidait ma mère à descendre de voiture, elle tomba inanimée dans l'herbe.

Mon oncle poussa un cri, la femme et les enfants accoururent. Ma mère n'était pas très lourde, mon oncle et ma tante la portèrent à l'intérieur de la maison et l'étendirent sur un canapé. Elle avait les yeux fermés. Je restai debout près d'elle en serrant sa main dans la mienne, mais je ne pus m'empêcher de regarder autour de moi pour voir à quoi ressemblait notre nouvelle maison.

Il y avait au moins trois pièces au rez-de-chaussée, et plusieurs autres à l'étage. Je n'avais jamais vu autant de meubles : chaque pièce en était remplie. Il y avait aussi des rideaux, des tapis sur le plancher. La porte d'entrée était ornée d'une vitre ovale gravée de fleurs et de feuilles brillantes. Une arcade dévoilait une table de salle à manger entourée de chaises. Que de richesses !

« Réveille-toi ! aurais-je voulu crier à maman. Réveille-toi et regarde autour de toi ! »

Il n'y eut pas de politesses entre les enfants et moi, mais des regards butés : nous nous jaugions mutuellement. La petite fille était plus jeune que moi et les garçons étaient encore petits. C'était moi l'aînée, et j'étais chez moi. Ces enfants n'étaient pas sympathiques, et ils ne forçaient pas leur nature. Mon oncle et ma tante me regardaient avec bienveillance, mais leur voix trahissait leur exaspération. Je restais cramponnée à la main de ma mère, car leur ton était plus révélateur que leurs regards.

— Ta mère est fatiguée par ce long voyage en train, dit ma tante.

— Je vais appeler le docteur Horton, dit mon oncle en se dirigeant vers un téléphone situé dans notre hall, sur une table juste sous les escaliers.

Nous avions le téléphone !

Je n'avais pas envie qu'ils fassent venir du monde à la maison. Je nous trouvais déjà assez nombreux. Pourquoi ne rentraient-ils pas chez eux maintenant ? Ma mère se réveillerait et nous pourrions explorer notre maison de fond en comble.

En attendant le docteur, ma tante ôta les gants et le chapeau de ma mère et lui tamponna le visage. Mon oncle me sourit.

— Je ne t'ai pas présenté tes cousins : voici Betty, l'aînée, elle a huit ans, Ben, six ans, et Bernard, bientôt cinq.

— Comment allez-vous ? dis-je poliment, comme on m'avait appris. Moi, c'est Miranda.

— Conduis Miranda à la salle de bains pour qu'elle se rafraîchisse, dit mon oncle à Betty avant de se tourner vers moi : veux-tu que je te débarrasse de ton chapeau et de tes gants ? Il fait très chaud aujourd'hui.

Curieuse de voir le reste de ma maison, je me laissai faire et suivis ma cousine Betty. En traversant le hall pour monter à l'étage, j'aperçus un poêle.

Dans ma salle de bains trônait une baignoire avec des pattes de lion, que j'évitai de regarder : même si c'était *ma* baignoire, jamais de la vie je ne grimperais toute nue dans cette chose pleine de griffes.

Je me lavai les mains et le visage puis demandai à Betty d'attendre devant la porte pendant que j'allais aux toilettes. J'avais pris malgré moi un ton autoritaire : j'étais plus âgée qu'elle, et c'étaient *mes* toilettes.

Je décidai d'explorer l'étage. Betty traînait les pieds

derrière moi. A côté de la salle de bains se trouvaient une petite pièce remplie de bric-à-brac, puis une grande et belle chambre, pour ma mère. Au chevet de son lit, orné de quatre colonnes rutilantes, était posée une lampe avec un abat-jour à franges perlées. Je la voyais déjà, installée bien au chaud, pas comme dans la couchette que nous tirions tous les soirs de sous le canapé. Tout cela grâce à mon père… Et il y avait d'autres pièces…

— Viens, dit Betty en me secouant le bras.

Je la suivis dans une autre chambre, encombrée de lits étroits.

— Toi, tu dormiras là, dans le coin, c'est le vieux lit de Bernard. Il faisait tout le temps pipi dedans.

Je crois que je suis devenue toute rouge et je dus lui lancer un regard terrible car elle recula quand je me mis à crier :

— Je vais avoir une chambre pour moi toute seule !

— Non ! hurla Betty à son tour. Tu es un « parent pauvre ». Nous ne voulions pas vous prendre à la maison, mais on est obligés, par « charité chrétienne » !

— Ce n'est pas vrai ! Menteuse !

Je savais qu'elle n'aurait pas pu inventer ces mots toute seule. Ils me frappèrent comme autant de coups de poing. C'étaient des mots d'adultes, des mots qu'elle avait dû entendre de nombreuses fois, pour les réciter ainsi comme un perroquet. Je ne savais pas exactement ce que « charité chrétienne » voulait dire, mais « pauvre » et « nous ne voulions pas vous prendre », ça, j'avais compris.

Betty se mit à sourire comme si elle s'était rendu compte que ma joie s'était subitement racornie, telles ces souris mortes que j'avais trouvées une fois sous les escaliers, à Chicago. Que faire, sinon la gifler de toutes mes forces ? Elle dévala bruyamment les escaliers en pleurant et en appelant sa mère. Je descendis derrière elle et m'approchai de ma mère, couchée sur le canapé, toujours endormie. Je lui pris la main : elle était toute froide.

Je restai collée contre elle. Tous me lançaient des regards noirs. Ma tante, elle, était bien réveillée : elle avançait vers moi d'un air menaçant – à cet instant, elle me parut grande.

— Que je ne te reprenne plus jamais à frapper ta cousine ! Nous t'avons prise chez nous avec ta mère parce que tu as perdu ton père et que vous n'avez plus de toit. N'oublie jamais ça. Et fais ce qu'on te dit.

Mes cousins me toisaient d'un regard triomphant. Je me cramponnai à la main de ma mère. Pour rien au monde je n'aurais versé une larme. Les pièces remplies de meubles cossus, les tapis, les glaces, les livres reliés, les tableaux du Christ, tout cela rien qu'à nous, c'était trop beau… maintenant je savais que nous étions comme Hansel et Gretel dans la maison de la méchante sorcière. Je soutins les regards de la famille Letty : en ce lieu et à cet instant précis, je venais de comprendre le monde.

3

Le docteur arriva, et on transporta ma mère dans son lit, un divan dans une petite pièce qui donnait sur l'arrière de la maison.

Au dîner, je ne pus avaler qu'un verre de lait, sans adresser un regard à personne, puis je courus auprès de ma mère et lui pris la main. Au bout d'un moment, ma tante me fit mettre en chemise de nuit et grimper dans le petit lit de Bernard dans le coin de la chambre, où il faisait bien chaud.

Après avoir récité leurs prières, mes cousins bavardèrent, faisant allusion à leurs amis et à toutes sortes de projets merveilleux. Je me rabattis le drap sur la tête, immobile, dans la moiteur obscure de cette maison inconnue. Ma mère me chantait toujours des chansons quand j'avais peur le soir. La chaleur aidant, les enfants s'assoupirent. Mon oncle et ma tante montèrent se coucher, j'entendis des craquements de plancher, des bruits sourds, des gargouillis d'eau.

Lorsque la maison fut enfin silencieuse, je pris mon oreiller et me faufilai entre les lits des enfants. La porte grinça, les escaliers craquèrent. Je descendis à pas de loup et allai m'allonger à même le plancher, à côté du lit de maman, en lui tenant la main.

Les fenêtres de la petite chambre étaient ouvertes, mais il n'y avait pas de vacarme comme en ville : les klaxons, le vrombissement des moteurs, les cris, les sirènes, indissociables pour moi de la nuit, avaient fait place aux stridulations d'innombrables insectes. Ils emplissaient l'air nocturne d'une sérénade obsédante qui ressemblait à des tintements de clochettes, à des pépiements d'oiseaux, à des crissements de lime, métal contre métal.

Maman avait une respiration lente, à peine audible. Je restai ainsi près d'elle pendant des heures, me sembla-t-il, dans l'obscurité, le regard fixe. Je lui serrai les doigts, mais elle ne me rendit pas ma pression et, quand je me glissai à côté d'elle dans le lit, elle ne bougea pas non plus. J'enfouis mon visage dans son cou pour respirer ce doux parfum qui n'appartenait qu'à elle, et m'endormis.

Lorsque je me réveillai, elle n'était plus là. Je m'assis : j'étais de nouveau dans mon petit lit, dans la chambre des enfants. Dans le soleil du matin, mon oncle et ma tante se penchèrent sur moi :

— Ta chère maman nous a quittés, dit oncle Boyd.

— Elle est au paradis, ajouta tante Gertrude.

Je hurlai :

— Non ! Non !

Je bondis et me précipitai au rez-de-chaussée. Le lit de ma mère était vide. Plus rien dans la petite pièce ne trahissait sa présence. Je courus de pièce en pièce à sa recherche, malgré les efforts de mon oncle et de ma tante pour me parler, pour essayer de m'attraper. Je m'arrêtai enfin dans le hall d'entrée et me recroquevillai dans un coin, le visage entre les mains.

Ma mère était partie. Oncle Boyd me prit dans ses bras et, malgré mes coups de pied, me porta dans un rocking-chair, où il se balança avec moi jusqu'au petit déjeuner. J'avais envie de le mordre. Pas question de me mettre à table. Ni de manger. Ma mère s'en était allée, comme mon père, sans un mot, sans un au revoir.

Ma tante me fit mettre une robe noire étriquée. Je regardai cette longue boîte que l'on descendait dans un trou, dans l'herbe du cimetière. Je ne versais pas une seule larme. Je ne voulais plus coucher dans le petit lit souillé par Bernard. Je dormirais dessous. Je ne parlerais à personne.

Pendant presque une semaine, livrée à moi-même, je déambulai dans cette maison étrangère. La maison des Letty n'était qu'un minable presbytère méthodiste aux cloisons trop minces, pauvrement meublé, mais, par ces temps de crise, elle me paraissait luxueuse. Chaque objet m'était hostile, jusqu'au poêle en émail crème et sa rangée de tulipes qui semblaient me narguer : « Ah, ah ! Tu croyais que nous étions à toi ! »

Finalement je dus me résoudre à manger. Et à coucher dans mon coin, dans la chambre des enfants. Au bout d'une semaine ou deux, la maison de mes rêves m'apparut comme une tanière peuplée de trois gamins hurleurs, cogneurs et farceurs, qui défendaient leur territoire et leurs biens avec l'implacable cruauté de jeunes lynx. Ils s'épiaient mutuellement jour et nuit, et me surveillaient : si je m'enfermais dans les toilettes ou si je restais un peu au lit, ils allaient aussitôt prévenir leur mère.

Tante Gertrude régnait sur cet antre. Quand il n'était pas à l'église, distante d'un pâté de maisons, mon oncle se réfugiait dans son bureau. Tout mon univers était régi par ma tante, avec ses mains aux ongles pointus et sa voix plus pointue encore. Comme elle ne se priva pas de me le rappeler au cours des années, elle ne me devait rien, je n'étais pas une de ses parentes.

Peu de choses échappaient à oncle Boyd lorsqu'il était à la maison. Ses yeux très bleus dans son visage adipeux se posaient souvent sur moi. Même l'arrière de son crâne, chauve et luisant entre ses larges oreilles toujours aux aguets, semblait nous surveiller.

Chaque dimanche, avant l'office, nous allions à l'école. Mes cousins changeaient de tenue, tandis que je portais, la semaine comme le dimanche, ma seule robe convenable – la « robe en rideau » confectionnée par maman pour le voyage. C'était un petit coton bleu uni, mais elle avait brodé des marguerites sur le col et le corsage. Mon second prénom est Daisy [1]. Miranda Daisy Letty.

Mon oncle se tenait derrière le pupitre, vêtu d'une longue chasuble noire et d'une écharpe blanche qui lui descendait jusqu'aux genoux. Une grosse croix en or brillait sur son ventre rebondi et il avait une voix de prédicateur qui portait jusqu'aux derniers rangs des galeries. On récoltait l'argent de la quête dans de grands plats que l'on apportait au premier rang, devant lui. Sauf besoin urgent, un bébé qui pleure, un malaise, personne ne quittait l'église avant la dernière bénédiction. Puis mon oncle venait sous le porche avec tante Gertrude, distribuant des poignées de main à tous les fidèles. Mes cousins et moi nous tenions derrière eux, dans un coin, avec interdiction de nous bagarrer et même de bouger.

Je connaissais à présent la moindre brèche, la moindre tache et le moindre éclat de bois de ce presbytère. Quand la cloche de la porte d'entrée tintait, nous cachions notre fouillis dans les armoires et ma tante enfilait à la hâte une « robe convenable » – il y en avait toujours une accrochée derrière la porte du garde-manger – tandis que Betty ou moi introduisions le visiteur au salon ou au bureau. Le monde était sans pitié pour les femmes de pasteur qui n'ôtaient pas leur tablier pour recevoir, laissaient des traces de poussière sur le vaisselier ou ne réprimandaient pas les enfants qui parlaient sans y avoir été invités.

Nous devions être toujours « présentables ». Le mois de juin fut si chaud cette année-là que, pendant quelques nuits,

---

1. Marguerite. (N.d.T.)

ma tante étala nos draps sur les tapis du rez-de-chaussée : nous dormions entre les meubles, parfois dessous, bercés par le ronflement cadencé du ventilateur électrique. Mais dès l'aube nous devions être debout et traîner nos draps à l'étage, « au cas où quelqu'un viendrait ».

La pièce où je vivais avec ma mère à Chicago était petite, mais au moins elle était à nous. Ici, je n'avais même pas mon propre lit – mes cousins s'asseyaient dessus, arrachaient les couvertures ou en faisaient un champ de bataille. L'envie de tirer les longs cheveux bruns de Betty me démangeait souvent. Avec son nez pointu et son air pincé, elle était à l'affût de tous mes faits et gestes. Ben, affligé de grandes oreilles décollées comme celles de son père, était encore plus maigre et anguleux que sa sœur. Bernard était un garçon grassouillet et grognon. Son frère et sa sœur le persécutaient, il n'osait pas regarder les gens en face et baissait toujours la tête. Mais dès que Betty et Ben le laissaient tranquille, il s'en prenait à moi.

Il ne me restait rien de ma vie à Chicago, excepté mes quelques vêtements et les trois trésors que j'avais enfouis dans ma poche au moment du départ. Le premier était une petite église en bois d'à peine plus de deux centimères carrés : la porte était ouverte et, en regardant à l'intérieur, je pouvais imaginer un mariage, une messe de Noël ou de Pâques ; le deuxième était une petite poupée en celluloïd aux bras et aux jambes articulés ; le troisième, un vrai livre, pas plus gros que l'église, dont chaque page était décorée de chatons minuscules.

Mes cousins ignoraient l'existence de ces trésors. Je les cachais dans mes culottes – ces pantalons bouffants avec des élastiques à la taille et aux jambes que portaient les petites filles à cette époque. Je m'asseyais toujours avec précaution. La nuit, je posais mes jouets miniatures sur mon ventre et m'endormais sur le dos.

Pourtant, un vendredi soir, j'oubliai de mettre mes culottes pour dormir et tante Gertrude fit tomber mes jouets en prenant le linge pour la lessive. J'étais debout devant elle, les yeux fixés sur les trois précieux objets qu'elle tenait au creux de sa main.

— Elle se promène avec ça dans ses culottes, dit-elle à mon oncle qui passait dans le hall.

Oncle Boyd regarda l'église, la poupée et le livre. Puis il posa son regard bleu sur moi.

— Tu n'as pas d'endroit où ranger tes affaires, n'est-ce pas, Miranda ?

J'étais pétrifiée, incapable même de hocher la tête.

— Veux-tu me les confier ? Viens dans mon bureau, nous leur trouverons une place et tu pourras jouer avec quand tu voudras.

Il prit mes trésors et je le suivis, les yeux baissés sur le bout de mes souliers. Il referma la porte du bureau derrière nous, me donna mon église, ma poupée et mon livre, et me fit asseoir.

— Ton père et moi étions frères, tu le sais, n'est-ce pas ?

Je ne parvenais pas à détacher mon regard de mes jouets.

— Il ne t'a jamais raconté notre enfance ?

Je comptais les tic-tac de la pendule : un, deux…

— Nous aussi, nous avons grandi à Chicago. Nous étions très pauvres et devions mendier notre nourriture. A peine plus âgés que toi, nous demandions l'aumône dans les rues.

Betty m'avait assez rabâché que ma famille était très pauvre. Je fixais obstinément le tapis du bureau d'un air maussade.

— Lorsque nous avons été en âge de travailler, ton papa a trouvé un emploi dans une conserverie – j'ai eu davantage de chance : j'ai rencontré un pasteur qui m'a pris sous sa protection, et j'ai pu aller à l'école.

Mon oncle se pencha vers moi et me força à le regarder dans les yeux :

— J'ai été accueilli dans une maison, alors que je n'avais nulle part où aller. Exactement comme toi.

Sa voix était douce.

— Cette situation m'était très pénible – être contraint d'accepter la charité, pour moi ce n'était guère mieux que mendier dans les rues de Chicago. Tu as déjà vu des mendiants à Chicago ?

Pour sûr, j'en avais déjà vu.

— Même des petits enfants ?

J'acquiesçai d'un hochement de tête. Des gamins crasseux, à l'entrée de notre immeuble, quémandaient de l'argent, lors de nos allées et venues. Maman disait que nous ne pouvions pas les aider, que nous avions tout juste de quoi vivre.

— Comme tu le sais, je suis resté dans la famille du pasteur, où j'ai reçu une éducation – ton père n'a pas eu cette possibilité. La conserverie a fermé et il n'a pas trouvé d'emploi stable par la suite. Tu étais tout bébé à l'époque et il rapportait à peine de quoi vous nourrir, ta mère et toi. C'est une chose terrible pour un père.

Pas une seule fois je n'avais pensé à ça.

— Comment pouvait-il s'en sortir ? Bien sûr, j'étais là. Il pouvait compter sur moi. J'étais son frère.

Je ne savais que répondre. Il me semblait que, lorsque l'on a un frère, celui-ci doit nous venir en aide.

— Je l'aurais aidé.

Oncle Boyd n'avait plus sa voix de prédicateur ; elle avait des accents sincères, et si tristes… J'osai enfin le regarder dans les yeux : ils étaient emplis de larmes. Cet homme imposant, qui portait une chaîne de montre en or sur sa chasuble noire à col blanc, pleurait.

— Mais il n'est jamais venu vers moi. Il ne voulait rien

avoir à demander, il était trop fier. Exactement comme toi, n'est-ce pas, Miranda ?

Je hochai faiblement la tête. Est-ce que je ressemblais à mon père ?

— Je lui ressemble. Nous lui ressemblons, tous les deux. Nous étions frères et, avec nos parents – *tes* grands-parents –, nous formions une famille.

C'était vrai. Jusqu'à présent je n'avais pas compris ce que cela signifiait.

— Quel recours avait ton père pour vous mettre à l'abri, toi et ta mère – qui était malade ? demanda oncle Boyd d'une voix gentille. Lui qui avait dû mendier sa propre nourriture ne voulait pas de ça pour vous, tu le sais ?

— Oui, dis-je dans un souffle.

— Il ne voulait pas me demander de l'aide, mais il m'a écrit pour m'informer de son départ et me donner votre adresse. Il savait que je vous ferais venir ici.

Je balbutiai un « oui », réalisant que des pans entiers de mon univers m'étaient inconnus…

— Sans doute te demandes-tu pourquoi ta mère a accepté de venir ici avec toi ?

Je ne m'étais jamais posé la question jusqu'à ce jour.

— Je vais te raconter l'histoire d'une chatte que nous avions, dit oncle Boyd. Elle n'avait qu'un chaton, mais il fallait voir comment elle s'en occupait… Elle l'avait caché dans un vieux hangar où elle lui apportait sa nourriture, et elle dormait tout contre lui pour lui tenir chaud. Les mamans font ça. Elle était sans doute trop fière pour l'apporter à la maison, où nous l'aurions nourri – c'était son bébé, et elle n'en avait qu'un. Mais un jour le vieux hangar a pris feu pendant qu'elle était sortie chasser. Nous avons essayé de l'empêcher de rentrer, mais elle a couru droit dans le hangar et a tiré son chaton hors des flammes par la peau du cou. Elle l'avait sauvé. Elle mourut, mais elle avait sauvé son petit.

30

Je ne pus retenir mes pleurs. Des larmes coulaient sur la grosse figure d'oncle Boyd.

— Les mères sont comme ça.

Il s'assit près de moi, m'entoura de ses bras et je pus enfin donner libre cours à mes larmes.

— Les mamans sont fières, dit-il en me caressant les cheveux. Mais ce sont des mamans avant tout. La tienne a juste eu la force de te mettre en sécurité. Rappelle-toi ses dernières paroles dans la voiture : « C'est magnifique. » Ton papa était fier et ta maman était forte. Tu es armée pour affronter la vie, Miranda.

4

Tout bien considéré, j'avais eu des parents aimants. Oncle Boyd était de ma famille. Comme moi, il avait connu la pauvreté et la solitude, il me comprenait, et il gardait mes trésors à l'abri dans un tiroir de son bureau.

Il n'avait eu pour moi que des paroles réconfortantes, mais il me fallut bien quitter son bureau et affronter tante Gertrude, Betty, Ben et Bernard. Peut-être oncle Boyd avait-il été un petit garçon pauvre, mais maintenant c'était une grande personne, il était libre de s'enfermer dans son bureau ou d'aller à l'église. Il ne trouvait pas des araignées dans son lit, et personne ne transformait ses aliments en purée infâme dans son assiette dès que tante Gertrude avait le dos tourné.

Je pensais à mon père et à ma mère. Je me demandais s'ils savaient ce que j'étais devenue... C'est alors qu'Alibi Ritter, de Chicago, me revint en mémoire.

Alibi Ritter, qui se qualifiait elle-même de « sorcière », dormait dans les jardins publics en été et dans une baraque des chemins de fer en hiver. Nous, les enfants, lui demandions comment elle faisait pour rester si grosse. Elle nous expliquait qu'elle était capable de manger n'importe quoi, même des chèvres, qu'elle était morte neuf fois et ressuscitée à chaque fois.

Par les chaudes nuits d'été, Alibi racontait des histoires macabres à tous les enfants du voisinage, assis sous une véranda. Elle connaissait des chansons où il était question de tombes et d'enterrements, elle disait qu'après la mort « le corps prend une hideuse couleur verte et se liquéfie en faisant une écume épaisse comme de la crème fouettée ». Nous l'écoutions – mais c'était insupportable – et nous nous réveillions la nuit en hurlant parce que nous croyions qu'elle disait la vérité.

D'après Alibi Ritter, les gens ne vous quittaient jamais après leur mort s'ils vous avaient vraiment aimé. Ils s'installaient volontiers dans une pièce de la maison dont vous n'aviez pas l'usage. Elle disait que si le plancher craquait la nuit, c'était eux, que si vous alliez dans *leur* pièce et que vous aviez la sensation que la porte de la glacière avait été ouverte, c'était eux, que parfois ils s'asseyaient sur votre lit la nuit pour vous protéger, que, si vous aviez des ennemis, ils connaîtraient un destin tragique et mourraient de mort lente, dans d'horribles souffrances, sans comprendre.

J'avais un souvenir très précis d'Alibi Ritter.

Ce soir-là, en grimpant dans mon petit lit, j'attendis que tante Gertrude éteignît la lumière après nous avoir fait chanter tous les quatre : « Si je mourais dans mon sommeil, je vous en prie, Seigneur, emportez mon âme. » Dès qu'elle fut descendue, je me glissai dans le débarras jouxtant la salle de bains. La pièce n'était éclairée que par la faible lueur du réverbère au coin de la rue. Je fermai la porte et m'assis sur une boîte, en me demandant si mon père et ma mère auraient pu élire domicile ici.

Au bout d'un moment, mes cousins ouvrirent la porte.

— Qu'est-ce que tu fais là-dedans ? me demanda Betty.

— Je ne te le dirai pas. Tu le répéterais à tante Gertrude et à oncle Boyd, et il t'arriverait des choses terribles.

— Elle fait pipi, dit Ben.

— Elle n'a pas trouvé la salle de bains, elle n'est pas encore habituée, les pauvres n'ont pas de salle de bains, dit Betty.

— Méfiez-vous.

— De quoi ? dit Betty en entrant. Il n'y a que des vieilles boîtes là-dedans.

— Recule ! Tu es trop près de ma mère. Tu ne sens pas sa présence ? Elle est morte dans cette maison, tu sais.

Betty sursauta et regarda derrière elle dans la pièce obscure.

— Quoi ?

— Ma mère est là, et mon père aussi, pour s'occuper de moi. Tu ne les entends pas marcher la nuit ? Ne dis rien aux grandes personnes, sinon tu tomberas gravement malade.

Je hochai la tête d'un air faussement contrit :

— Je n'aurais rien dû te dire. Je ne voulais pas t'en parler, mais j'ai pensé que tu les avais peut-être vus debout près de mon lit, la nuit.

Betty sortit de la pièce sans demander son reste, ses frères sur ses talons, et je restai dans le noir, assise sur ma boîte.

— Ils prennent soin de moi, dis-je derrière eux. Quand les gens sont méchants avec moi, ils le savent, et ces gens-là tombent malades, ils n'ont que des ennuis, ou ils *meurent* !

J'ouvris les mains dans la pâle lumière qui venait de la rue.

— Mon père me tient la main de ce côté, et ma mère de l'autre : vous ne les voyez pas ?

Mes cousins battirent en retraite dans le couloir et je les suivis, les mains écartées.

— Ils viennent avec moi, dis-je d'un air joyeux. Ils vont veiller près de mon lit. Si vous parlez de mes fantômes à une grande personne, ils viendront *vous* poursuivre la nuit, et il vous en cuira. Mes fantômes me protègent.

De retour dans notre chambre, dans l'obscurité, j'entendis Betty et Ben se glisser sous les draps malgré la chaleur de la nuit d'été.

— Ils sont là ? demanda Bernard d'une petite voix tremblante.

Personne ne lui répondit. Je me mis au lit et, au bout d'un moment, je commençai à fredonner.

— Qui est-ce qui chantonne ? demanda Ben.

— Ce n'est que Mandy, répondit Betty, crânant.

— C'est moi, dis-je. Mon père et ma mère disent qu'ils n'aiment pas que vous m'appeliez Mandy, au lieu du vrai prénom qu'ils m'ont donné. Je m'appelle Miranda. Et, par-dessus tout, ils n'apprécient pas la façon dont les enfants de cette maison me traitent. Mais ils vous laissent une dernière chance : ils pourraient vous tuer ou vous rendre malades, mais ce soir ils se contenteront de vous donner de mauvais rêves. Vous allez vous réveiller en hurlant et vous irez voir votre mère.

— Tu es complètement folle, dit Betty avec un filet de voix.

— Je fredonnais une chanson que ma mère m'a apprise pour que je sache ce qui se passe quand on est mort et qu'on vous met dans une boîte pour vous enterrer.

Un long silence s'installa dans la chambre. Finalement, Bernard dit dans un murmure :

— C'est comment ?

C'était un petit garçon vraiment stupide – je lui chantai tous les couplets d'Alibi Ritter, le sang qu'on enlève pour éviter la pourriture, le cercueil qui fuit, l'écume qui ressemble à de la crème fouettée et les vers qui jouent à saute-mouton sur votre museau. J'égrenai les paroles avec conviction, puis je me tournai sur le côté et m'endormis.

Dans la nuit, j'entendis Ben et Bernard sangloter à l'unisson. Ils allèrent cogner à la porte de la chambre de leurs parents, et Betty se précipita derrière eux dans le couloir. Couchée dans le noir, je me demandais si mon père et ma mère étaient réellement là. Si c'était vrai, mes cousins n'oseraient pas parler de leurs cauchemars.

J'attendis qu'ils aient fini de pleurnicher. Tante Gertrude allait sûrement venir me houspiller. Elle vint, en effet, murmura quelques paroles à l'oreille de mes cousins avant de les border. Je les entendis renifler et se moucher dans l'obscurité après son départ. Puis elle referma la porte du débarras.

J'attendis patiemment qu'ils se rendorment et je me faufilai entre leurs lits pour aller rouvrir la porte du débarras. Je restai une minute à l'intérieur, chuchotant dans le noir : « Je sais que vous êtes là. Je sais que vous allez m'aider. » Je laissai la porte ouverte et retournai me coucher. Tout le monde dormait dans la maison. Je tendis l'oreille, retins mon souffle : la porte de la chambre allait-elle s'ouvrir ? Si j'avançais les mains dans l'obscurité, rencontrerais-je des mains tendues ?

Le lendemain matin, j'eus l'impression que l'attitude de mes cousins avait quelque peu changé. Ils se chamaillaient entre eux comme à l'ordinaire, mais ils me tenaient à l'écart comme si j'étais contagieuse.

— Que s'est-il passé hier soir, les enfants ? demanda tante Gertrude au petit déjeuner.

Ils répondirent qu'ils ne savaient pas, tout en me jetant des regards sournois.

Quelques jours plus tard, je fus fixée sur leur futur comportement : ils ricanaient et faisaient des messes basses en ma présence, mais le soir je ne trouvais plus de choses répugnantes dans mon lit, mes lacets de chaussure n'avaient pas disparu ou été transformés en chapelets de nœuds. Si je me tressais un collier de trèfles, personne ne venait me l'arracher. Et surtout ils m'appelaient « Miranda ».

Ils voulaient que je leur raconte, insatiablement, des histoires d'enterrements, de tombes et de cimetière. Le soir, dans l'obscurité, ils me suppliaient de leur chanter la « chanson des vers ».

Je lisais depuis l'âge de six ans. Ma mère m'avait appris à lire et elle empruntait à la bibliothèque des livres pour enfants. Au bout d'une semaine ou deux, je commençai à raconter à mes cousins les contes de Grimm (je choisis les plus « grimmesques »). Tante Gertrude se réjouissait de nous voir monter si facilement le soir. C'était amusant de leur raconter des histoires. Betty lisait couramment, mais mes petits cousins connaissaient tout juste l'alphabet. Les seules histoires qu'ils avaient entendues chez eux étaient tirées de la Bible.

C'est ainsi que je devins la conteuse de l'ombre. Je maîtrisai vite l'art du récit en m'arrêtant sur les épisodes les plus palpitants, par exemple celui où la Belle voit la Bête pour la première fois. Si par « inadvertance » un de mes cousins m'appelait Mandy, faisait « accidentellement » tomber ma brosse à dents dans les toilettes ou disait à des amis que j'avais peur de m'asseoir dans la baignoire, le soir je restais muette comme une tombe et ne parlais qu'à mes parents, sortis opportunément de leur cagibi.

Quelques semaines plus tard, au petit déjeuner, alors qu'oncle Boyd et tante Gertrude mangeaient à la grande table et nous sur une table à abattant, tante Gertrude nous lança un regard circulaire.

— Tous les soirs, quelqu'un laisse la porte du débarras ouverte. C'est dangereux – si vous allez aux toilettes dans le noir vous risquez de vous tromper. Je la referme avant d'aller au lit, et tous les matins je la retrouve ouverte.

Mes cousins stoppèrent leur activité masticatoire et me jetèrent un bref coup d'œil après s'être concertés du regard.

— Ce sont des fantômes ! dit oncle Boyd, apparemment amusé par cette idée, en étouffant un petit rire. Les Wesley ont eu un fantôme chez eux. Vous vous rendez compte ! Les fondateurs de l'Eglise méthodiste ! Ils n'ont pas réussi à s'en débarrasser, alors ils l'ont surnommé « Old Jeffery ».

Les enfants le dévisageaient, et leur expression le fit rire aux éclats.

— Comme ça, nous aussi, nous avons des fantômes ? Vous les avez vus, les enfants ?

Personne ne lui répondit… Personne ne trouvait ça drôle, sauf lui – et moi.

5

« Va jouer dehors avec tes cousins », me disait ma tante les matins d'été. Je n'avais pas d'autre choix que d'obtempérer. Après le petit déjeuner, je quittais donc la maison à la traîne de Betty, Ben et Bernard. Je feignais de dénigrer tout ce que je voyais, déclarant que rien n'arrivait à la cheville de Chicago.

En vérité, l'Iowa était bien plus merveilleux que dans mon imagination. A Chicago, les rues étaient sombres, encaissées comme des gorges entre leurs murs de brique, et le ciel n'était qu'un trait de bleu ou de gris. Dans l'Iowa, au contraire, les maisons, les arbres et les granges basses s'étiraient sous un ciel de rêve : on voyait les nuages, les éclairs, les étoiles, la lune, les levers et les couchers de soleil. Je me sentais toute petite, je me sentais libre. Et puis il y avait cette poussière noire de l'Iowa, si noire qu'au début je croyais qu'il y avait eu un incendie. Mais de cette noirceur jaillissaient cent nuances de vert, qui cédaient bientôt la place aux fleurs, à l'ombre violette des rues ou aux lointains bleutés de la campagne.

Dès que possible, je fuyais les chamailleries de mes cousins pour grimper sur la plus haute branche du pommier, derrière la maison. Autour de moi, les oiseaux se répondaient – de vrais oiseaux, pas des moineaux des villes qui pépient. De tous côtés montaient des bruissements d'insectes, comme des vagues. De temps à autre on entendait une voiture passer.

Ou une bicyclette. Les mères rappelaient leurs enfants ou bavardaient dans les cours derrière les maisons. Les trains roulaient tout le jour, laissant échapper une fumée qui s'effilochait dans leur sillage comme des écharpes bleues.

Toutes les semaines je fleurissais la tombe de ma mère de bouquets champêtres. Il m'arrivait de voir en rêve, maculées de boue, les plaques de gazon qui recouvraient sa tombe : en les écartant, je découvrais un escalier qui me conduisait vers elle. Pendant des années on m'avait caché la cause de sa mort. Un jour ma tante finit par me glisser dans un murmure : « Elle avait le cancer. » « Cancer » est un mot qui ne se prononce pas à voix haute.

La tombe de ma mère, une petite pierre grise, jouxtait la partie ancienne du cimetière. Parmi les dalles toutes de guingois s'élevait un agneau de pierre arborant sur son piédestal une inscription : « Ici reposent Matilda Benson, huit ans, et un petit enfant. Je serai leur berger. Je les conduirai vers la Lumière. » Jusqu'ici je n'avais pas réalisé que les enfants mouraient aussi, sans doute croyais-je qu'ils se contentaient d'en avoir peur.

Cette fin juin était torride et, dans le tapis vert du cimetière, le gazon de la tombe de maman faisait une tache jaune.

Le presbytère sentait le vieux bois, les meubles cirés et les relents du dîner de la veille. Mais nous vagabondions au gré des parfums de l'été, particulièrement enivrants le long des allées ombragées, larges trouées à peine visibles des maisons derrière les hautes clôtures, les haies de lilas et les anciennes granges transformées en garages. L'atmosphère était chargée d'odeurs : celle, bien particulière, des cuisinières à charbon, que répandaient les cheminées en brique, celle des poubelles, des plants de tomates chauffés au soleil ou des chatons que nous trouvions parfois noyés dans un seau d'eau. Nous les enterrions avec les écureuils et les oiseaux dans notre cimetière d'animaux familiers, derrière le presbytère, pour les exhumer par la suite – histoire de vérifier les théories d'Alibi Ritter sur la putréfaction et les vers.

Nous étions dehors du petit matin jusqu'à la cloche du déjeuner et, notre repas avalé, nous ressortions jusqu'au coucher du soleil, qui nous rappelait l'heure du dîner. La rivière Cedar s'étire entre des rives vaseuses où nous pataugions pieds nus, provoquant des bruits inconvenants qui nous faisaient pouffer de rire jusqu'à en avoir mal au ventre. Accroupis sous le pont du chemin de fer, nous écoutions le grondement des trains, les doigts enfoncés dans les oreilles, délicieusement effrayés de tant de bruit et de fureur.

— Viens, on va au drugstore, me disait ma cousine Betty.

Elle m'entraînait à l'intérieur de la boutique et me poussait dans un coin.

— Regarde !

Une employée rangeait de l'argent et un reçu dans un cylindre glissant le long d'un câble, qui s'envolait soudain vers un bureau situé en mezzanine et redescendait un peu plus tard avec la monnaie, par le même moyen, en rasant les rayons et les têtes des clients.

Si par extraordinaire nous avions quelques sous à dépenser, nous achetions les friandises contenues dans de grands bocaux : chewing-gums, bâtons de réglisse, sucre candi, bonbons ou boules de gomme. Nous riions de voir notre langue noircie par la réglisse, nous collions des morceaux de sucre candi sur nos incisives pour nous faire des sourires édentés. Mais le bocal de réglisse était souvent vide.

— Vous n'avez plus de réglisse ? demandais-je au marchand.

— Pas moyen d'en garder en magasin avec vous autres !

Les magasins de Cedar Falls, à deux pas de Main Street, se faisaient face. Leurs frontons trompeurs laissaient croire qu'il s'agissait de bâtiments de deux étages, bien que de la rue on aperçût leurs toits blottis en contrebas derrière les façades.

L'orchestre municipal donnait des concerts dans le jardin public, où s'élevait une statue de la Liberté en réduction. Sanglés dans leurs uniformes épais et chauds, les musiciens, en rangs étincelants de cuivre, sonnaient de la trompette, battaient du tambour, et leur visage prenait la même teinte cramoisie que leur pantalon.

Tous les jours, nous nous faisions griller au soleil à la piscine municipale. Entourée de pelouses, plus vaste qu'un simple bassin en béton, elle possédait un fond de sable, et les condensateurs du générateur tout proche nous offraient de providentiels plongeoirs. Je portais un vieux maillot de bain en laine de Betty, qui me grattait la peau en séchant sur moi tandis que nous courions vers la maison, laissant derrière nous un sillage de gouttes d'eau.

Patty Hayes, qui habitait à l'angle de la rue, près du presbytère, n'avait pas le droit de venir se baigner avec nous : elle avait les cheveux roux et une peau d'un blanc nacré. Sa mère criait tout le temps : « Patty, mets-toi à l'ombre, tu m'entends ? » Nous nous moquions d'elle – évidemment –, mais parfois nous tressions des guirlandes de trèfles, installées sur une couverture à l'ombre du micocoulier de son jardin. Les pelouses de la ville étaient enneigées de fleurs de trèfle odorantes.

Patty avait neuf ans, comme moi, ainsi que Sonia Jensen, une grande bringue maladroite toute en jambes, aux cheveux d'un blond pâle.

— Tu en connais, des trucs, me dit-elle un matin en me voyant plier les papiers d'argent qui enveloppent les chewing-gums.

J'en faisais de longues bandes étroites que je disposais sur la couverture de Patty.

— Maintenant, fis-je en affichant ma supériorité de citadine, tu replies les deux bouts pour former un anneau et tu l'accroches à l'anneau précédent avant de le refermer, et ainsi de suite…

— Ça tient ! s'exclama Sonia.

— Et voilà ! Un collier en argent ! Vous savez faire des bagues en noyau de pêche ?

Elles n'en avaient jamais fait. Elles gardèrent les noyaux de pêche, subtilisèrent des limes dans les boîtes à outils de leurs pères et, par une chaude matinée, confortablement installées sur la couverture de Patty, nous nous attelâmes à ce travail de patience.

— Qu'est-ce que vous fabriquez, les filles ?

C'était Robert Laird et Joe Stepler, qui avaient laissé leurs vélos sur l'herbe et s'approchaient de nous avec curiosité.

— Des bagues. Avec des noyaux de pêche, répondit Patty.

Robert Laird habitait en face du presbytère. Il était certes d'une beauté à nous faire lever le nez de notre passe-temps, mais pour rien au monde nous ne l'aurions reconnu.

— Ce sont des noyaux, c'est tout, fit Robert.

Joe Stepler se pencha vers moi.

— Ils sont doux… Tu vas les percer ?

— Oui, je fais un trou à la taille de mon doigt. Ensuite j'ôte l'amande, un coup de lime pour raboter ce qui dépasse, et le tour est joué ! Si ça ne casse pas avant.

Bien sûr, parfois les bagues se brisaient. Un peu plus tard, lassées de limer des noyaux, nous construisîmes un théâtre à l'aide d'un cageot d'oranges, ajoutâmes un rideau et installâmes le tout sur le landau de Sonia. Nous fabriquâmes ensuite les marionnettes avec des silhouettes décalquées dans des livres et fixées sur une baguette, de façon à les faire évoluer devant les fonds que nous avions peints à l'aquarelle. Les matins d'été, à la fraîche, nous allions de maison en maison, sonnant à chaque porte en demandant « la maîtresse de maison ». Les dames s'extasiaient devant notre spectacle de marionnettes et nous gratifiaient de quelques pennies.

Les petits frères et sœurs de Patty Hayes et de Sonia Jensen étaient toujours dans nos jambes. Mes petits cousins étaient tentés de faire de même, mais je n'avais qu'à prononcer le titre des histoires que je leur racontais le soir pour qu'ils filent à la maison. Patty et Sonia, intriguées, me harcelaient de questions mais je refusais de répondre – comme Betty, d'ailleurs. Quand nous sautions à la corde, les plaisanteries fusaient, toujours sur le thème des garçons, et elles me chantaient : « Manda, Manda, toute de jaune vêtue, est montée dans la chambre embrasser un garçon. Combien de baisers lui a-t-elle donnés ? Un… deux… »

Mon oncle pasteur nous interdisait d'écouter les variétés à la radio et nous sautions sur l'occasion dès qu'elle se présentait. « La voie est libre… » murmurait Joe. Nous nous glissions alors dans le salon de la famille Stepler pour écouter *Jack Armstrong*, *The Lone Ranger* ou *Little Orphan Annie*, dans l'intimité des heures chaudes de fin d'après-midi. Nous rentrions à la maison en catimini et gardions jalousement notre secret : Jack, Lone Ranger et Annie prenaient alors pour nous le goût délicieux du péché – ce qui aurait sans doute fort étonné les programmateurs…

Calme et blond, Joe Stepler avait un visage large, barré d'une grande bouche. Dans le salon de ses parents, il y avait un épais tapis dont les motifs représentaient des volutes de fougères, des jardinières en osier garnies de vraies fougères et un énorme poste de TSF qui diffusait, sur ondes courtes, les nouvelles des pays étrangers et les voix grésillantes du vaste monde.

Robert Laird était le meilleur ami de Joe, et tous deux nous emmenaient jouer dans la ferme de M. Calvinhorn, à la sortie de la ville, au bord d'une route poussiéreuse. M. Calvinhorn, un parent de la mère de Robert, nous autorisait à jouer avec les chatons dans sa grange immense et sombre, emplie d'odeurs fortes.

Un matin, de bonne heure, seuls Robert et moi étions d'accord pour aller à la ferme.

— Viens, me dit-il.

— D'accord, répondis-je, ignorant les gloussements des filles, qui murmuraient : « Vas-y, embrasse-le. »

Je leur revaudrais ça plus tard. Nous leur lançâmes un regard mauvais et partîmes, Robert avec sa vieille chemise et son pantalon déchiré, moi dans ma robe rallongée, nos socquettes en accordéon sur nos chaussures éraflées. C'était juste après le petit déjeuner, nous avions le ventre plein, nous étions bien.

— Je viens de terminer *Peter et Wendy*, dis-je crânement.

— Qu'est-ce que c'est ?

— Un livre. C'est l'histoire de Peter Pan, un garçon qui vole.

Je commençai à lui raconter l'histoire, tout en donnant des coups de pied dans des cailloux de la route.

Je n'avais pas fini mon récit lorsque nous arrivâmes à la grange. Les chatons de M. Calvinhorn avaient grandi, bientôt ce seraient de jeunes chats rebelles, hauts sur pattes, avec une tête disproportionnée. Après les avoir poursuivis tout autour de la grange, nous finîmes par en attraper un chacun. Assis dans le foin, nous tenions d'une main un petit chat sur nos genoux, que nous caressions de l'autre.

Le foin bruissant nous picotait, les corbeaux croassaient au-dessus des champs de maïs et le parfum des trèfles inondait la grange par la porte grande ouverte. Nous partions en voyage sur les ailes de mes récits, avec le capitaine Crochet et le crocodile, Lily la tigresse, la fée Clochette et les enfants perdus.

Robert écoutait, sa tête brune penchée sur son chaton. Quand j'eus terminé, il s'exclama :

— Une maison souterraine ! Si on faisait comme eux ?

— Il faudrait creuser…

— Pas la peine, je sais où il y a un trou, là-bas, dans les bois.

D'un hochement de tête, Robert désignait le rideau d'arbres que nous apercevions par la porte de la grange.

— On y va !

Nous laissâmes tomber les chatons qui coururent se réfugier dans les coins sombres et nous sortîmes dans la lumière. C'était un matin du début de l'été : une odeur de terre et de feuilles en décomposition montait des bois nimbés de vapeur. A l'orée du bois, nous restâmes pétrifiés : un cerf et une biche, noyés jusqu'au ventre dans la brume, dressaient leurs grandes oreilles dans notre direction. Puis ils renâclèrent et s'enfuirent à grands bonds, dérangeant à peine les fougères et les herbes.

— Ils sont toujours dans ce coin-là, dit Robert, crânant à son tour. Je les vois souvent. L'année dernière, j'ai même vu un faon.

La lumière du soleil palpitait à travers les arbres en longs rais obliques. Robert quitta le chemin pour s'engager dans un fourré. Nous nous arrêtâmes bientôt au milieu des herbes et des buissons. Une brise venue des champs de maïs chassa les moustiques qui n'avaient cessé de nous siffler aux oreilles dans le sous-bois.

— C'est là, dit Robert.

Je m'approchai du bord : le trou était profond. Des années auparavant, un arbre gigantesque s'était abattu et ses racines avaient laissé une excavation de presque deux mètres. Avec le temps, ses racines et son tronc avaient pourri sur place, et les racines des arbres voisins formaient un entrelacs à une trentaine de centimètres de profondeur.

— Il faut cacher l'entrée, dis-je. Comme les enfants perdus.

Robert avait sauté dans le trou et me regardait à travers les racines noueuses.

— D'accord, mais comment ?

Prenant appui sur une racine, il balança les jambes par-dessus une autre et opéra un rétablissement pour s'extraire de la cavité. Quand il sauta sur les racines pour éprouver leur solidité, celles-ci bougèrent à peine.

— Il faut mettre des planches, dis-je.

— Sur les racines ?

— Oui. Après on les recouvrira de terre.

— Et on fera pousser de l'herbe par-dessus ! Allons chercher des pelles à la grange.

— Ce sera notre secret. Nous allons mélanger nos sangs et faire un serment.

— Ah ?

— Tu n'as jamais rien lu, ma parole !

— Bien sûr que si, fit Robert, indigné. J'ai lu des tas de trucs.

Je lui expliquai qu'il fallait d'abord se piquer le bout du doigt.

— Formidable !

Je pris l'épingle de sûreté qui retenait les élastiques distendus de mes culottes.

— Ouille, fit Robert quand je lui piquai le pouce.

Il ne voulut pas regarder lorsque je mélangeai mon sang au sien en accolant nos pouces. Puis nous retournâmes vers la grange, en quête d'une pelle.

— Elle est trop lourde, dit Robert en exhumant une grosse pelle qu'il apporta à la lumière du jour.

— Regarde, j'en ai trouvé une petite !

C'était une vieille truelle rouillée. Nous ne progressions pas vite avec un tel instrument, mais nous travaillions à tour de rôle, avec persévérance : l'un creusait au fond du trou et mettait la terre dans des seaux, l'autre l'entassait à la surface. La terre nous servirait ensuite à recouvrir les planches.

Nous creusions tous les matins. A midi, nous courions à la

maison et, sitôt le repas englouti, nous nous précipitions à nouveau vers les bois où nous nous activions jusqu'à l'heure du dîner. La maison souterraine des « enfants perdus » fut bientôt si profonde que nous pouvions nous tenir debout sans être vus de l'extérieur. Elle faisait bien deux mètres de largeur.

— Comment fais-tu pour te salir à ce point ? me dit tante Gertrude en voyant l'état de ma vieille robe et de mes culottes.

Je ne pouvais éviter de salir mes vêtements, mais je prenais la précaution de travailler pieds nus pour garder mes chaussettes et mes chaussures propres. Nous nous lavions à l'abreuvoir de la ferme avant de rentrer. Nous étions sans cesse sur nos gardes, comme de vrais espions, de peur d'être suivis.

— Où vas-tu tout le temps ? me questionnait Betty.

— Je me promène. Je vais au cimetière.

En général, elle se contentait de cette réponse. Robert et moi n'empruntions pas les mêmes allées pour sortir de la ville et nous ne nous faufilions jamais ensemble dans les bois.

Il y avait des planches dans le grenier au-dessus de la grange. Lorsque M. Calvinhorn fut parti au volant de son tracteur, nous jetâmes les planches par terre et les traînâmes à travers bois. Nous construisîmes un plancher au fond du trou, puis un toit.

— Il faut bien serrer les planches pour que la terre ne passe pas au travers, dit Robert.

Notre toit de planches, soutenu par les racines, était solide. La porte posa quelques difficultés, mais nous finîmes par trouver deux planches à la bonne dimension. Robert apporta des clous et un marteau de chez lui et assembla le tout au moyen de lattes fixées en dessous. Quelques carrés d'herbe bien épais vinrent compléter le toit. Une vieille boîte fit office de marche, et il nous suffisait d'ouvrir la trappe pour être dans notre tanière secrète.

Nous avons colmaté le toit avec la terre provenant du trou, ajouté un peu de terre du champ voisin, puis transplanté des herbes folles et de grosses touffes de chiendent avec les racines, si bien que le trou ne fut plus qu'une trace à peine visible dans le sous-bois.

— Maintenant il nous faut une boîte aux lettres secrète, dis-je.

— Tu crois ?

— Bien sûr, si nous voulons nous laisser des messages : « Je ne pourrai pas venir cet après-midi » ou « J'apporte des cookies demain », des choses comme ça.

— On pourrait coincer un bocal avec un couvercle dans ce nœud de bois, dit Robert en levant les yeux vers un gros chêne. Les papiers ne se mouilleraient pas et personne n'aurait l'idée de regarder là-haut.

Le lendemain il apporta un bocal, qu'il fit glisser dans le nœud du bois : il nous suffisait de grimper sur quelques branches basses pour dévisser le couvercle.

Un beau matin, tout fut terminé. Nous nous assîmes l'un en face de l'autre dans notre repaire.

— Il faut pendre la crémaillère, dis-je, faire une vraie réception.

Ma voix résonnait comme celle d'un animal piégé dans cet espace confiné et obscur.

— J'apporterai des beignets, dit Robert.

— D'accord. Et moi, du lait.

Au presbytère, on nous livrait toujours le lait avant l'aube, en grande quantité. Le livreur s'annonçait par le cliquètement des bouteilles de verre capsulées.

Mais il nous fallut encore un peu de patience : il plut sans interruption pendant quasiment une semaine, une pluie battante, avec de gros nuages noirs, des éclairs qui zébraient le ciel et le tonnerre qui faisait trembler tout le presbytère.

Enfin, un matin, le bel été fut de retour. Dès que tante Gertrude eut le dos tourné, je subtilisai une bouteille de lait et deux bocaux de confiture que je fourrai dans le panier à linge sale sous l'escalier, avec l'intention de les récupérer plus tard. Près de la ferme, je retrouvai Robert, chargé d'un sac en papier marbré de taches grasses.

A notre habitude, nous nous sommes furtivement éloignés de la route et nous avons coupé par le champ de maïs pour rejoindre les bois. Quittant la lumière éclatante pour la pénombre du sous-bois, je m'arrêtai, interdite : la pluie avait détrempé la terre, et notre terre-plein d'herbes folles ressemblait à un paillasson vert parsemé de brindilles de bois mort.

— Parfait, dit Robert.

Je renchéris :

— Absolument parfait.

— Attends une minute.

Robert tira un rouleau de corde de son sac graisseux, ouvrit la porte dissimulée par l'herbe et s'agenouilla pour attacher la corde à une racine, au bord du trou. La corde se déroula en un clin d'œil.

— Et voilà une échelle ! Les dames d'abord !

Flattée, je posai le lait et la confiture et descendis avec toute la dignité qu'une « dame » puisse afficher sur une échelle de corde. Pour l'occasion, j'avais attaché mes longs cheveux avec des rubans roses et tiré parfaitement mes chaussettes.

— C'est parfait, dis-je, une fois en bas.

Robert me tendit le lait, les bocaux et les beignets et descendit à son tour, sautant avec un bruit sourd sur le plancher. L'odeur si particulière de la terre humide était âcre mais plaisante. Notre plafond de planches penchait un peu vers l'est, si bien que l'eau de pluie ne s'était infiltrée que dans un angle, coulant le long d'un des murs puis dans le sol. Nous avons fait un festin, assis sous le carré de lumière venu d'en haut. C'était notre maison clandestine. Et jamais, au grand jamais, nous ne trahirions notre secret.

6

— Dans un mois c'est la rentrée, me dit un jour tante Gertrude. Nous ne pouvons pas t'acheter de robes neuves, mais avec celles de ta mère il y aura assez de tissu pour t'en confectionner deux – Betty a des robes taillées dans des robes à moi. Tu vas défaire les coutures et Mlle Kline se chargera de la confection. Elle prend cinquante cents pour une robe.

Ma tante me fit asseoir sur une chaise de la salle à manger et me donna une paire de petits ciseaux.

— Tu vas tout découdre, poursuivit-elle en ouvrant une couture pour me montrer. Ne laisse pas de bouts de fil partout, mets-les au coin de ta bouche, tu les jetteras quand tu auras fini. Fais attention : si tu fais des trous, ça se verra sur ta robe.

Je l'écoutais à peine. C'était la robe imprimée de roses de maman, je sentais dans les plis du tissu le parfum de sa peau et de ses cheveux. Mes larmes jaillirent et, quand tante Gertrude eut quitté la pièce, je pressai la robe contre mon visage pour étouffer mes sanglots.

Betty, qui avait tout entendu depuis le hall, entra dans la pièce en souriant.

— Pourquoi tu pleures ?

Je lui lançai un regard mauvais.

— Le fantôme de ma mère est là.

— Où ça ? fit Betty en regardant autour d'elle.

Je fourrai la robe sous le menton de Betty.

— Partout. Cette robe appartenait à ma mère, elle a l'odeur de son fantôme. Allez, vas-y, sens-la. Comme ça, tu la reconnaîtras quand les fantômes viendront la nuit.

Betty n'osa pas approcher son nez de la robe – ni, à plus forte raison, la toucher. Elle me jeta un regard apeuré et s'enfuit.

Je pris les ciseaux et commençai à défaire une couture. Je voyais les roses toutes brouillées par mes larmes. J'avais l'impression de découper ma mère en morceaux. Lorsque les manches se détachèrent, c'était comme si je lui arrachais les bras. Quand la couture de la taille céda, on aurait dit que son corps se déchirait en deux. Finalement sa robe ne fut plus qu'un amas de bouts de tissu sur mes genoux.

Je passai ensuite à l'autre robe. Je connaissais par cœur les imprimés fleuris de ses deux robes – maman n'en avait pas eu beaucoup. Lorsque j'étais à ses côtés ou sur ses genoux, j'imaginais des personnages dans les motifs : sur une des robes, je voyais de belles lèvres de femme dans un bouton de rose et son œil dans une feuille tachée d'un petit point. Sur l'autre, un espace blanc le long d'une couture me faisait penser à un large sourire aux dents pointues. Quand nous faisions les courses, je me tenais tout contre elle, et l'œil en feuille de rose me regardait. Lorsque nous prenions le tram, maman passait son bras autour de mon épaule, ma jupe frôlait la sienne, et la grande bouche me souriait parmi les marguerites. Comment était-il possible qu'elle soit partie et que ses robes soient toujours là ? Par moments j'arrêtais mon travail pour essuyer mon visage dans les roses ou les marguerites.

Tante Gertrude se trouvait en haut, dans sa chambre, celle avec le lit à colonnades et la lampe à pampilles.

— C'est bien, me dit-elle quand je lui apportai les

morceaux de tissu. Mets de l'eau chaude dans l'évier de la cuisine, avec quelques cristaux de lessive que tu trouveras dans un bol, sous l'évier – dissous-les d'abord dans un peu d'eau chaude. Ajoute ensuite de l'eau froide et lave les morceaux de tissu sans frotter trop fort. Rince-les trois fois et enveloppe-les dans un torchon pour pouvoir les repasser.

Je trouvai le savon et le mélangeai à un peu d'eau chaude : les puissants effluves de naphte et de rose allaient engloutir l'odeur des robes de ma mère. Je ne pus me résoudre à les plonger dans l'évier et me réfugiai dans un angle de la pièce, le visage enfoui dans le tissu, reniflant frénétiquement au point d'en perdre le délicat parfum de ma mère, jusqu'à ce que ma tante descende les escaliers.

— Le savon est dissous, dit-elle en agitant l'eau chaude avec un doigt. Mets le tissu dedans, ajouta-t-elle après avoir fait couler de l'eau froide.

Je dus mettre dans l'évier les lambeaux de ma mère, ses bras, son cou... J'eus beau sentir les robes que Mlle Kline me fit par la suite, le parfum de maman avait disparu à jamais.

La confection des robes coûtait cher. Sans doute fut-ce pour cette raison que dès lors je dus travailler à la maison. L'après-midi même, ma tante m'initia aux tâches les plus ennuyeuses : laver, ébouillanter, égoutter et essuyer les assiettes, débarrasser la table sans bruits de vaisselle entrechoquée.

Au bout d'une semaine ou deux, pour faire plaisir à ma tante, j'étais devenue experte dans l'art de manier la vaisselle, et j'étais censée débarrasser, nettoyer les tables de la salle à manger et le réchaud, laver et ranger la vaisselle, vider les poubelles et balayer le sol.

Autant que je me souvienne, tante Gertrude ne nous a jamais frappés, mais elle avait l'œil sur tout. Je crois qu'elle était très jolie à l'époque, mais pour moi ce n'était qu'une grande personne qui ne nous passait rien. Nous n'avions pas le temps de comprendre, que déjà elle était sur nous.

Un soir, dans notre chambre, alors que la liste de mes corvées venait de s'allonger – je devais passer la serpillière à quatre pattes dans la cuisine –, Betty se mit à siffloter entre ses dents : c'était sa façon de me narguer.

— Tu peux toujours siffler, je m'en moque, dis-je.

— Arrête, fit Ben. Je veux connaître la suite des *Six Cygnes*.

Bernard prit mon parti à son tour :

— Surtout que tu seras obligée de faire comme Miranda quand tu auras neuf ans, c'est m'man qui l'a dit.

— Je ne suis pas parente avec votre mère, mes fantômes le savent, ils tiennent des comptes. Et ils lui feront la vie dure...

Il restait un mois avant que ma semi-liberté de l'été prenne fin. Lorsque je me rendis en ville chez Victoria Kline avec les vestiges des robes de ma mère, les pelouses étaient roussies par la sécheresse et les arbres poussiéreux dispensaient une ombre chétive dans les allées.

Mlle Kline occupait – avec son père et une machine à coudre Minnesota surnommée « Minnie » – un deux-pièces en sous-sol dans la maison des Atwood. Elle avait le droit d'utiliser le lavoir à deux bacs de la buanderie pour sa lessive et faisait le ménage chez les Atwood en guise de loyer. Elle gagnait de quoi se nourrir grâce à ses travaux de couture – en période de crise, les gens font plus facilement refaçonner leurs vêtements.

Victoria n'avait que trente ans, mais elle me parut vieille – peut-être parce qu'elle avait quelque chose de simiesque : un visage long et étroit avec des oreilles proéminentes et de petits yeux brillants. Elle avait toujours des épingles fichées entre ses lèvres minces.

Dans un angle de la porte du sous-sol des Atwood, un petit panneau à l'écriture élégante annonçait : *Victoria Kline, couturière. Entrez sans frapper.* J'entendis le bruit d'une machine à coudre et, après un instant d'hésitation sur le palier, je descendis. Les marches étaient raides, il n'y avait pas de porte dans le couloir et je frappai sur le mur.

— Entrez, dit Victoria.

Elle leva son pied de la pédale de Minnie et me sourit. Derrière elle, dans le carré de soleil qui entrait par la haute fenêtre, un vieux monsieur assis dans un rocking-chair lisait le *Saturday Evening Post* à haute voix. C'était un magazine de grande dimension et la couverture dessinée par Norman Rockwell cachait presque entièrement M. Kline. J'aimais beaucoup ces illustrations où figuraient souvent des fillettes de mon âge, chaussées comme moi de souliers plats avec des socquettes, vêtues de robes de coton, des rubans dans les cheveux – mais en plus soigné.

— « Pour éviter la lordose, lisait M. Kline en se balançant, portez la ceinture qui redresse la colonne vertébrale. »

Cela me parut une façon bizarre de dire bonjour.

— Je suis Mlle Kline. Et vous ?

— Bonjour, je m'appelle Miranda Letty.

— Ah, la nièce du révérend Letty, dit Victoria d'un ton approbateur. Comment allez-vous ?

— Je n'ai pas à me plaindre.

Cette phrase, que j'avais souvent entendue dans la bouche des dames à l'église, m'avait frappée par sa justesse.

Mlle Kline rit, découvrant des dents chevalines. Mais quand elle referma la bouche, ses lèvres minces et son sourire évoquaient plutôt un petit singe espiègle.

— En effet, j'imagine.

M. Kline poursuivait sa lecture d'une voix chantante.

— « Lady Astor, sur le point d'assister à un gala dans sa résidence de la Cinquième Avenue, nous confie : "Pour ma peau, je fais confiance à Pond's." »

Je commençai à l'associer à un bruit de fond, comme semblait le faire Mlle Kline.

— Sauf quand votre tante est dans les parages, je suppose. Faites-moi voir ce que vous avez là.

— Ce sont des robes que j'ai décousues. Il me faut des robes pour aller en classe, dis-je en lui tendant mon sac en papier.

— « Le président Roosevelt déplore que deux cent mille professeurs certifiés soient au chômage. »

Mlle Kline déballa mon paquet.

— Ce sont les robes de votre maman ?

J'acquiesçai d'un signe de tête et Mlle Kline lut la tristesse sur mon visage, car elle se leva et passa son bras autour de mon épaule.

— Approchez un peu que je vous voie. Comme ça votre maman sera près de vous le premier jour d'école, n'est-ce pas merveilleux ? Moi aussi, j'aurais aimé porter des vêtements de ma propre mère, mais tout a disparu.

Elle s'assit devant sa machine et prit toutes mes mesures :

— Il y a beaucoup de tissu. Je suppose que vous aimez les manches ballon ?

— Oh, oui !

— Et la dentelle ? Si on faisait un entre-deux avec du ruban bleu pour le tissu imprimé de marguerites, ça mettrait en valeur vos jolis yeux bleus ? Et que diriez-vous d'un large ruban bleu en ceinture... et d'un autre pour attacher vos magnifiques cheveux blonds ?

— « La Société des Nations a-t-elle vécu ? » poursuivait M. Kline.

Mlle Kline enchaîna très vite :

— Avec le tissu rose, je verrais bien un ruché autour du cou, avec de la dentelle, bien sûr, et un rappel au-dessus de l'ourlet. Qu'en dites-vous ? Le rose vous ira à ravir, ça fera ressortir vos pommettes. Nous, les femmes, nous devons jouer nos meilleurs atouts, n'est-ce pas ?

J'approuvai. Je me demandai intérieurement – je m'en

souviens clairement – quels étaient les siens, tout en pressentant qu'ils étaient des plus précieux, car je ne voulais pas quitter cette femme sans grâce que certains qualifiaient de « vieille fille ». J'étais heureuse qu'elle soit là, les morceaux des robes de ma mère sur ses genoux, et son vieux père qui baragouinait au soleil.

Elle m'avait dit que j'avais de jolis yeux, des cheveux magnifiques et les joues roses. Sur le chemin du retour, cette pensée m'accompagna comme un cadeau. « Nous, les femmes, nous devons jouer nos meilleurs atouts… » Je m'y emploierais de mon mieux, d'autant plus que j'allais avoir deux nouvelles robes.

Le mois d'août dans l'Iowa est étouffant, mais il y fait quand même plus frais que dans la fournaise de Chicago, entre briques et béton. Le dimanche, les bancs de l'église bruissaient du battement retenu des éventails : du haut de la galerie, on aurait dit un tremble dans la brise. De grands ventilateurs bourdonnaient au plafond des salles de lecture de l'Iowa State Teachers College, situé sur la colline. Nous nous glissions dans la bibliothèque pour voir les futurs professeurs étudier en silence sur des rangées de tables. On pouvait aussi rester toute la journée à la piscine, si l'on n'avait pas peur des coups de soleil ni d'avoir la peau qui pèle.

Des concerts avaient lieu dans Overman Park, qui inondait les rues alentour d'une brise parfumée de citronnelle. On entendait le doux ronronnement des tondeuses à gazon et les stridulations aériennes des cigales dans les ormes qui faisaient de Main Street une haute nef de cathédrale. Nous courions sous les arroseurs automatiques pour nous rafraîchir dans les gouttelettes glacées.

Le matin, après avoir fait la vaisselle du petit déjeuner et nettoyé la cuisine, quand je ne courais pas à la bibliothèque – j'y allais presque tous les jours –, je suivais la voiture du marchand de glace pour chaparder des glaçons à sucer, ou j'allais voir mes amis. Nous ne rentrions jamais dans les maisons, nous n'utilisions pas les sonnettes (c'était bon pour les adultes). Nous criions « Patty ! » ou « Sonia ! » devant la maison ou dans la cour de derrière, jusqu'à ce qu'elles sortent. C'étaient les usages.

Parfois j'allais avec Robert dans notre cabane souterraine. Nous mangions des biscuits ou des beignets, grimpions en douce jusqu'à notre bocal dans l'arbre lire nos messages. Qu'aurions-nous pu faire d'autre dans notre cachette ? La montrer à nos amis ? Pas question. Jouer aux adultes ? « Les dames d'abord », avait dit Robert, mais, comme Wendy qui, une fois adulte, retrouve Peter Pan, je compris à ce moment-là que nous ne pouvions pas jouer aux grands dans la maison.

Nous avions rêvé cette cabane. Nous avions réalisé notre rêve. L'été 1933 touchait à sa fin : quelques mois seulement s'étaient écoulés depuis la mort de ma mère, sous le ciel bleu de l'Iowa.

Ce fut bientôt la rentrée des classes. Au début, j'adorais l'école. Mlle Kline m'avait confectionné deux robes magnifiques, pleines de fronces comme celles de Shirley Temple ; Sonia Jensen et Patty Hayes étaient dans ma classe, ainsi que Robert Laird et Joe Stepler. Les garçons portaient des pantalons rentrés dans des bottes de cuir qui leur arrivaient au genou, avec un petit étui pour mettre un couteau. Les étuis étaient vides, mais à mes yeux ces petits morceaux de cuir constituaient un symbole incontestable de virilité, à l'égal du fourreau de l'épée des chevaliers errants – même si cela n'était pour moi qu'une notion floue. Je lisais tout ce qui me tombait sous la main, et j'avais acquis un vocabulaire qui surprenait mes professeurs.

Mon oncle était content de moi. Je travaillais dur et obtins le plus de récompenses possible : des étoiles d'or pour mes rédactions, des bonbons pour le meilleur projet artistique, des bons points pour ma ponctualité – ces petites reproductions en noir et blanc de tableaux célèbres représentaient pour les élèves de véritables trophées.

Remporter des succès scolaires ne suscite guère l'estime – sauf auprès des professeurs –, je l'appris à mes dépens. Je m'étais pourtant fait de bons amis à l'école, avec qui je jouais après la classe et une partie du samedi.

Le samedi était jour de lessive au presbytère et, cet automne-là, tante Gertrude nous fit descendre à la cave où se trouvaient, autour de la rigole d'écoulement, l'essoreuse à rouleaux et les deux bacs à lessive chichement éclairés par un vasistas et une ampoule nue. Betty était censée apprendre en me regardant faire : il fallait tremper d'abord le blanc, quand la lessive était plus concentrée et l'eau plus chaude. Entre le bac à laver, le bac à rincer et le baquet où l'on azurait le linge, la machine à essorer vibrait pendant des heures, happant les vêtements de la famille Letty entre ses mâchoires édentées.

Lorsque enfin le linge essoré tombait dans le panier, tout aplati par les rouleaux, nous le hissions toutes trois jusqu'aux cordes dans la cour. A l'heure du déjeuner, les hardes aplaties avaient repris forme, c'étaient à nouveau des pantalons, des caleçons, des robes et des chemises, des personnages sans tête gonflés d'air qui se balançaient comme une famille ventrue.

L'hiver, le linge gelait et on laissait les caleçons debout dans un coin de la cuisine jusqu'à ce que les genoux plient. Betty aurait dû être alors capable de faire la lessive mais, un peu avant Noël, alors que j'avais un rhume, elle me remplaça et laissa des chaussettes foncées avec le blanc, et nos draps et taies d'oreiller gardèrent pendant des semaines une légère nuance lavande. Mon oncle refusa de porter des chemises bleues et ma tante dut les refaire blanchir. Ce fut la première et dernière expérience de Betty en matière de blanchisserie.

Au printemps, je maîtrisais l'art du pliage du linge propre

et humide, prêt à repasser. Il fallait un tour de main pour plier ces grands draps blancs claquant au vent et les empiler au carré dans le panier. L'air pur de l'Iowa s'engouffrait avec le linge, emplissant la cuisine de cette odeur qu'aucun parfumeur n'a jamais réussi à capter, et que nos lits ne gardaient qu'une nuit. Parfois, avec ma tante, nous faisions la course contre la pluie et, si nous gagnions, nous restions un moment à rire en regardant les fils à linge se balancer dans la tempête comme des cordes à sauter.

Tante Gertrude s'attelait à la tâche avant l'aube. Sa présence à la cuisine de l'église était requise pour tous les thés, dîners de charité, enterrements ou mariages, et elle aidait également au ménage. A sa demande, Betty et moi l'accompagnions le soir ou les fins de semaine pour faire les courses, porter les provisions ou nettoyer la vaisselle.

Au printemps – j'avais dix ans –, on nous envoya au potager bêcher, nettoyer la terre et arroser. Nous travaillions lorsque tante Gertrude avait l'œil sur nous, mais dès qu'elle avait le dos tourné nous nous querellions.

— Les enfants ne font strictement rien au jardin si je ne suis pas sans arrêt sur leur dos, se plaignit-elle le soir au dîner, devant mon oncle. Tous les ans c'est la même chose.

Menaces, punitions, surveillance... Tante Gertrude ne laissait rien au hasard : elle avait sûrement remarqué que je ne marchais pas sur les plantations, que j'essayais de reconnaître les différentes espèces une fois la graine sortie de terre, comme elle nous avait appris à le faire. Je ne poussais pas des cris comme Betty si un cafard me montait dessus, je ne me bagarrais pas avec mon cousin dans les buissons de ronces, comme Ben. En résumé, j'étais la seule à qui l'on pût faire confiance pour le jardinage.

Souvent, les matins d'été, je devais arracher les mauvaises herbes : on aurait dit qu'elles étaient sorties dans la nuit rien que pour moi, je ne pouvais pas jouer ni aller à la bibliothèque. Ma tante s'assurait que je cueillais les cornichons assez petits et les carottes assez grosses, mais souvent elle me laissait seule parmi les chants d'oiseaux et « mes » légumes. Je me disais qu'ils poussaient pour moi. Je travaillais la terre, j'extrayais mes propres légumes des mottes et je retrouvais dans mon assiette les panais onctueux, les navets blancs croquants, les choux de Bruxelles si doux, aux feuilles serrées, les brocolis et les choux-fleurs qui ressemblaient à des bouquets parés de feuilles.

Ma tante était fière de ses mûriers et on lui faisait souvent compliment de ses confitures et de ses gelées. Les mûriers gelaient régulièrement dans les autres jardins, mais, dès l'automne, ma tante enveloppait les siens de paille et de grosse toile pour les protéger du froid et, l'été, les tiges garnies de dangereuses épines pliaient sous le poids des mûres charnues.

Un matin d'été, j'étais à genoux en train de cueillir des haricots. De l'autre côté d'une plate-bande herbeuse, les premières mûres rougissaient à l'ombre des feuilles encore luisantes de l'averse nocturne. J'étais heureuse, seule. Dans le pommier, un cardinal chantait. Il appelait, attendait un écho à son chant, puis recommençait...

Soudain – presque sous ma main – le feuillage des haricots se mit à bouger, à frémir... Un long serpent ondulait au bord de la plate-bande. A mesure qu'il avançait, les feuilles bruissaient au contact de ses écailles, son dos était marqué d'un S jaune, ses côtés étaient marbrés de petites taches et sa langue sortait comme une flèche – je me levai, reculai d'un bond, les yeux rivés sur les anneaux qui s'enroulaient autour de mon panier. Puis le serpent fila dans l'herbe en direction du buisson de ronces, vif comme un fouet, ses écailles jetèrent quelques éclats parmi les mûres et les épines, et il disparut.

Ce n'était qu'une couleuvre, mais j'avais été surprise. Un moment plus tard je m'agenouillai pour reprendre ma cueillette, mais cette apparition luisante et sournoise avait envenimé ma belle matinée d'été.

Quand les mûres étaient à point, nous les cueillions avec précaution, munies d'un gant épais pour nous protéger des épines. Je guettais le serpent. Les baies mûres nous tombaient dans la main, mais nous prenions aussi celles qui étaient encore un peu justes : tante Gertrude avait le secret de les mélanger pour faire prendre sa gelée. Tout au long de l'été et au début de l'automne nous faisions des conserves de tomates, de haricots verts, de haricots de Lima, de pêches, de poires, de cerises, de compote de pomme... Dans la réserve, les étagères croulaient sous le poids des bocaux.

Année après année, je devins experte en confection de conserves : des jours de travail à manier bouilloires, pots en grès, rondelles de caoutchouc, paraffine et bocaux. Betty nous « aidait » à sa façon, faisant bouillir les pots de grès jusqu'à ce qu'ils éclatent et laissant brûler des dizaines de rondelles de caoutchouc. Excédée, tante Gertrude finit par la mettre à la porte de la cuisine, où nous suffoquions dans le souffle chaud du ventilateur électrique :

— Va cueillir des haricots, au moins tu ne pourras pas leur faire de mal !

Nous n'en avions jamais fini avec les tâches ménagères. Lors de ma première année de lycée, je dus faire le repassage tous les lundis après les cours, avec Betty. Toutes les parties visibles des vêtements, que ce soit du coton ou du lin, devaient être amidonnées, puis humectées avant d'être repassées. On les suspendait ensuite sur des cintres qui envahissaient la cuisine, et la condensation dégoulinait sur les vitres comme des larmes.

Betty et moi avions appris à faire bouillir l'amidon, puis à cuisiner. En troisième année de lycée, je savais lier une sauce sans grumeaux. Betty, elle, faisait toujours attacher ses crèmes. Mlle Kline m'avait appris à coudre pour que je puisse me faire des robes. A chaque rentrée cependant, elle m'en confectionnait une magnifique. La plupart des jeunes filles portaient une robe neuve le premier jour de classe, et Joe Stepler me complimentait toujours sur la mienne. Il me gratifiait de son large sourire en me disant : « C'est la plus jolie robe que tu aies jamais eue. » Pas une fois il n'oublia de sacrifier à ce rituel.

Mes robes neuves avaient quelque chose de spécial : un morceau de tissu des robes de ma mère s'y trouvait toujours. Au début, c'étaient les manches et l'empiècement ; plus tard, Mlle Kline utilisa des pièces pour le col et les poignets, ensuite, en conservant des morceaux de mes premières robes, elle réussit à me confectionner une poche ou une ceinture avec le tissu imprimé de roses ou de marguerites. Finalement mes robes de tous les jours n'eurent plus rien de celles de ma mère, excepté de petites reliques secrètes que je traquais et réussissais toujours à trouver, comme le parement d'une poche ou la doublure d'une ceinture. « Comme ça, ta mère est avec toi », me disait-elle toujours. Mlle Kline était ma meilleure amie.

Au fil des années, je fréquentai de moins en moins mes camarades de classe. Non pas tant à cause de mes bonnes notes, ou parce que je n'avais que quelques robes à me mettre ou toujours la même paire de chaussures, mais de jour en jour et d'année en année je devins comme ces « bouseux » – les étudiants qui venaient de la campagne en autocar et rentraient aider aux travaux de la ferme après les cours, alors que les autres se retrouvaient entre eux. Les bouseux étaient tenus à l'écart de presque toutes les activités.

Lentement mais sûrement, je n'eus plus le temps d'aller chez mes amies après les cours. J'étais comme ces bouseux. Mes amies cessèrent de m'inviter, sachant que je refusais à chaque fois, si bien que je manquais tous les anniversaires, les soirées, le bal du lycée et les rendez-vous. Au lycée, j'entendais parfois mes cousins me traiter de « bonniche ». A la maison, ils n'osaient pas.

Je travaillais aux côtés de tante Gertrude, je fus bientôt aussi grande qu'elle et nous fonctionnions comme une machine bien rodée. Je ne faisais pas partie de sa famille, elle se bornait à m'encourager de temps à autre, comme à contre-cœur. Pourtant elle m'a tout appris dans le domaine de la maison, des bébés, de l'art de recevoir et des bonnes manières. A la fin de mes études, j'étais capable de tenir le presbytère aussi bien que ma tante elle-même.

Ma cousine Betty n'apprit jamais rien. Elle se débrouillait pour rater, gâcher et casser, si bien qu'à la fin ma tante renonçait : « Cette fille est une vraie calamité ! » Je compris, trop tard hélas, qu'en réalité Betty était un vrai génie.

« Tu es tombée dans une bonne maison », me disaient les gens quand ils me voyaient assister ma tante pour les œuvres sociales, les mariages, les enterrements et les réunions d'entraide des dames de la paroisse. A chaque fois, je me remémorais les paroles de ma mère : « Nous allons avoir une maison à Cedar Falls, Iowa » et, l'espace d'une seconde, je revoyais le presbytère tel qu'il m'était apparu le premier jour : un cadeau énorme, d'une richesse inouïe, que mon père nous avait fait à toutes les deux.

Je connaissais le sort des sans-logis pendant la Grande Dépression et je répondais en souriant : « C'est vrai, j'ai de la chance. » Mais qu'adviendrait-il de moi quand j'aurais fini mes études ? J'étais en dernière année. Hitler et Mussolini poursuivaient leurs conquêtes. Roosevelt donna aux navires et aux avions l'ordre d'attaquer à vue tout bateau allemand ou italien surpris dans nos eaux territoriales. Notre destroyer, le *Reuben James*, avait été coulé par les Allemands au large des côtes d'Islande. Les échos des batailles nous parvenaient par la radio : nous entendions des explosions, des cris, des sirènes, et nous nous regardions avec la crainte que notre pays soit le prochain sur la liste...

A la fin décembre 1941, j'allais faire un tour du côté du campus universitaire de l'Iowa State Teachers College pour contempler ces bâtiments de briques rouges dont les portes me seraient à jamais fermées. Il neigeait. J'entendis des pas derrière moi dans l'allée.

— Salut !

C'était Joe Stepler.

— Salut !

Nous fîmes un bout de chemin ensemble. Ses cheveux clairs étaient tout étoilés de flocons de neige. Joe était loin d'être aussi beau que Robert Laird, et il était aussi blond que l'autre était brun.

— Tu rentres à l'université l'année prochaine ?

— Moi, à l'université ? Où veux-tu que je trouve l'argent ?

Joe hocha la tête et regarda ailleurs.

— Il va falloir que je travaille. Employée de bureau ou secrétaire. Mon oncle ne peut pas me nourrir éternellement.

Joe avait dû percevoir la détresse qui perçait dans ma voix. Les cloches du campanile égrenèrent leurs notes au-dessus de nos têtes. Des étudiants, chaussés de bottines et de grandes chaussettes multicolores, couraient dans la neige, évoluant dans un monde inaccessible à mes yeux.

— Et toi, qu'est-ce que tu comptes faire ? lui demandai-je par politesse, seulement attentive à mon propre malheur.

— J'intègre les marines. Nous allons entrer en guerre.

Je m'arrêtai, le souffle coupé, contraignant Joe à s'arrêter aussi.

— Joe ! m'écriai-je. Et moi qui m'apitoie sur mon sort !

— Ne t'en fais pas, tout se passera bien. Pour toi aussi.

— J'en suis sûre, Joe. Tu as toujours été tellement gentil avec la petite orpheline que j'étais, à mon arrivée en ville... Tu te rappelles quand on allait chez toi écouter en douce *Jack*

Armstrong et *The Lone Ranger* ? Et la grange de M. Calvin-horn ? Et notre cimetière d'animaux ? Et la fois où tu as retrouvé Sonia qui s'était égarée dans un champ de maïs ? Il ne peut rien arriver de mal à quelqu'un d'aussi gentil que toi ! Tu devrais être capitaine de l'équipe de football – ou président de la classe !

Nous savions tous deux que Robert Laird cumulait ces titres. C'était lui – et non Joe – qui avait séduit, puis laissé tomber les plus jolies filles de notre lycée, à tel point que beaucoup d'entre elles ne s'adressaient plus la parole – et ne parlaient plus à Robert. Après son diplôme, il entrerait à l'université et se mettrait à sortir avec les étudiantes. Je me dis qu'il lui faudrait du temps s'il voulait les essayer toutes...

— Merci pour les compliments, dit Joe, mais je n'ai rien fait d'extraordinaire, tu sais.

Je l'assurai du contraire en lui disant au revoir.

A la maison, je trouvai les Letty en train de décorer l'arbre de Noël en écoutant les nouvelles de la guerre à la radio. Nous accrochâmes les fragiles décorations, les boules et les clochettes toutes cabossées, au son des bombardements de Hitler sur Londres.

Puis ce fut l'attaque de Pearl Harbor par les Japonais, et cette nuit de Noël où Conrad Beale me déclara : « Miranda Letty, vous êtes le plus bel ange de la Création. »

7

Conrad Beale sonna à notre porte presque tous les après-midi de ce mois de janvier glacial. Au début, tante Gertrude me demandait de m'occuper du bébé dès que je rentrais de l'école, et, à quatre heures et demie, je montais les escaliers quatre à quatre pour remettre ma robe de classe pendant qu'elle faisait entrer Conrad au salon. Finalement, elle me dit, exaspérée :

— Ce n'est pas la peine de te changer en rentrant de l'école, tu feras ta toilette après dîner. Fais tes devoirs dans le salon, comme ça tu seras présentable.

Pour la première fois depuis des années, j'avais quelques heures à moi avant le repas du soir.

Conrad conduisait une Cadillac flambant neuve – sa dernière acquisition. Peu de temps après, il y eut pénurie de voitures. Conrad et sa Cadillac avaient fait l'objet d'une conversation lors de la préparation du repas de Thanksgiving, à l'église. Tout en épluchant les pommes de terre, j'écoutais ces dames d'un air faussement détaché...

— On n'a jamais vu Conrad en compagnie d'une jeune fille, dit Mme Valey qui préparait des œufs durs au curry.

— C'est lui qui dirige l'usine de son père, rétorqua Mme Burt. Il voyage beaucoup... Il s'amuse peut-être comme un fou à l'étranger.

— Il faut dire que chez lui, ça ne doit pas être drôle tous les jours, poursuivit Mme Newton. C'est son père qui fait la loi.

— Quel âge a Conrad ? Pas loin de vingt-trois ans, je crois.

— Il porte des costumes hors de prix.

— Il est toujours élégant – comme Robert Laird, souffla Mme Valey, s'assurant d'un regard circulaire que la mère de Robert n'était pas à portée de voix.

— Tous les mois, Robert amène une fille différente à l'église, poursuivit Mme Palmer.

Les oreilles me tintèrent, comme chaque fois que l'on évoquait le nom de Robert Laird. J'avais observé son comportement, à l'église, avec chacune de ses petites amies : la fille était assise seule, Robert chantait dans le chœur. Sa mère se débrouillait pour qu'il ait de beaux costumes – au dire de ces dames, elle n'était pas riche. Robert, avec sa voix de ténor facilement identifiable dans les cantiques, dominait les basses de son timbre riche et vibrant. Le dimanche, je pouvais le contempler à loisir pendant une heure, je ne m'en privais pas. Pendant des années, je l'avais épié à l'école. Par la fenêtre du salon, je scrutais sa maison, juste en face de la nôtre.

— Conrad Beale et Robert Laird sont cousins, dit Mme Newton.

— Vraiment ?

Mme Valey, qui se dirigeait vers la glacière, s'arrêta net, le plat d'œufs à la main.

— Mais oui. Vous êtes trop jeune pour vous en souvenir, et vous n'étiez pas encore en ville quand cette terrible dispute a éclaté entre les frères Beale. Robert s'appelle en réalité Robert Beale.

— Adele Webster devait épouser S.C. Beale, expliqua Mme Carey.

— Le père de Conrad, précisa Mme Palmer.

— Mais le jour même de ses noces, elle a changé d'avis et refusé d'épouser S.C. Elle s'est mariée avec son frère, Henry !

— Le père de Robert, ajouta Mme Palmer.

— Vous vous rendez compte ! S.C. n'adressa plus jamais la parole à Adele, ni à son frère.

— Quelle histoire ! s'exclama Mme Valey.

— Adele et Henry ont eu deux petites filles. Elles sont mortes toutes les deux. Robert est venu après.

— S.C. s'est marié tout de suite après avec Lillian McCutcheon et Conrad est né.

— S.C. n'a plus jamais voulu entendre parler d'Adele, même remariée – devenue Mme Laird –, puis veuve.

Les dames faisaient des messes basses dans un coin de la cuisine.

— Voilà pourquoi Adele a donné à Robert le nom de Laird, dit Mme Carey.

Tout en retirant les yeux des pommes de terre, je pensais : pauvre Robert, il a perdu deux pères, et le nom de son vrai père par-dessus le marché.

Adele dressait les tables à côté, dans la salle commune. C'était une femme mince, d'allure timide, peu loquace. Pourtant deux frères s'étaient battus pour elle. Difficile à imaginer, mais combien romantique... Et aujourd'hui, les filles se battaient pour Robert. C'était de famille, sans doute...

— S.C. ne vient jamais à l'église, de peur d'y rencontrer Adele, dit Mme Valey.

Ce ne sont que des ragots, me dis-je en finissant ma corvée d'épluchage. J'étais loin de me douter que, quelques mois plus tard, ces cancanières auraient en ma personne un nouveau sujet à se mettre sous la dent.

Et bien sûr elles s'en donnèrent à cœur joie. Conrad Beale venait au presbytère presque tous les jours. Le regard que les gens portaient sur moi avait changé, comme si j'avais subitement été dotée de pouvoirs surnaturels. Mes cousins eux-mêmes me considéraient avec un certain respect – et cette fois-ci les fantômes n'y étaient pour rien.

Tante Gertrude avait placé son plus beau service en porcelaine sur une étagère basse, de façon à l'avoir à portée de la main. Alors que les jeunes filles de ma classe se lamentaient à l'idée de voir leurs fiancés partir à la guerre, tous les après-midi j'accueillais M. Beale d'un « comme c'est aimable à vous de me rendre visite ».

Tante Gertrude demanda à Betty de la seconder après la classe pour préparer le dîner et s'occuper du bébé, tandis que j'attendais Conrad, vêtue de ma meilleure robe. Ma tante et ma cousine n'avaient pas le choix, le principal but dans la vie d'une jeune fille étant de faire un « beau mariage » – et j'étais courtisée par le célibataire le plus riche de notre paroisse. Tout en se montrant affable envers « M. Beale », tante Gertrude ne se privait pas de me répéter qu'il y a loin de la coupe aux lèvres. « On ne vend pas la peau de l'ours avant de l'avoir tué », disait-elle. Mais ce n'était pas elle qui passait des heures au salon avec Conrad. Il s'était enhardi jusqu'à me prendre la main et, comme je ne l'avais pas giflé, il recommençait tous les jours.

Je n'avais strictement aucune expérience de ces choses, pourtant quelques jours plus tard, je lui demandai s'il aimait danser.

— Je ne suis pas très doué, me répondit-il.

— Moi non plus. Cela vous plairait-il d'apprendre ?

Je cherchai un programme musical à la radio, arrêtai mon choix sur un air de swing, m'avançai vers lui et posai ma main sur son épaule. Au risque de rester planté là comme une treille avec une vigne entortillée dessus, il fut bien obligé de refermer ses bras sur moi.

Il était tellement courtois… Peu à peu, nous nous sommes enlacés, nous avons dansé collés l'un contre l'autre, puis nous

nous sommes embrassés. Je trouvai bientôt naturel de m'asseoir sur ses genoux en écrasant le pli de son pantalon. Le dimanche, à l'église, Conrad ne me quittait pas du regard, ses yeux me suivaient comme deux chiens fidèles. A peine avais-je franchi le seuil que je sentais toute son attention tendue vers moi, de la semelle de ses chaussures à la racine de ses cheveux.

J'ignorais tout de la sexualité. Dans les ouvrages que l'on me permettait de lire, le récit glissait de la cérémonie du mariage au moment où le jeune couple extatique prenait son petit déjeuner. Avec un garçon expérimenté en la matière comme Robert Laird, j'aurais vite réalisé que j'avais une attitude provocante. Mes lectures éludaient toujours ces réalités, et les adultes de ma connaissance semblaient lisses et asexués comme des chérubins ou des séraphins. Parmi mes amies, une seule osait parler de sexe, mais la suite prouva qu'elle avait tort.

Depuis la mort de ma mère, personne ne m'avait donné un baiser. Et voilà qu'après toutes ces années quelqu'un faisait attention à moi, me prenait dans ses bras, me cajolait et me caressait. Pour moi, le sexe, c'était quelque chose qu'un homme faisait et après on avait un bébé. Je pensais bien que cela m'arriverait un jour, mais je ne m'en souciais guère.

Je ne voyais qu'une chose : moi, la nièce orpheline et mal fagotée, la « bonniche » aux mains gercées dévoreuse de romans, je fascinais Conrad Beale, un homme d'une distinction et d'une éducation exquises. Aurais-je acquis en si peu de temps un magnétisme tel qu'un homme vienne tous les après-midi sonner à ma porte ? Je contemplais ce moi extraordinaire dans tous les miroirs et exerçais mon nouveau pouvoir comme un tireur à l'arc qui manierait une mitrailleuse.

Je prenais des airs importants – j'essayais bien de ne pas trop le montrer, mais j'étais terriblement fière. Pour la première fois quelqu'un voulait de moi. Au bout d'un certain temps, le dimanche, Conrad passait me chercher pour aller à l'église. Il m'attendait après l'office et nous bavardions sous le porche. Les chanteurs du chœur nous frôlaient dans un bruissement de robes en rejoignant leur salle. Je ne levais jamais les yeux sur eux, mais une fois Robert Laird passa si près que sa robe m'effleura et je sentis son regard se poser sur moi. Conrad dit bonjour à Robert et celui-ci lui rendit son salut – ils étaient cousins –, mais je fis semblant de ne pas voir Robert et n'avais d'yeux que pour Conrad.

A partir de ce moment, l'attitude de Robert à mon égard changea du tout au tout. Pendant des années je m'étais intéressée à lui, mais il m'avait toujours ignorée, pourtant nous étions camarades de classe. A présent il rôdait souvent près de mon vestiaire – qui ne se trouvait pas dans la rangée centrale. Il me disait « salut » ou « bonne journée ». Plusieurs fois par semaine, il se trouvait juste derrière moi à la cantine. Les petits cheveux de ma nuque étaient tout hérissés.

Avec le mois de février approchaient les répétitions de l'opérette de fin d'année. Cette année-là, nous devions jouer *La Bohémienne*. Notre école n'était pas grande et, à condition de savoir un tant soit peu chanter, on était assuré de faire partie du chœur et d'apparaître sur la petite scène, noyé dans la foule de paysans, marchands et bohémiens. Le premier rôle masculin revenait à Robert, qui était sans conteste notre meilleur ténor.

J'assistai à la première répétition, comme la majorité des élèves, toutes classes confondues.

— Il y a beaucoup de Gitanes dans le chœur, dit Mlle Harmon, le professeur de musique, en nous distribuant les partitions.

Les filles pensaient déjà à leurs costumes.

— Le rôle du jeune premier sera tenu par Robert Laird, poursuivit-elle, ce qui ne surprit personne. Miranda Letty, vous chanterez la jeune première, dit-elle en s'approchant de moi.

— Mm... mais je n'ai chanté que dans le chœur, je ne saurai pas, balbutiai-je.

— Vous apprendrez, dit Mlle Harmon, vous chantez à l'église, n'est-ce pas ?

C'était donc ça... J'avais remplacé une ou deux fois des sopranos grippées. Les filles pouffaient de rire.

— Tu vas te marier avec Robert ! Regarde page quarante-cinq, gloussa Patty Hayes.

Epouser Robert ? Devant tout le monde ? En sortant, plongée dans la page quarante-cinq, je faillis lui rentrer dedans.

— Je t'ai entendue chanter à l'église, tu as une belle voix de soprano, tu feras une parfaite Bohémienne, me dit-il.

Je lui lançai un regard courroucé.

— C'est toi qui as vendu la mèche ? Ah, bravo, et merci beaucoup !

— On va s'amuser ! Et puis l'orchestre est si mauvais qu'il nous couvrira – comme d'habitude...

— C'est terriblement long, dis-je en feuilletant le livret pour ne pas avoir à lever les yeux.

— Si tu veux, je t'aiderai, après les cours – les jours où je n'ai pas d'entraînement au basket. Rendez-vous dans la salle de musique demain. Moi, ça me connaît. Tu verras, tu apprendras vite.

« Rendez-vous dans la salle de musique. »

De retour à la maison, blottie sur les genoux de Conrad, cette phrase continuait de me trotter dans la tête : « Rendez-vous dans la salle de musique... tu apprendras vite... »

J'en rêvai la nuit et, le lendemain matin, au petit déjeuner, je ne pus rien avaler. Je mis mon plus beau chandail et ma plus belle jupe pour aller en classe. Après le dernier cours, j'arrivai en avance dans la salle de musique et m'installai sur une chaise, au milieu d'une forêt de lourds pupitres.

Une minute plus tard, Robert entra sans refermer la porte derrière lui et s'appuya nonchalamment contre le tableau noir en souriant : c'était tout lui. Il avait le même large sourire que son cousin : je ne l'avais remarqué que récemment, depuis que je fréquentais Conrad de près. Robert avait comme lui des sourcils indisciplinés, des yeux bruns presque noirs et un grand nez. J'ouvris ma partition sans répondre à son sourire.

— Par quoi commençons-nous ? Je n'ai pas beaucoup de temps. J'ai rendez-vous.

C'était la vérité. Conrad devait me rendre visite. J'entendais signifier à Robert que, puisqu'il m'avait entraînée dans cette histoire, il avait intérêt à se mettre sérieusement au travail.

Notre premier duo était une chanson idiote sur la pluie et le beau temps. Robert chanta sa partie en s'accompagnant sur le vieux piano qui sonnait comme une casserole. Je ne bougeai pas. Mais quand nous reprîmes en duo, il quitta le piano et vint vers moi en écartant les pupitres un à un, s'approchant davantage à chaque page qu'il tournait, jusqu'à ce que j'aille me réfugier derrière le bureau, sans cesser de roucouler : « Par ce beau matin de mai ».

— Il faut se tenir *côte à côte* pour chanter en duo, dit Robert en souriant à nouveau. Nous devons être *en harmonie*.

Il avait raison, et je dus le laisser faire quand il abandonna sa partition et lut sur la mienne. Son chandail touchait la manche de mon pull-over de laine rose et j'aurais pu compter ses cils. Il me regardait. Aurais-je mis trop de parfum ? Est-ce que je perdais mes pinces à cheveux ? Nous étions à une ou deux mesures de la fin lorsque le calme gagna peu à peu les salles de classe voisines. Le hall résonna des derniers bruits de pas et tout retomba dans le silence.

Je m'efforçai de suivre sans trembler ni transpirer ce livret stupide bourré d'archaïsmes. Finalement, Robert dut se remettre au piano pour déchiffrer un passage plus difficile, ce qui ne joua pas en sa faveur car je pus reprendre mon souffle.

Nous répétâmes encore un moment. L'école était silencieuse et déserte, les lèvres de Robert se rapprochaient de plus en plus des miennes.

Il chantait : « Tu es mon seul et unique amour » avec une apparente conviction. Il passa son bras autour de ma taille.

— Arrête !

Je le repoussai si violemment qu'un pupitre dégringola avec fracas, entraînant les autres dans sa chute.

— Je dois partir, criai-je en lui rendant son regard furieux.

J'attrapai mon manteau et mes livres, et sortis. L'air froid de janvier fouetta agréablement mes joues en feu. J'avais entendu les filles vanter la « douceur » de Robert. Il faut dire qu'elles étaient toutes sorties avec lui, sauf moi – j'étais vraiment la cinquième roue du carrosse. Pendant des années, il ne m'avait pas prêté plus d'attention qu'aux caryatides porteuses de flambeaux à l'entrée de l'école.

Chaque jour, dans la salle de musique, je me muais en Bohémienne de pierre. Robert comprit à mon regard qu'il recevrait une gifle à rebondir contre les murs s'il osait le moindre geste. Bien sûr, il ne lâcha pas prise. Que la « parente pauvre » d'un pasteur pût tenir la dragée haute au capitaine de l'équipe de football et président de classe était pour lui inconcevable. Du flirt léger, il passa à une cour pressante.

— Nous sommes censés être *amoureux*.

— En effet, rétorquai-je d'un ton froid. *Censés* seulement.

— Tu dois être folle de moi, cria-t-il en essayant de m'attirer contre lui pour m'embrasser.

Tout ce qu'il récolta fut une claque. Il était hors de lui, les yeux étincelants de colère, le visage cramoisi.

Robert Laird ! J'étais folle de lui et il perdait la tête chaque jour davantage. Je courais me réfugier à la maison pour savourer la situation. Je dois l'avouer, je buvais du petit-lait : je flirtais avec un homme, un autre était à mes pieds, avec des intentions on ne peut plus louables.

Mais, intérieurement, je n'étais pas une créature de pierre. L'après-midi, après avoir roucoulé des duos d'amour avec Robert, je me précipitais dans le salon de ma tante, où j'embrassais Conrad à perdre haleine. Il était au comble du bonheur et, devant son sourire, je me sentais moins coupable. Il était si gentil et je l'aimais tellement... Au fond, je n'avais rien à me reprocher : n'importe quelle jeune fille aurait succombé aux baisers de Robert s'il lui avait fait des avances.

Non que j'aie eu l'intention de le mener en bateau – j'étais trop nerveuse et ses yeux sombres brillaient comme s'il avait pris goût au jeu. J'étais sûre que j'aurais, à la fin de l'année scolaire, des baisers volés, une rose dans mon pupitre d'écolière, des bonbons dans mon casier et des messages codés à la bibliothèque dans « Spenser » ou « Milton ».

8

Les chanteurs et l'orchestre franchirent le cap de la répétition générale sans trop de fautes. Mlle Harmon, campée au
centre de la scène, nous dirigeait à grand renfort de
moulinets. C'était une grosse dame aux larges hanches,
qu'elle balançait de telle sorte qu'on l'avait surnommée
« Hippo Harmon ».

— Gardez le tempo ! hurlait-elle en agitant ses bras courts.
Un… deux…

Pendant que le chœur chantait, Robert se pencha vers moi
par-dessus un buisson factice et murmura :

— Tu veux bien être ma cavalière pour la soirée après la
représentation ?

Je le dévisageai, interloquée. Un rendez-vous ? Il me poursuivait de ses assiduités depuis des semaines et il était tellement furieux d'avoir été éconduit qu'il ne m'adressait plus la
parole – à plus forte raison pour m'inviter. Un rendez-vous,
c'était officiel. Robert Laird sort avec Miranda Letty. Je
repris mes esprits et chuchotai : « D'accord. » J'étais sur un
petit nuage – et pas peu fière de moi. J'avais eu raison de lui
tenir la dragée haute.

Je n'avais pas de robe correcte à me mettre pour la soirée,
mais par chance nous allions en costume de scène chez
Arlene Brown, où nous devions déguster du chocolat et des

cookies. Ensuite nous devions passer de vieux vêtements pour démonter les décors.

Naïve comme j'étais, je fus incapable de tenir ma langue... j'étais obsédée par cette image idyllique : Robert assis à côté de sa « Bohémienne » de fiancée dans le salon d'Arlene Brown, devant la troupe au grand complet.

— Qui t'accompagne à la soirée ? demandai-je à Mary Hogan, la dernière en date des petites amies de Robert.

— Joe Stepler. Et toi ? fit-elle avec une lueur de condescendance dans le regard.

— Oh, simplement Robert, dis-je en tournant les talons.

Dix minutes plus tard, ce n'était plus qu'un secret de Polichinelle, mais je m'en moquais. C'était mon premier triomphe, après tant d'années...

Le 13 février, date de la première représentation, arriva vite. Je devais épouser Robert sur scène devant tout le monde – y compris Conrad. Je portais un voile de mariée en gaze retenu par une couronne de roses en papier, et ma robe, étoffée par une autre bande de gaze, était taillée dans une ancienne robe de soirée en satin blanc donnée par la mère de l'un des participants. Apparemment, mon destin était d'apparaître tous les ans en public drapée de gaze.

Je devais être en rythme avec l'orchestre, avec le chœur, avec Robert, et savoir par cœur ces couplets stupides qui parlaient d'amour éternel. Pis encore, il fallait que je regarde Robert, engoncé dans un uniforme en laine de la Première Guerre mondiale au col empesé, qui ne me quittait pas des yeux, essayant de se montrer le plus convaincant possible en prince consumé d'un amour éternel. Qui plus est, je devais l'embrasser. Tous attendaient ce moment avec impatience, car nous avions toujours éludé le baiser lors des répétitions.

Nous nous sommes embrassés deux soirs de suite – Conrad se trouvait au premier rang. Il fit de son mieux pour dire qu'il avait apprécié le spectacle, mais dès le deuxième soir il ne put s'empêcher de me dire :

— Il faut vraiment qu'il t'embrasse ?

— Oui, c'est obligé, répondis-je plus sincèrement que Conrad ne pouvait l'imaginer – car si Robert voulait m'embrasser, il lui fallait revêtir ce costume étouffant avec son col amidonné.

Le manque d'enthousiasme que je me devais d'affecter concernant ce baiser de théâtre n'abusa ni Conrad ni Robert. Même si je tremblais que mon voile ne glisse ou que l'épée de Robert ne s'entortille dans la gaze de ma robe quand il m'enlaçait, je fondais sous son baiser et nous reprenions avec une ou deux mesures de retard.

Naturellement, Conrad n'apprécia guère. Il fut d'autant plus malheureux que je lui annonçai que j'avais rendez-vous avec son cousin après le spectacle. Mais Conrad n'était que l'un de mes amis, nous n'étions pas fiancés et il n'eut d'autre recours que de paraître plus triste encore et de m'envoyer une douzaine de roses rouges à l'issue de chaque représentation. Le soir de la dernière, j'étais là, devant toute la ville réunie, habillée en mariée, les bras chargés de roses, un petit ami à l'air triste au premier rang, un autre à mes côtés, avec qui j'allais sortir dès que nous aurions quitté la scène. Un véritable triomphe... Tante Gertrude elle-même fut impressionnée lorsque je lui dis que je devais rejoindre Robert. Elle me dit qu'un peu de compétition n'était pas nuisible.

Le rideau à peine tombé, tous se ruèrent dans les loges pour se démaquiller. Encombrée par mon voile, ma couronne et ma traîne, je partis la dernière, prête à présenter mes excuses à Robert pour ce retard.

Robert n'était pas là. J'attendis près du vestiaire des garçons, personne ne vint. Je jetai un coup d'œil par le rideau de scène : quelques groupes s'attardaient encore au foyer en bavardant.

La scène était silencieuse, plongée dans une semi-obscurité. Il n'y avait plus que les arbres, les buissons, le rosier en carton-pâte et une mariée d'opérette qui, à peine un quart d'heure plus tôt, savourait son triomphe, les bras chargés de roses, un sourire vainqueur aux lèvres.

Pauvre idiote ! Je patientai encore un peu. Ma tête bourdonnait, comme lorsque l'on est confronté à un choix cornélien. Que faire ? Rentrer seule à la maison ou apparaître seule à la soirée ? Trop en colère et trop fière pour rentrer à la maison, je décidai d'aller seule à la soirée. Emmitouflée dans mon manteau, je traversai la rue pour aller chez Arlene Brown et me faufilai tant bien que mal par la porte de la cuisine, emmaillotée dans la gaze, mon voile traînant dans la neige.

La mère d'Arlene me surprit au moment où je tirais mon voile à l'intérieur. J'essayai de l'arrêter, mais elle fut plus rapide que moi ; elle était déjà dans le salon où toute la troupe était rassemblée.

— Voici notre Bohémienne ! s'exclama-t-elle.

Robert, dans son uniforme de la Première Guerre mondiale, était alangui sur le canapé à côté de Mary Hogan en corsage rouge et jupe gitane. Mary avait à peine attendu la fin de la représentation pour dénuder ses épaules et dégrafer son corsage juste ce qu'il fallait pour que Robert eût envie d'y plonger le regard – ce dont il ne se privait d'ailleurs pas.

Je n'avais qu'une envie, c'était de partir, mais la mère d'Arlene me conduisit dans la salle à manger.

— Viens prendre quelque chose, ma chérie.

Elle me tendit une assiette de petits-fours nappés de sucre glace.

— Tu as été magnifique ce soir.

J'avais les yeux pleins de larmes. Je piochai aveuglément dans les petits gâteaux.

— Merci, merci beaucoup. Je dois rentrer à la maison. Merci de votre invitation.

Je partis comme j'étais venue, par la porte de la cuisine. Une fois dans la rue, je me rendis compte que je serrais trois petits-fours et une demi-douzaine de cookies dans ma main crispée sur mon voile.

Le mois de février était froid, une neige à demi fondue recouvrait les trottoirs, et j'avais oublié mes bottines. Le presbytère était à huit pâtés de maisons de là. Si quelqu'un regardait par la fenêtre ce soir-là, qu'a-t-il pensé de cette mariée zigzaguant entre les flaques à la lueur sporadique des réverbères, agrippée à son voile, les mains pleines de gâteaux ? Peut-être s'est-il dit qu'elle avait été abandonnée au pied de l'autel. Je pleurais toutes les larmes de mon corps. J'avais besoin que quelqu'un me prenne dans ses bras et m'embrasse en me disant : « Il n'en vaut pas la peine, il ne mérite pas une seule larme » ou « Les hommes sont des goujats »…

C'est alors que, en traversant la 5e Rue, j'aperçus une lumière qui filtrait de la fenêtre d'un sous-sol. Je pataugeai dans la neige fondue, dévalai les escaliers et me jetai en sanglotant dans les bras de Victoria Kline, sans lâcher mon voile ni mes gâteaux.

— C'était affreux, hurlai-je. J'étais si heureuse… et puis ç'a été horrible ! Je n'ai pas voulu l'embrasser et il s'est vengé !

Pleurnichant et reniflant, je lui racontai toute l'histoire. Elle me serra contre elle en disant :

— Il n'en vaut pas la peine. Ce Robert Laird est un imbécile.

Elle prit mes gâteaux et les posa sur une assiette.

— Maintenant, dit-elle en ôtant délicatement les pinces à cheveux de ma couronne, tu vas passer quelque chose de chaud et de confortable et nous allons faire une petite fête, rien que pour nous deux.

Son père était allé se coucher, et il faisait bon dans son petit atelier. Elle me donna un peignoir en flanelle et des chaussettes. Puis, assises sous la lampe, nous avons bu du chocolat chaud et mangé les petits-fours et les cookies de Mme Brown en parlant de sujets réconfortants.

Je restai toute la soirée à l'abri chez Victoria, jusqu'à ce que je puisse remettre ma robe de mariée et rentrer à la maison comme si je venais de mon rendez-vous. A tante Gertrude qui me demandait comment s'était passée ma soirée, je répondis laconiquement « très bien » et montai me coucher, prétextant la fatigue. Avant de m'endormir, je pensai à Victoria et me dis que l'amitié, c'est pour la vie.

A coup sûr, je détesterais l'opérette pour le restant de mes jours. Mais finalement, l'expérience de *La Bohémienne* se révéla profitable. Conrad avait assisté à la scène du baiser deux soirs consécutifs et il avait dû se résoudre à me voir sortir avec son cousin. C'en était trop pour lui.

— Epouse-moi, m'avait-il suppliée dès le lendemain.

— Mais nous nous connaissons à peine depuis six semaines, avais-je répondu, cruelle, froissant sa cravate en soie et ébouriffant son épaisse chevelure trop bien peignée – il avait vraiment de beaux cheveux.

Répondre oui tout de suite eût été stupide. Je l'embrassai à bouche que veux-tu – quoi de plus encourageant ?

Je ne pouvais m'empêcher de le comparer à Robert. Conrad était… adulte – c'était le mot. Il était gentil. Il voulait m'épouser, il n'était pas du genre à traiter les filles comme une marchandise à l'étalage. Quand je retournai à l'école le lundi, la proposition de Conrad me tint lieu d'armure contre la vue de Robert et Mary main dans la main dans le hall.

— Il me semble que tu t'es montrée terriblement froide avec M. Beale, me dit ma tante.

Elle ne savait pas à quel point je pouvais quitter ma froideur car, malgré la porte ouverte, elle ne nous surprit jamais – le parquet grinçait.

Quatre jours me parurent un délai raisonnable avant de donner ma réponse. Je disais : « peut-être », « nous verrons », « laisse-moi réfléchir ». J'ignorais combien de temps je pourrais traiter Conrad de la sorte. Je jouais un jeu cruel.

— Je suis trop jeune, lui dis-je le quatrième jour. Si je me marie, je ne pourrai pas travailler pour payer mes études à l'université.

— Tu veux aller à l'université ? dit Conrad en reculant pour me regarder dans les yeux. Rien ne t'empêchera de suivre des études une fois mariée. L'université de la ville te conviendra ?

— Oh, oui ! répondis-je dans un souffle.

Emerveillée et reconnaissante, je fis un grand sourire à Conrad, qui fit battre ses longs cils en guise de réponse.

— J'ai tellement besoin de toi, dit-il.

— C'est vrai ?

Je grimpai sur ses genoux et passai mes bras autour de son cou.

— Plus que tout au monde.

— Je suis la fille la plus ordinaire de Cedar Falls. Tu es si gentil…

— Ordinaire, toi ! Je n'ai jamais rencontré quelqu'un d'aussi lumineux. Non seulement tu es belle, mais tu es brillante et chaleureuse : tu es radieuse.

Je me blottis contre lui et l'embrassai. Ses yeux sombres, plongés dans les miens, étaient graves…

— Comme quelqu'un qui monte sur une caisse d'oranges entortillé dans de la gaze, avec des ailes pailletées ?

— Exactement comme un ange.

Il était sincère, il me voyait vraiment comme ça.

— Conrad Raymond Beale, dis-je d'un ton conforme à la solennité du moment, je n'ai rien d'un ange – et je doute que cela arrive un jour –, mais si tu envisages d'épouser la banale Miranda Daisy Letty… je serai fière d'être ta femme.

Son visage s'illumina, il me prit dans ses bras, me fit lever et m'embrassa. Il rayonnait de bonheur. J'étais impressionnée de voir l'effet que je produisais. Il ne voulait pas perdre une minute : il avait aperçu par la fenêtre du salon mon oncle qui rentrait au presbytère. Il remit de l'ordre dans ses cheveux et vérifia qu'il n'avait pas de traces de rouge à lèvres, puis alla frapper à la porte du bureau de mon oncle.

Je me remis du rouge à lèvres – j'avais les mains tremblantes – et me recoiffai, toute à la pensée de mon cher Conrad et des paisibles années à venir.

Lorsque Conrad sortit du bureau de mon oncle, tante Gertrude était dans l'escalier, les yeux rivés sur nous.

— J'ai fait ma demande à ton oncle, me dit Conrad.

Ma tante en resta bouche bée.

— Je voudrais que tu viennes.

Nous entrâmes dans le bureau en refermant la porte derrière nous.

— M. Beale vient de me dire que tu acceptes de l'épouser, me dit oncle Boyd d'un air grave.

— Oui, répondis-je en souriant à Conrad.

— Bien, fit mon oncle d'une voix pensive.

Il y eut un silence.

— Hum.

Bien que pasteur, il était homme d'expérience. Il savait comment aborder ces sujets. Et puis c'était aussi un homme d'affaires qui devait gérer une paroisse.

— Si je devais partir à la guerre, j'aurais demandé à Miranda de m'attendre, dit Conrad. Mais mon père est incapable de diriger l'usine Beale et il n'y a personne pour me remplacer. Avec la guerre, nous avons déjà des contrats importants, et nous en aurons davantage. Si je m'engage, je ne serai qu'un soldat de plus. Si je reste, je continue à faire tourner l'usine, les ouvriers ne perdront pas leur emploi, et les forces armées seront fournies en matériel pour des années. La commission d'enrôlement ne me permettra pas de m'engager, c'est évident. Non que cela me plaise, mais je n'ai pas le choix.

— Vous ne ferez pas la guerre ? dit mon oncle en levant les yeux vers Conrad. Plus tard, vous ne pourrez pas dire que vous avez combattu, vos amis pourraient vous traiter de profiteur de guerre…

— Je le sais, monsieur. Certains ne s'en priveront sans doute pas.

Je perçus de l'admiration dans l'intonation de mon oncle :

— C'est un choix difficile. Qu'en pense votre père ?

— Ça ne lui plaît pas, il dit que les gens me considéreront comme un réfractaire – il a fait la Première Guerre mondiale. Il est persuadé de pouvoir diriger l'usine si je m'engage.

— Et d'après vous il en est incapable ?

— Oui, monsieur. Il souffre beaucoup depuis son accident. Il tient absolument à se rendre tous les jours à l'usine, mais il ne peut plus travailler depuis des années.

Les deux hommes se regardèrent un moment en silence.

— Je sais que j'ai cinq ans de plus que Miranda.

— En effet, fit mon oncle en fronçant les sourcils comme si ces cinq années s'érigeaient comme d'énormes pierres entre Conrad et moi.

— Miranda aurait une raison de refuser : nous allons devoir vivre avec mon père un certain temps. Elle veut aller à l'université et c'est avec plaisir que je financerai ses études. Je déposerai dix mille dollars sur un compte en banque, en son nom propre.

Le bureau de mon oncle prit soudain l'aspect des lieux touchés par la grâce quand un miracle vient de se produire. L'air bourdonnait. Je fixai les chaussures étincelantes de Conrad comme si c'était le seul objet susceptible d'empêcher la maison d'exploser.

— C'est... équitable, dit mon oncle au bout d'un moment.

Dix mille dollars... c'était le prix d'une grande maison... j'étais tout étourdie. *L'université*... je pourrai aller à l'université, c'est tout ce qui occupait ma pensée.

Mon oncle récita une prière à notre intention, Conrad rentra chez lui et je sortis du bureau complètement transportée, promenant mon bonheur comme un oiseau sauvage prêt à s'échapper en déployant des ailes de géant.

Tante Gertrude attendait dans le vestibule, avec le bébé, qu'elle berçait par petites secousses pour l'empêcher de s'agiter.

— Conrad a-t-il fait sa demande ?

— Bien sûr, dis-je en me dirigeant vers la cuisine. Il paiera mes études également.

J'ouvris la glacière. Ma tante avait fait des petits sandwiches variés pour le thé des dames de la société d'entraide. Ils étaient enveloppés par quatre dans du papier paraffiné et personne – pas même mon oncle – n'aurait osé y toucher. J'ouvris un paquet et mangeai les quatre petits triangles. Je me rappelle encore le goût de cette salade à l'œuf sur le pain blanc et l'expression médusée sur le visage de ma tante.

Avez-vous déjà vu un chien qui meurt d'envie de vous arracher un morceau de jambe et qui est retenu par sa chaîne au dernier moment ? C'est à peu près l'effet que me fit tante Gertrude. Elle était figée dans son élan. Elle n'avait pas pu sauver ses sandwiches et elle tremblait de tous ses membres, elle en était sans voix.

J'avais bien d'autres secrets, mais pas question de les lui révéler. Je léchai un peu de salade sur mon doigt.

— Horriblement salé.

Je tournai les talons et montai l'escalier sans ajouter un mot.

9

Oncle Boyd ne tarda pas à mettre ma tante au courant, et le soir, au dîner, après la prière habituelle, elle déclara :

— Betty, tu t'occuperas désormais de la petite table. Empêche les garçons de se battre et surveille le bébé. Tu débarrasseras après dîner.

— Mandy... commença Betty.

Mais tante Gertrude l'interrompit :

— Miranda est fiancée à M. Beale. A partir d'aujourd'hui, elle prendra ses repas avec nous à la grande table.

Cinq paires d'yeux se braquèrent sur moi, puis se tournèrent vers la grande table où ma tante, sûre de son fait, avait dressé trois couverts : elle avait sorti la porcelaine et les couverts en argent de seconde classe.

Je jouai l'invitée d'honneur et m'assis dignement. Lorsque le bébé crachota et que Betty s'en plaignit, je pris un air distant, comme toute jeune personne qui va faire son entrée dans le monde, et me tournai vers mon oncle, qui parlait de la chute de Manille.

Ce fut un moment triomphal. Je connaissais par cœur la vieille cuisine sombre, de la moindre ébréchure sur la bassine à vaisselle à la plus petite tache sur la toile cirée. Je savais franchir la porte battante avec un plateau chargé d'assiettes. A présent, Betty entassait les assiettes sur le plateau, le portait dans la cuisine et nettoyait la toile cirée tandis que je buvais le café au salon avec mon oncle et ma tante en écoutant la radio, qui diffusait de mauvaises nouvelles : MacArthur battait en retraite.

Le lendemain, un samedi, mes cousins passèrent la plus grande partie de la matinée à vider le bric-à-brac du débarras pour le mettre à la cave, afin d'entasser le fouillis de Betty dans le débarras.

— Miranda a besoin d'avoir sa chambre, dit ma tante.

— Ce n'est pas juste, nous avons toujours partagé la même chambre depuis que les garçons ont la leur !

Malgré les protestations de Betty, j'échangeai ma couche étroite contre son lit. A mes yeux pourtant ce n'était que justice – bien que ce fût impensable quelque temps auparavant.

— Ma chambre ferme à clé ? demandai-je en m'installant à la grande table avec mon oncle et ma tante pour déjeuner.

Ma question fut suivie d'un profond silence : personne dans cette maison n'avait jamais verrouillé une porte depuis des années – pas même la porte d'entrée ni celle de derrière. A Cedar Falls, quand une maison se trouvait fermée à clé, c'était parce que les propriétaires étaient en voyage – ou morts.

— Bien sûr, il faudra que Miranda ait une clé, dit ma tante, la surprise passée.

— Il y en a tout un tas dans mon bureau, dans le tiroir du bas, dit mon oncle.

Il alla les chercher, et une fois encore je quittai la table en savourant le plaisir de ne pas toucher une assiette sale. Je montai essayer les clés les unes après les autres, tandis que Betty entrechoquait la porcelaine.

J'entendis le bébé crier. Je ne bougeai pas, voulant éprouver l'étendue du miracle. Lorsque ma tante arriva à l'étage et prit le bébé dans ses bras, je me dis que la situation dépassait mes espérances… tout cela en un seul après-midi.

Je finis par trouver une clé adéquate et décidai de la porter jour et nuit autour du cou. Pour moi c'était une clé en or. J'avais ma chambre, avec une serrure. Je me dis que je n'aurais probablement jamais ça à l'avenir. Une fois mariée, je ne pourrais pas interdire à mon époux l'accès d'une pièce dans sa propre maison – en admettant que j'aie une pièce à moi. A Cedar Falls, les hommes avaient leur « bureau » ou leur « bibliothèque » ou, ce qui était très à la mode, leur « cabinet de travail ». Mais à ma connaissance, aucune femme mariée n'en possédait.

Enfermée à clé, je m'installai confortablement sur mon lit, bercée par le ronron de la vieille essoreuse à la cave. Aucune voix ne s'éleva pour me demander de venir aider à la lessive. Comme si j'étais malade… Conrad venait de me délivrer de huit années de tâches ménagères. La vieille maison tamisait les sons comme un crible : j'entendais tante Gertrude sermonner Betty, le claquement des seaux remplis d'eau sur le vieux fourneau de la cave.

Je projetai d'accrocher aux murs de ma chambre de belles reproductions de tableaux – pas des photos de Frank Sinatra, comme les autres filles. Mais avant tout, il fallait que je reste fiancée le plus longtemps possible.

J'avais appris beaucoup en écoutant les dames papoter dans la cuisine de l'église. Je savais que l'on disait oui pour la vie. Cedar Falls, en tant que ville universitaire, était un peu plus libéral, mais à l'église les mentalités n'avaient guère évolué : les dévotes parlaient d'un professeur divorcé qui, ayant compris que sa situation portait atteinte à la réputation du collège, avait démissionné. Les rares divorcées de la ville étaient tenues à l'écart de la bonne société. On épiait tous leurs faits et gestes. N'ayant pour ainsi dire rien à perdre, elles suscitaient la méfiance. Une divorcée était moins bien considérée qu'une veuve : elle n'était pas seulement une « denrée périmée », c'était une marchandise dont il fallait se débarrasser, comme ces vieilleries que l'on jette après une vente de charité.

Les professions d'institutrice, d'infirmière ou de secrétaire mises à part, une jeune fille n'avait pas d'autre perspective que le mariage. Cedar Falls ne comptait que quelques jeunes femmes célibataires : on les voyait toujours avec le même chapeau le dimanche à l'église et elles habitaient en général une pièce meublée avec « jouissance de la cuisine » chez une veuve. Quant à moi, j'allais me marier, sans renoncer à faire des études pour autant. Mais je comptais rester fiancée le plus longtemps possible, j'étais « si jeune encore ». Le problème du bébé était donc écarté d'emblée – c'était un sérieux handicap car une femme enceinte ne pouvait pas aller à l'université. Je ne fréquenterais pas d'autre homme – à supposer que la guerre en épargne un seul –, j'étais censée me « garder » pour Conrad Beale, comme un compte d'épargne à son nom.

Conrad ne voulait pas apparaître avec moi en public tant que nos fiançailles n'étaient pas publiées. Mon oncle disait que Conrad s'enrichissait rapidement. La Beale Equipment Company, qui avait signé de gros contrats grâce à la guerre, tournait à plein régime, vingt-quatre heures sur vingt-quatre. Conrad trouvait cependant le temps de venir au presbytère tous les jours.

Le lundi suivant, après l'école, je me faisais les ongles en l'attendant. En contemplant mes mains redevenues douces et belles, je me dis que tout ceci n'était pas un rêve : ma cousine accomplissait désormais la plupart de mes besognes. J'entendis tante Gertrude admonester Betty qui avait brûlé un drap avec le fer à repasser, il faudrait le rapiécer. Betty, qui avait juré de ne « jamais » laver les couches du bébé, dut en passer par là et trouver le temps de faire ses devoirs tout en surveillant le repas du soir – je connaissais la chanson.

Lorsque Conrad arriva, il arrêta tante Gertrude qui apportait son plateau de café et de cookies et lui demanda une petite entrevue avant le dîner. Ils restèrent un bon moment dans le salon, puis, Conrad parti, ma tante vint frapper à ma porte – à présent elle frappait toujours.

— Entre.

Je n'avais pas perdu de temps : vêtue de vieux vêtements, j'étais déjà en train d'accrocher au mur une magnifique reproduction de Rembrandt, découpée dans le *Ladies Home Journal*.

— M. Beale est plein d'attentions, dit ma tante en s'asseyant sur mon lit. Il m'a donné une grosse somme d'argent pour toi. Fin mars, il veut nous emmener toutes les deux à Chicago, nous descendrons au Palmer House puis nous irons à l'Empire Room – où il t'offrira ton diamant.

— Je suis au courant, répondis-je d'un ton suffisant, du haut de mon escabeau. Il veut m'offrir ce qu'il y a de mieux.

Malgré ses efforts pour ne rien laisser paraître, tante Gertrude était à la fois stupéfaite et surexcitée.

— Tu as besoin de pull-overs, de jupes et de robes. Il te faudra également une robe du soir, des chaussures, des chapeaux – et une valise. Nous irons chez Black's samedi prochain.

Des emplettes chez Black's ? Voilà qui était nouveau. Quand par hasard on achetait des vêtements chez les Letty, on choisissait dans le gros catalogue Sears Roebuck. Betty et moi connaissions par cœur toutes les tenues pour fillettes, dans tous les coloris disponibles. Ce catalogue était une véritable mine, on y trouvait absolument tout ce qui peut s'acheter – y compris des singes vivants et des bébés alligators, décrits comme « inoffensifs lorsqu'ils sont petits ». La page consacrée aux animaux nous plaisait tout particulièrement. Quand le nouveau catalogue arrivait, ma tante nous donnait l'ancien pour y découper les personnages de nos spectacles de marionnettes – combien nous détestions quand il ne restait que les pieds des dames en sous-vêtements ou en maillot de bain ! Mais, même pillé, le catalogue était encore assez volumineux pour rehausser un enfant à table.

— Nous irons faire des achats ? dis-je d'une voix calme, en enfonçant une punaise.

— Oui, sur Waterloo.

Tante Gertrude contemplait sa nièce, juchée sur un escabeau, qui s'envolait vers une réussite dépassant toutes les espérances – surtout les siennes.

Pour faire des emplettes sur Waterloo, on mettait ses plus beaux sous-vêtements (gaine, combinaison et soutien-gorge), sa plus jolie robe et on se faisait une mise en plis. Comme pour aller à l'église, mais on prêtait davantage d'attention aux sous-vêtements. Il fallait porter des gants légers et un chapeau, même si le vent d'hiver soufflait en rafales. Un élastique rond et fin, fixé à la coiffe du chapeau, se passait derrière les oreilles, sous les cheveux, et on avait ainsi une chance de garder son chapeau sur la tête. Pour plus de sûreté, on piquait une longue épingle sur le devant, dans les cheveux.

Le samedi après-midi, chapeautées, gantées, corsetées et frisées, tante Gertrude et moi sortîmes dans les rues enneigées de Cedar Falls. Le tramway bringuebalait le long de Rainbow Drive avec un bruit de ferraille, et au terminus, à Waterloo, le conducteur retournait les dossiers afin que dans le sens du retour les passagers puissent voir le paysage devant eux. J'eus l'impression que tante Gertrude, elle aussi, avait fait demi-tour : je la reconnaissais à peine. Elle portait son manteau élimé et ses gants reprisés, comme d'habitude, mais sa voix et son regard avaient changé : elle conversait agréablement tandis que les buissons enneigés cinglaient les flancs du tramway, tout le long des champs de maïs.

Nous traversâmes le bourbier de neige fondue des rues de Waterloo pour aller chez Black's dépenser l'argent de Conrad. Le magasin possédait une « mezzanine ». J'adorais à la fois la sonorité du mot et la bibliothèque de prêt qui s'y trouvait, qui proposait les dernières parutions – les volumes encore recouverts de leurs jaquettes luisantes. Emprunter un livre coûtait cher, ce qui me paraissait tout à fait extravagant : pourquoi payer quelque chose qui finalement ne vous appartiendra pas ?

Le long de la rampe était alignée une rangée de chaises où les personnes âgées passaient la journée à regarder les clients du rez-de-chaussée.

— Quelles sont les couleurs préférées de Conrad ? me demanda ma tante en arrivant au rayon dames.

— Bleu et rose, répondis-je sans préciser comment je le savais.

J'adorais taquiner Conrad et, une fois, j'avais dégrafé un peu mon corsage pour lui montrer le ruban bleu de ma combinaison. « Tu as une couleur préférée pour les sous-vêtements ? Il faut que je le sache pour acheter mon trousseau. » Comme ma combinaison était rose avec un ruban bleu, le malheureux, tout désemparé, avait répondu « bleu et rose » en désespoir de cause. Par chance, ces deux couleurs m'allaient bien au teint.

Ici on ne décrochait pas les robes soi-même pour les porter dans une cabine d'essayage. Une dame sophistiquée nous fit entrer dans une pièce meublée de sièges capitonnés, avec vue plongeante sur la ville. Elle nous apporta les robes et m'aida à les enfiler. Voilà pourquoi il fallait avoir des sous-vêtements irréprochables.

Quels habits de rêve ! Les étudiantes se chaussaient de mocassins ou de chaussures plates avec des socquettes pour se démarquer de leurs mères mais, dans les classes aisées, les jeunes filles riches portaient des jupes plissées en laine épaisse et moelleuse, des pull-overs en laine d'agneau ou en angora, qui grattaient : elles mettaient en dessous des chemisiers de rayonne, dont elles rabattaient le col par-dessus leur pull-over. Parfois elles portaient des chemisiers plissés sous des robes chasubles, des robes de rayonne qui se chiffonnaient et des robes de printemps en coton.

Tous ces merveilleux vêtements étaient hors de prix... Oter un billet au rouleau de Conrad nous faisait l'effet de nous arracher un lambeau de peau. Dès que la vendeuse fut sortie, nous passâmes en revue, à voix basse, tous les moyens possibles de faire des économies. Victoria Kline pourrait sûrement confectionner une jupe semblable pour deux fois moins ? Ne trouverions-nous pas des chemisiers moins chers chez Sears ?

Non, trancha tante Gertrude. Conrad avait insisté pour que nous choisissions chez Black's « ce qui se fait de mieux », or Mlle Kline et Sears n'étaient pas « ce qui se fait de mieux ». Mais que choisir ? Tout me tentait, et tante Gertrude ne pouvait dissimuler une petite lueur d'envie dans son regard. Nous réussîmes quand même à me constituer une garde-robe pour le voyage à Chicago, les derniers mois d'école, l'été et l'université, en automne. Conrad voulait que je sois « belle comme un ange » pour aller à l'école et à l'église.

J'avais l'air d'un ange dans la robe de rêve que venait d'apporter la vendeuse : une robe du soir bleue toute doublée de taffetas bruissant, ornée de boutons de rose aux épaules et sur la jupe, avec des mules et un petit sac à main assortis. J'étais l'héroïne d'un des contes de fées que je racontais à mes cousins le soir, *Cendrillon* ou *La Belle et la Bête*. Cendrillon et la Belle trouvaient leur prince à la fin de l'histoire et, à défaut d'être aussi beau que le prince charmant, Conrad était sans doute aussi riche.

— Je peux voir ? demanda Betty, tout excitée, lorsque Black's vint livrer mes nouveaux vêtements.

Tante Gertrude monta avec elle et toutes deux restèrent sur le pas de ma porte en me regardant déballer les paquets et déposer leur contenu sur mon lit.

Betty ne cessait de s'extasier :

— Oh ! Tu as vu ce chandail ? Et la jupe assortie ? Et la robe en velours ! Comme elle est belle ! Les chaussures ! Encore un chandail et une jupe ! Un manteau ! Toute une garde-robe neuve !

— M. Beale veut que Miranda soit bien habillée quand ils sortiront ensemble, dit ma tante d'un ton faussement détaché.

Une brusque et délicieuse sensation de vengeance m'envahit sournoisement. Qui dans cette maison aurait pu se payer de tels vêtements ? C'est ce que je lus dans leur regard, par-dessus les richesses étalées sur mon lit.

10

— Mon père veut faire ta connaissance, me dit Conrad le vendredi suivant. Nous irons samedi après-midi.

J'étais assise sur ses genoux et devins aussi glaciale que la neige qui tombait dehors. J'étais morte de frayeur et je lus le même sentiment dans le regard de Conrad. Ma seule consolation était de porter pour la première fois un de mes nouveaux atours, puisque, hormis Conrad et son père, personne ne me verrait. Bien sûr, mon fiancé était libre de m'offrir une garde-robe, mais tant que notre engagement n'était pas officiel, je devais continuer à jouer la parente pauvre et ma soudaine bonne fortune devait rester secrète – exception faite pour ce samedi après-midi.

Donc, le jour dit, je descendis les escaliers, vêtue d'une robe de velours bleu à petits boutons brillants comme des diamants et chaussée d'escarpins à talons hauts. Je m'étais fait une mise en plis et j'avais les ongles vernis. Aux regards qui m'accueillirent dans le hall, j'eus la sensation d'être une autre. Un peu comme un papillon tout juste sorti du cocon qui gonfle ses ailes pour la première fois. Je mis le chapeau de velours bleu assorti au manteau d'hiver à col de castor : vision quasi insupportable pour Betty et pour ma tante – mais elles n'auraient pas supporté non plus de ne pas regarder.

Le contact soyeux des vêtements neufs qui caressent la

peau a quelque chose de rassurant. Conrad m'escorta pour descendre les marches branlantes de notre véranda, m'ouvrit la portière et m'installa avec égards dans sa Cadillac. Je ne pris même pas la peine de vérifier que la famille Letty au grand complet nous regardait par les fenêtres du salon.

Pendant le trajet, j'observai à la dérobée le profil de Conrad : il me paraissait digne d'un cow-boy. Il haussait de temps en temps ses sourcils irréguliers – épais à certains endroits et fins à d'autres – comme s'il avait perdu sa route, mais son grand nez pointait la bonne direction ! Il avait un beau menton carré, et son épaisse chevelure était d'un brun sombre, comme ses yeux. Ses rares sourires – il était très timide – dévoilaient de belles dents blanches.

Il ne m'adressa ni regard ni sourire, et je me demandais si, une fois chez lui, il se détendrait un peu. Sa première visite, avec la boîte de chocolats, datait à peine de neuf semaines et nous ne nous étions jamais vus en dehors de l'église ou du salon de ma tante. Dans un presbytère, on n'ose guère parler, comme si le bon Dieu pouvait faire irruption d'un moment à l'autre, j'imagine.

— J'ai peur, dis-je.

— Tu as peur de voir ta nouvelle maison ? Ce sera ta maison quand papa aura déménagé. Il avait l'intention de faire construire une maison, mais le projet a été stoppé à cause de la guerre.

« Ta nouvelle maison… » Tout à coup, j'avais neuf ans, je ne savais pas ce que le destin me réservait…

— J'ai peur de ton père.

— Appelle-le S.C., comme tout le monde.

Nous étions sortis du centre de Cedar Falls, du quadrillage des vieilles rues qui portaient des noms du nord au sud et des numéros d'est en ouest. Conrad quitta la 18e Rue en direction des « Buttes » – qu'on surnommait la « Colline des snobs ». Ces vastes demeures, construites comme des ranchs, déroutaient la population, habituée aux maisons à deux étages, avec pignons et vérandas : une verticalité sans mystère. Les maisons basses de style ranch, avec leurs rangées de pièces et de garages de plain-pied ou à demi enterrés, avaient des allures clandestines, comme une cabane dissimulée dans le gazon.

Conrad tourna dans une rue récente, que j'avais souvent arpentée à vive allure ces temps derniers, en lorgnant du coin de l'œil le ranch tout neuf des Beale qui s'étirait sur le flanc de la colline enneigée. La voiture s'engouffra dans le garage, dont la porte était ouverte. C'était la première fois que j'entrais dans un garage. Mon oncle garait sa vieille Ford dans la rue, au beau milieu des taches d'huile. Le garage était peint comme une pièce d'habitation. Nul besoin de sortir dans le froid : quelques marches menaient directement dans le hall. En m'essuyant les pieds, j'aperçus par une porte entrouverte la plus jolie des cuisines qu'il m'ait été donné de voir.

Tout était tellement différent du presbytère ! La maison ne sentait ni le vieux bois ni les galoches humides. Le soleil d'hiver jouait sur les beaux meubles et les tapis épais. En passant devant cette maison, je n'aurais jamais osé imaginer y vivre un jour. Surtout, ne te fais pas d'illusions, me disais-je. Songe à ta déception passée. Pourtant, Conrad ne me dit pas : « Nous t'hébergeons par charité chrétienne. » Je ne dormirais pas dans un recoin, sur une couche étroite et malodorante. Il me conduisit vers une grande chambre à coucher dont la vue me fit rougir.

— Voilà notre future chambre.

Lui aussi avait le rouge aux joues quand il m'aida à ôter mon manteau. J'hésitai avant de laisser Conrad le poser sur le lit – j'en étais tellement fière –, je voulais que son père le voie. Mais je portais la robe en velours, un joli chapeau assorti, des gants blancs – que je n'ôtai évidemment pas – et mon nouveau sac à main.

Nous sortîmes vivement de la chambre et nous nous retrouvâmes dans une pièce que Conrad me désigna comme notre future salle de bains, aussi élégante que celles que j'avais vues dans les magazines : il y avait un double lavabo, des porte-serviettes en cuivre ornés de têtes de lion, une baignoire, qui n'avait pas de pattes griffues, et même une douche (je n'en avais jamais pris de ma vie). Il nous fallut un petit moment avant de reprendre nos esprits et un ton normal de conversation.

— Mon père nous attend dans le solarium, dit Conrad.

Je le suivis dans une pièce inondée de lumière, aux parois vitrées à mi-hauteur. Un homme, la cinquantaine accusée, nous observait, assis dans un fauteuil roulant rutilant. Son crâne chauve luisait au soleil comme une boule de marbre. Sans attendre que son fils fît les présentations, il me lança un regard de biais au-dessus de ses lunettes et dit d'une voix forte :

— Voilà donc la nièce du pasteur, l'orpheline.

— C'est exact. Je suis la nièce du révérend Letty, et je suis orpheline, monsieur. Je m'appelle Miranda Daisy Letty.

Je crus percevoir un léger sourire sur ses lèvres. Peut-être ne s'attendait-il pas à ce que je lui réponde avec assurance. Peut-être était-ce à cause de « Daisy ». Je soutins son regard. Il m'observait des pieds à la tête.

— Explique-lui, dit-il à son fils.

A quoi faisait-il allusion ? Je me tournais vers Conrad : il devint rouge, blanc, puis vira un peu au gris.

— Est-ce que tu lui as dit que tu étais un réfractaire, que tu ne ferais pas la guerre ?

Conrad fit oui de la tête.

— Dis-lui le reste. Il le faut. Après quoi elle sera libre de partir avant que les choses n'aillent trop loin.

Conrad avait l'air mal à l'aise. Je posai une de mes mains gantées sur son bras – que pouvais-je faire d'autre ? –, mais il ne sembla pas s'en apercevoir. Il ne regardait pas son père, il ne me regardait pas. Il se tenait très droit, il se tordait les mains et ses articulations étaient toutes blanches.

— Je ne peux pas avoir d'enfant, souffla-t-il d'une voix tremblante. Nous ne pourrons pas fonder une famille.

— C'est une malformation congénitale, précisa S.C. D'après le docteur, la plomberie fonctionne, mais les tuyaux ne sont pas raccordés – ce sont ses propres termes. Mais ne vous inquiétez pas, Conrad peut quand même…

Il se tut. Leurs yeux étaient fixés sur moi : Conrad, incapable de me regarder, s'abritait derrière la barrière de ses longs cils, et son père m'observait de biais. On n'entendait que le tic-tac de l'horloge. Je ne sais si on peut qualifier de pensées les sensations qui m'envahirent à cet instant. Plus rapides que la lumière, c'étaient plutôt des fulgurances : la candeur de mes dix-sept ans, Conrad qui glissait de l'argent dans ma poche en riant, son air pitoyable à présent.

— J'aime Conrad.

Le tic-tac de la pendule semblait souligner ma déclaration en pointillé.

— L'aimeriez-vous s'il était pauvre ? demanda S.C.

J'en eus le souffle coupé.

— Je ne sais pas.

Je le regardai droit dans les yeux : cherchait-il à blesser davantage son fils ?

— Ce n'est pas une question à poser, ajoutai-je.

S.C. rit.

— Elle a raison. Conrad, sonne pour le thé et sers-moi un verre. Miranda Letty, venez près de moi et dites-moi pourquoi vous tenez tant à fréquenter l'université avant d'épouser mon fils.

Conrad approcha une chaise pour moi.

— Quand on est mariée, il faut se consacrer à son mari, dis-je en ôtant mes gants. Je veux être une bonne épouse pour

Conrad et cela prend du temps : le ménage, les repas, la lessive et le jardinage.

— Vous savez faire tout ça ?

— Je l'ai fait pour aider ma tante, dis-je avec une petite note de fierté dans la voix.

— Ici tu n'auras rien à faire de tout cela, s'écria Conrad. Tu auras ton bureau *et* tout le temps d'étudier.

Conrad apporta un verre à son père, puis resta debout derrière moi, la tête haute, avec l'expression la plus heureuse et la plus fière qui se puisse imaginer. Une dame d'âge mûr vêtue de blanc apporta un plateau chargé de canapés, de petits-fours et de tasses transparentes. J'avais entendu dire que M. Beale avait une gouvernante à demeure. Je lui souris, mais aucun des deux hommes ne me la présenta et elle sortit sans un mot.

Conrad ne mangea presque rien. Il s'assit à côté de moi et ne me quitta pas des yeux tandis que j'essayai de poser des questions intelligentes à M. Beale sur son usine. Ma tante m'avait appris à m'enquérir des centres d'intérêt de mes interlocuteurs. Je n'entendis guère les réponses de S.C., tout occupée que j'étais à manger le plus décemment possible, en souriant de temps en temps à Conrad qui me couvait d'un regard amoureux. J'avais mis entre parenthèses les événements de cette heure passée – un peu comme on plie une lettre dans sa poche pour en remettre la lecture à plus tard. Grâce à quoi j'enfournai sandwiches et gâteaux en soutenant une conversation polie.

— Eh bien, qu'attends-tu ? demanda S.C. à Conrad dès que la gouvernante eut débarrassé. Miranda Daisy a besoin d'une pièce pour étudier, fais-lui choisir son futur bureau si tu veux qu'elle t'épouse !

Je remerciai S.C. pour son hospitalité et lui serrai la main. Puis nous sortîmes, oublieux de tout ce qui venait de se dire dans cette pièce, pour explorer la maison. Où serais-je le mieux pour étudier ? se demandait Conrad. Dans quelle pièce me sentirais-je vraiment chez moi ? J'avais la gouvernante à demeure, l'université à quelques pâtés de maisons de là...

Conrad était gentil et attentionné : *bien sûr* je pouvais prendre la chambre sur le patio. Il suffisait d'enlever le lit. On mettrait un bureau et une bonne lampe, une bibliothèque, un siège confortable et une machine à écrire – c'était une pièce bien exposée, ensoleillée l'hiver et fraîche l'été grâce à l'air du jardin. Il m'embrassait à chaque minute en faisant tous ces projets et je l'embrassais bien fort en retour pour lui prouver que je compatissais à la terrible épreuve qu'il venait de subir.

— Marions-nous en juin, dit Conrad.

— Déjà !

— Pourquoi attendre ? Tu seras mieux ici pour étudier que chez ton oncle.

Drôle d'argument pour une demande en mariage, mais Conrad avait déjà épuisé tous les autres.

— Laisse-moi réfléchir.

Il me raccompagna donc au presbytère, afin que je réfléchisse. A peine Conrad parti, mon oncle et ma tante vinrent me rejoindre dans le salon.

— As-tu passé un bon après-midi ? demanda tante Gertrude.

Elle avait Bruce dans les bras et, comme il gigotait, elle le retourna sur une couche posée sur son épaule en lui tapotant le dos.

— Délicieux. Il y avait des canapés au concombre et des petits-fours.

— Une fois mariés, vous habiterez là-bas ?

— Oui. Nous aurons une belle chambre, avec une salle de bains particulière.

J'ôtai mes gants blancs et les lissai sur mes genoux.

— M. Beale a été aimable avec toi ? demanda ma tante.

Je répondis que oui, mais sa voix méprisante sifflait encore à mes oreilles : « Ne vous inquiétez pas, Conrad peut quand même... »

— C'est bien.

Bruce avait cessé de s'agiter, il hurlait à présent. Ce bébé se réveillait au beau milieu de la nuit en pleurant, il était tout le temps mouillé, il fallait sans arrêt le nourrir et le changer – le sort de mère de famille était-il vraiment enviable ? Si, au lieu de mettre au monde des êtres comme Betty, Ben, Bernard et Bruce, j'avais un homme qui m'adorait, quatre années d'université en perspective, un bureau à moi et pas de tâches domestiques ?

Je soupirai et montai me coucher en prétextant que j'étais fatiguée, exactement comme une invitée. Betty préparait le dîner et les garçons se bagarraient en mettant la table. La chambre dont j'étais si fière m'apparut soudain comme un réduit sombre. Je n'avais pas confectionné le dessus-de-lit, ni choisi les rideaux et le papier peint. Peut-être ne le ferais-je jamais. J'allais prendre en considération l'idée d'épouser Conrad en juin.

11

Début 1942, Conrad Beale avait fait irruption dans ma vie
avec une boîte de chocolats. Il avait fait sa demande à la
mi-février, et parfois j'avais du mal à croire au changement
survenu depuis dans ma vie : tante Gertrude ne me houspil-
lait plus, elle s'en prenait désormais à Betty et aux garçons,
qu'elle surchargeait de travail. Je descendais de temps en
temps quand le bébé, trempé, se mettait à hurler ou que le
dîner brûlait, juste pour m'assurer que j'étais toujours invi-
sible. Vérification faite, je remontais m'enfermer dans ma
chambre, j'essayais mes nouveaux vêtements, choisissant
ceux que je mettrais quand Conrad me rendrait visite.

Le dégel de janvier puis les tempêtes de neige de février
passèrent, je pouvais à loisir réfléchir à mon sort et observer
ce qui se passait autour de moi. Bernard et Ben cessèrent de
me prendre pour leur souffre-douleur. Ils étaient nerveux,
agressifs et se bourraient de coups, comme toujours.
C'étaient deux échalas boutonneux et dégingandés dans
leurs vêtements devenus trop petits, qui grimpaient les escaliers quatre à quatre et abîmaient les boiseries en se bagar-
rant. Avec ses oreilles décollées, comme son père, Ben était
toujours aussi maigre. Il ne pouvait plus s'attaquer à
Bernard : celui-ci, toujours grognon, était plus gros que son
frère et suffisamment grand pour lui en imposer. D'ici

quelques années, ils seraient en âge de s'enrôler, et ils commençaient à s'en rendre compte. Nous étions persuadés que la guerre durerait des années. Les Alliés ne progressaient pas et l'Amérique avait déjà perdu l'île de Wake et Manille.

Si les garçons avaient grandi, mon oncle semblait avoir rétréci. Il restait des heures entières assis à sa table de travail, et chaque fois que je jetais un coup d'œil dans son bureau, je le voyais aligner des chiffres et non des mots. Pendant huit ans, j'avais été pour eux une bouche supplémentaire à nourrir, et maintenant il y avait le bébé.

— Tu es d'un grand secours à ta tante, me disait parfois oncle Boyd. Je ne sais pas ce que nous ferions sans toi.

Jamais tante Gertrude ne m'avait parlé ainsi. Tous les après-midi, je me mettais sur mon trente et un pour recevoir Conrad : il me gâtait, m'offrait des fleurs ou des friandises, me donnait de l'argent, tandis que ma tante et mes cousins se tuaient au travail, avec leurs vieux vêtements sur le dos.

J'eus le temps d'observer Betty durant ces mois de janvier et de février. S'appeler Betty Letty n'était déjà pas un cadeau, et les gamins la surnommaient Betty Boop – par dérision, je suppose, car elle n'avait rien des formes généreuses du petit personnage de dessin animé. Quand elle faisait la vaisselle, elle semblait flotter dans son tablier, ses cheveux étaient tirés derrière ses oreilles avec des pinces, elle était persuadée que de toute façon personne ne ferait attention à sa coiffure. Par-dessus le marché, elle était fille de pasteur – la dernière avant Charlotte Brewer, la fille du croque-mort, que les garçons raccompagnaient le soir en chuchotant sur le pas de sa porte : « Il y a... quelqu'un... tu vois ce que je veux dire... là-dedans ? »

J'ai toujours été victime de mon imagination trop fertile : je me mettais dans la peau de Betty ou de tante Gertrude. Je me demandais quel effet ça fait de vieillir, comme ma tante, dont le visage se creusait de rides nouvelles. Debout dès l'aube, elle nourissait Bruce, tirait les garçons hors du lit, faisait le petit déjeuner – un vrai repas : œufs frits, crêpes, flocons d'avoine, dans des casseroles qu'il fallait ensuite récurer. En plus des trois repas par jour, de la lessive, du repassage, du raccommodage, des soins à donner au bébé, elle devait assister à diverses réunions à l'église, aux mariages et aux enterrements...

Je les observais comme s'ils jouaient dans un film intitulé *La Famille du pauvre pasteur*, et moi, spectatrice dans une salle obscure, je me divertissais du spectacle qu'ils m'offraient.

Un soir, après dîner, je surpris tout le monde – moi y compris – en disant :

— Je vais aider Betty à la cuisine.

Je m'étais sentie tellement libre depuis le mois de janvier... En débarrassant la table, j'aperçus mon oncle qui souriait lorsque je passai près de lui.

J'étais la première étonnée de ce que je venais de faire. Avec Betty, j'empilai les assiettes sales dans l'eau chaude pour les dégraisser. Après avoir mis les restes de côté, nous nous attelâmes sans rien dire à laver et essuyer la vaisselle. Nous devions l'une comme l'autre ressentir l'étrangeté de la situation, à travailler ensemble, presque comme deux sœurs, tandis que mon oncle et ma tante écoutaient les nouvelles à la radio dans le salon. J'en avais fait, des vaisselles, toute seule dans cette cuisine, pendant presque neuf ans...

— Vous avez de la chance, maman et toi, d'aller à Chicago, vous aurez des robes du soir pour danser à l'Empire Room, dit Betty en me tendant un verre à essuyer.

Elle me parlait comme à une sœur.

— Conrad va m'offrir un diamant, et il tient à fêter l'événement.

— Tu en as, de la chance...

Il n'y avait pas trace de rancœur dans sa voix, seulement un vague regret.

— Il est gentil. Il dit qu'il veut me rendre heureuse.

Une sorte de silence aimable s'installa entre nous, jusqu'à ce que tante Gertrude nous rejoigne dans la cuisine. Je m'adressai à elle :

— Conrad veut que je commence à acheter mon trousseau, au cas où nous déciderions de nous marier en juin. Aurais-tu un moment pour m'accompagner dans les magasins samedi ? Tes conseils me seront vraiment utiles.

A son expression – une fois encore, elle serait obligée de me voir essayer de beaux vêtements –, le frisson de jouissance de la vengeance me parcourut l'échine à nouveau. N'avait-elle pas cessé de me répéter pendant des années que je ne faisais pas partie de sa famille…

Pourtant, je n'aime guère me remémorer ce samedi où, flanquée de tante Gertrude, je naviguai royalement entre les rayons confection pour dames de Black's. Les vendeuses nous reconnurent et s'effacèrent pour nous laisser entre les mains de « ma » vendeuse.

— Nous aimerions voir les manteaux, pour commencer, dis-je.

— Tu as déjà un manteau neuf, me souffla tante Gertrude.

Elle adorait ce manteau et n'imaginait pas que je puisse déjà en désirer un autre.

— J'aimerais bien en avoir un autre.

La vendeuse nous apporta plusieurs manteaux. Il y en avait un noir, avec un col de vison. Après en avoir essayé une demi-douzaine, je portai finalement mon choix sur celui-ci. Il était à ma taille.

— Quel ravissant manteau, dit ma tante.

— C'est du véritable vison ? demandai-je à la vendeuse, qui parut choquée que je lui pose la question.

— Bien sûr.

D'un geste expert qui dévoila une doublure de satin noir, luisant comme du jais, elle ôta le manteau de son cintre. Elle m'aida à le passer, avec ce toucher respectueux qu'ont les vendeuses, comme si les vêtements qu'elles faisaient essayer étaient trop précieux pour de simples mortelles. Je lui dis qu'ensuite je souhaitais voir des robes pour l'église ou les thés, et elle partit les chercher.

— Qu'en penses-tu ? demandai-je à tante Gertrude en virevoltant devant le mur de miroirs.

— C'est magnifique.

— Je n'arrive pas à me décider, fis-je en fronçant les sourcils.

— Tu as vu le col ? Avec les petites queues de vison sur le devant !

Je poussai un soupir.

— J'hésite. Tu veux bien l'essayer ? Je voudrais voir ce qu'il donne sur quelqu'un d'autre.

Ma tante faisait la même taille que moi. Elle n'arrivait pas à se résoudre à enfiler les manches.

— J'ai les mains rêches, protesta-t-elle. Je vais érafler le satin.

Je lui mis le manteau et le boutonnai. Elle se regarda dans les miroirs, fit le geste de toucher le col de vison mais s'arrêta. Elle tournait sur elle-même pour que je la voie bien. A côté du manteau, ses chaussures paraissaient tellement fatiguées… Je vis bien qu'elle s'efforçait de ne rien regarder d'autre que ce spendide col de vison et ce tissu de laine noire.

— Non, finalement… non, dis-je.

— Vraiment ? Tu ne l'aimes pas ?

Tante Gertrude regardait son reflet et je la reconnus à peine : étant jeune, elle devait avoir cette expression à la fois timide et fière, et oncle Boyd lui avait sûrement dit qu'elle était jolie.

— Non. Je ne l'aime pas sur moi. Il me plaît sur toi, en revanche. C'est exactement le genre de manteau qui convient à une femme de pasteur pour aller à l'église.

J'ai vraiment dit ça.

Tante Gertrude laissa échapper un petit rire de frustration.

— Oui, j'imagine, dit-elle en ôtant le manteau.

Elle le replaça sur le cintre avec amour.

La vendeuse revenait avec une brassée de robes.

— Alors, le manteau plaît-il à ces dames ?

— Oui, je le prends. Ma tante l'aime beaucoup.

Tante Gertrude suffoquait :

— Mais… tu viens de…

— Tu as bien dit qu'il te plaisait ?

— Oui, mais…

— Bien. Elle le prend. Nous descendons au Palmer House de Chicago pour une semaine ou deux. Il lui faudra aussi une robe assortie.

— Mon Dieu ! s'exclama la vendeuse. J'ai confondu. J'ai cru que c'était pour la jeune dame.

— Mais non.

Tante Gertrude était toute pâle. Je me tournai vers elle.

— Peut-être une robe noire, pour aller avec le manteau ? Et une autre en soie, colorée ? C'est le rouge, ta couleur préférée, n'est-ce pas ? Elle aura besoin également d'une robe du soir – pour aller danser à l'Empire Room.

La vendeuse ressortit avec ses robes sur les bras. Tante Gertrude était absolument muette, chose fort inhabituelle chez elle.

— Excuse-moi, je suis désolée, dis-je en toute sincérité. J'aurais dû t'avertir : Conrad et moi tenons à ce que tu profites pleinement de ton séjour à Chicago. Il est grand temps que tu prennes un peu de vacances. J'espère que tu n'as rien contre.

Elle avait les larmes aux yeux. Elle avança la main pour caresser le col de vison.

— C'est trop beau, dit-elle d'une voix à peine audible.

111

— J'aurais dû te mettre au courant tout à l'heure. Je suis vraiment désolée.

La vendeuse entra en coup de vent, avec d'autres robes. Tante Gertrude n'étant pas prévenue, j'appréhendais un peu l'essayage : je fus soulagée de constater qu'elle avait mis sa plus belle combinaison – celle où j'avais fait une application de dentelle neuve, un jour, en attendant Conrad au salon. Ma tante était mince, elle avait presque retrouvé sa taille d'avant l'accouchement et portait sa gaine la plus serrée. A bientôt quarante ans, elle avait une fort belle silhouette. Elle ferma les poings pour ne pas abîmer la robe tandis que la vendeuse la lui passait.

C'était un robe somptueuse, en soie noire imprimée de petites fleurs rouges.

— Je me demande si nous aurons encore de la soie de cette qualité avant la fin de la guerre, dit la vendeuse. Ce sont les tons de Schiaparelli, de Paris. Elle fait beaucoup de noir cette saison, illuminé de rouge, de rose indien, de jaune citron et de vert acide…

Nous connaissions Schiaparelli à travers le *Ladies Home Journal*, qui circulait parmi les dames de la société de bienfaisance. Tante Gertrude, les bras écartés pour ne pas effleurer la robe, était raide comme une poupée de carton. Schiaparelli… Elle avait une expression ravie et soulagée à la fois – elle n'avait rien à se mettre pour aller à Chicago, avec moi, qui étrennerais mes somptueux vêtements neufs. Et je l'avais laissée se tourmenter pendant des semaines… J'avais honte.

— Voyons maintenant une robe du soir, dis-je. Il t'en faut absolument une pour l'Empire Room.

Tante Gertrude en robe longue ! Tous les modèles lui plaisaient – un particulièrement, en deux tons de beige, un « ensemble de dîner ». Elle était aux anges et, quand la vendeuse se fut éloignée, elle me glissa :

— Au retour de Chicago, je pourrai le raccourcir, ça me fera un bel ensemble.

— Garde-le tel quel encore un petit moment, n'oublie pas que tu seras bientôt la mère de la mariée – je n'ai pas d'autre mère.

Alors – chose extraordinaire – tante Gertrude me prit dans ses bras.

— Nous suggérons à nos clientes d'acheter maintenant leurs bas nylon, dit la vendeuse, il se peut que nous en manquions par la suite.

Nous avons acheté des bas, puis des chaussures et des gants pour tante Gertrude, avant de nous arrêter au rayon des chapeaux. Le chapeau, bien que peu pratique et vite démodé, était indispensable et il y en avait de fabuleux. Si on dénichait le bon, celui qui était fait pour soi, on se sentait de taille à conquérir le monde ! C'est dans cet état d'esprit que tante Gertrude essaya plusieurs chapeaux. Elle s'assit devant une des petites tables pourvues de vastes miroirs, et la vendeuse, avec déférence, posa un chapeau, tel un papillon, sur sa tête. Puis, après avoir arrangé la voilette, tante Gertrude prit un miroir et observa son reflet sous différents angles, avec un regard légèrement hautain, comme si rien ne pouvait être plus charmant que sa tête nue. Elle fit durer le plaisir de l'essayage. La vendeuse fit voleter toutes sortes de papillons au-dessus de la tête de ma tante. Celle-ci n'en laissa que quelques-uns se poser, en choisit deux, et lorsqu'elle se leva avec un air de triomphe, elle était méconnaissable : ses pommettes étaient toutes roses et ses yeux lançaient des étincelles.

12

Chicago... Le Palmer House... Tante Gertrude et moi mourions d'impatience et nous en parlions tous les jours, dès que les autres membres de la famille ne nous entendaient pas.

— Il ne faudrait pas tarder pour aller à Chicago, avait dit Conrad, l'essence risque d'être bientôt rationnée.

Le départ était prévu pour le 28 mars, et ce jour arriva enfin. Parées de nos merveilleux atours, nous nous glissâmes furtivement dans la Cadillac de Conrad pour échapper aux regards indiscrets des voisins – bien que le jour fût à peine levé. Bernard et Ben mirent notre valise toute neuve dans le coffre. Tante Gertrude s'installa majestueusement sur le siège arrière et je pris place à côté de Conrad, d'un air un peu blasé : ce n'était pas la première fois que je montais dans cette voiture. Les garçons regardaient la Cadillac avec la même avidité que les photos de Betty Grable en maillot de bain.

En traversant la ville, ma tante et moi faisions de notre mieux pour cacher notre excitation et soutenir une conversation polie. Tante Gertrude admirait la voiture, je faisais des commentaires sur le temps et Conrad nous exposa l'itinéraire qu'il avait l'intention de prendre.

— Nous déjeunerons dans un restaurant de Galena, dans l'Illinois, dit-il en haussant la voix et en se tournant légèrement vers tante Gertrude. C'est un endroit agréable, à moins que vous ne préfériez vous arrêter avant...

— Non, non, dit ma tante.

Soudain, en observant Conrad du coin de l'œil, je fus prise de panique. J'allais être fiancée, j'avais à peine dix-huit ans. Jusqu'à présent, je n'avais jamais été très sûre de mon jugement – comment mon oncle et ma tante pouvaient-ils me laisser... Je ne le connaissais guère. Certes je l'embrassais, je m'asseyais sur ses genoux, mais là, au volant de sa grosse voiture, il me parut tellement différent, à travers ces paysages inconnus... Il s'arrêta doucement sur le parking du restaurant qu'il avait choisi pour nous. C'était un établissement très cher. Conrad dit quelque chose au maître d'hôtel et nous fit asseoir. Il commenta le menu puis commanda pour nous, perdues au milieu d'un tel choix de mets délectables. « Madame prendra ceci... et pour mademoiselle ce sera... »

Nous arrivâmes enfin à Chicago, la grande ville grouillant de monde, de voitures, de bus et de taxis. Conrad nous conduisit directement au Palmer House. Très à l'aise dans cet univers, il remplit les formalités, donna un pourboire au groom et nous accompagna jusqu'à nos chambres. Eblouies par tout le luxe du Palmer House, nous glissions dans le sillage de Conrad, comme les petits poissons qui en suivent un gros. Une fois dans notre magnifique suite – deux pièces et une salle de bains –, nous nous regardâmes un moment sans rien dire. Tante Gertrude reprit ses esprits la première :

— Nous devrions suspendre nos vêtements.

Ce fut un véritable plaisir. Comme nos robes nous parurent différentes, suspendues dans cette penderie recouverte de papier peint, plus jolie que n'importe quelle chambre de la maison Letty. J'eus la sensation que mes robes, jusque dans leurs moindres plis, retrouvaient un rangement digne d'elles, comme si elles étaient restées par erreur depuis des semaines dans un petit presbytère de l'Iowa.

Nous découvrîmes le salon, la chambre avec ses lits jumeaux et la salle de bains, poussant de petits cris d'admiration en apercevant les dessus-de-lit en satin et le panorama de la ville devant nos fenêtres. J'étais de retour à Chicago, avec ses rues noires de suie et je me demandai où se cachait, au milieu de cette mer de toits, la petite pièce que je partageais autrefois avec ma mère.

— Toutes ces serviettes ! s'exclama tante Gertrude depuis la salle de bains.

Les verres à dents, le savon et même le siège des toilettes étaient enveloppés dans du papier de soie. Les serviettes étaient épaisses et moelleuses. Il y avait des lampes partout, que nous nous empressâmes d'allumer. Près du téléphone se trouvait une liste impressionnante de services proposés. Dans ce monde étrange et nouveau pour nous, qu'avions-nous d'autre à faire que d'explorer ? La seule chose familière que nous trouvâmes fut une Bible dans le tiroir d'un bureau.

Conrad frappa à la porte et ma tante le fit entrer.

— Inutile de nous habiller avant neuf heures, ce soir. J'ai réservé une table pour dîner dans une demi-heure, si ça ne vous bouscule pas trop.

Il avait changé de costume et avait l'air aimable, sûr de lui, même quand il me regardait.

Le dîner fut somptueux. La salle à manger de l'hôtel était très imposante, son argenterie alignée comme dans les magazines, et la porcelaine disposée sur la table aurait suffi aux repas de la famille Letty pendant une semaine. Il y avait une carte des vins, et des rince-doigts. Conrad connaissait les usages, et nous l'observions du coin de l'œil.

— Peux-tu me passer le sel ? demandai-je à ma tante sur un ton d'ennui distingué.

— Naturellement.

Elle me tendit la salière d'un air languide, comme si le sel était un ingrédient trivial. Quel merveilleux conte de fées... Nous en reparlerions longtemps.

Mais l'Empire Room était le clou de notre voyage. Nous allions dans le monde, en robe longue, et, à un moment donné de la soirée, Conrad allait m'offrir un diamant. Après s'être aidées à enfiler leurs robes, Mme et Mlle Letty se contemplaient dans le miroir lorsque l'on sonna à la porte. C'était le groom, avec deux roses de la part de Conrad. Nous les épinglâmes à notre corsage : c'était magnifique. Nous essayions d'avoir l'air naturel, arpentant la chambre dans le bruissement de taffetas de nos jupons, glissant un regard dans chaque miroir, incapables de dire un mot.

Conrad arriva enfin, beau comme je ne l'ai plus jamais revu de sa vie : il portait un smoking noir de jais à veste croisée et revers pointus. Devant la solennité de cet instant, je crois que je pâlis. Je n'avais vu qu'une seule fois un homme en smoking, à un mariage. Et je savais que quelque part dans le smoking de Conrad se trouvait une bague avec un diamant. Royale, je descendis au bras de Conrad.

La salle était immense, et l'ambiance très animée. L'orchestre jouait un swing interdisant toute conversation et Conrad fit asseoir ma tante à une petite table avant de m'entraîner sur la piste de danse. Personne ne dansait vraiment : la foule était si dense qu'elle se contentait de se balancer en rythme, comme des épis de blé au gré du vent. Le son plaintif des trompettes et des saxophones évoquait des lagons langoureux, une brassée de roses, un certain Johnny Doughboy qui trouvait une rose en Irlande. Quand l'orchestre commença à jouer *Deep in the Heart of Texas*, nous dûmes nous lâcher pour taper quatre fois dans nos mains, à l'unisson avec les autres danseurs. Puis il y eut des chants patriotiques et tous prirent un air grave – nous étions en guerre.

Conrad me tenait serrée contre lui. J'aimais l'odeur de sa

lotion – il sentait toujours bon. Le jabot de sa chemise était luisant d'amidon. Conrad était grand, j'avais le nez à la hauteur de sa boutonnière. Vint un air plus langoureux, et Conrad se pencha pour murmurer à mon oreille :

— C'est vrai ce que tu as dit à mon père ? Est-ce que tu m'aimes ?

Est-ce que j'aimais Conrad ? Je l'avais dit devant son père pour mettre fin à son supplice. Je rougis, je me sentais coupable. Pour être tout à fait honnête, j'aurais dû lui dire que je l'aimais bien, que je l'admirais mais que je ne savais pas si je l'aimais d'amour… Je fus sauvée par l'orchestre qui attaquait en fanfare *Hut-sut Song*. Je pris la main de Conrad et l'embrassai en lui jetant un regard que j'espérais être la quintessence du regard amoureux. Je dus y parvenir car il rougit à son tour, puis rit de toutes ses belles dents blanches et m'étreignit.

Nous bûmes un soda à la petite table, puis Conrad invita tante Gertrude à danser. Qui aurait jamais imaginé une chose pareille ? Conrad sur la piste de danse avec ma tante, et moi en train de les regarder, vêtue d'une fabuleuse robe du soir… Vers dix heures et demie, ma tante dit que nous ferions bien d'aller au lit après une journée si riche en événements. Conrad nous raccompagna, et tante Gertrude nous souhaita bonne nuit et disparut dans la chambre en laissant la porte entrouverte. De toute évidence, Conrad et moi n'avions pas envie d'aller nous coucher si tôt. Assis sur le canapé du salon, nous commentions les nouvelles que nous lisions dans les journaux laissés à notre disposition sur la table basse.

— Les Américains d'origine japonaise sont contraints de quitter leurs maisons et d'aller dans des camps.

— Bientôt, il n'y aura plus de caoutchouc pour les pneus des véhicules civils, dis-je de derrière ma feuille de journal.

Finalement tante Gertrude lança, d'une voix chantante :

— Bonne nuit, vous deux – je suis au lit et je dors déjà. Ne vous couchez pas trop tard !

Avant qu'elle ait fini sa phrase, j'étais sur les genoux de Conrad, dans un fouillis de taffetas, de jupons, de boutons de rose et de rubans bleus. Nous nous embrassâmes à perdre haleine, chuchotant ces mots qui semblent neufs quand on les dit pour la première fois, même si ce sont de vieux clichés. Lorsque Conrad partit enfin, il avait les cheveux en broussaille et du rouge à lèvres sur le menton. Et moi, un diamant d'un carat au doigt.

Porter un bijou d'une telle valeur me terrorisait. Je n'allais tout de même pas dormir avec ! Mais si on me le volait ? Et si le diamant se détachait de sa monture et tombait dans le lavabo quand je faisais ma toilette ? Le plaisir de le posséder n'avait d'égal que la terreur qu'il m'inspirait. Les objets de prix suscitent-ils toujours de tels sentiments ?

J'ôtai ma somptueuse robe du soir et m'enfermai dans la salle de bains. Comment ne pas profiter d'une douche avant de rentrer à la maison ? Ce fut une sensation délicieuse. Pas besoin d'attendre que la baignoire se remplisse, pas de mousse de savon ni de petites peaux mortes flottant à la surface tandis que l'eau refroidit, pas de baignoire à récurer ni de glissade sur le carrelage. De l'eau chaude, claire, qui emporte la saleté de la journée, des serviettes et un tapis de bain moelleux. Absolument divin ! Et dire que j'allais avoir une douche à moi en juin !

Je relevai mes cheveux, me glissai dans le lit et dis mes prières, qui consistaient surtout en une série de mercis. Bien au chaud, sur le point de sombrer dans le sommeil, j'écoutais la rumeur de Chicago : klaxons, crissements de freins, sirènes d'ambulances ou de camions de pompiers, c'étaient les bruits de ma ville natale. Autrefois, quelque part dans cette cité, par de froides nuits de mars semblables à celles-ci, frissonnant dans notre petit lit, je tenais la main de maman qui me racontait des histoires pour m'endormir.

— Maman, murmurai-je, je suis de retour à Chicago. Je voudrais que tu sois là avec moi, je suis si heureuse – je suis fiancée, tout ira bien. Je t'aime, maman, dors bien sous la neige.

Nous revînmes de Chicago un samedi après-midi et l'annonce de nos fiançailles parut dans le *Waterloo Courier* du dimanche : « Le révérend Boyd S. Letty et son épouse, de Cedar Falls, ont la joie de faire part des fiançailles et du mariage prochain de leur nièce, Mlle Miranda Daisy Letty, avec M. Conrad Raymond Beale, originaire de cette même ville. »

Le dimanche matin, je descendis de ma chambre, parée de mes magnifiques vêtements neufs, que je pouvais enfin porter pour aller à la messe. Conrad vint me chercher et m'emmena en Cadillac à l'église, qui n'était pourtant qu'à un pâté de maisons. Les gens lisant le journal avant d'aller à la messe, la nouvelle était déjà connue.

J'avais travaillé dans cette église pendant des années. Je connaissais par cœur l'emplacement de chaque moule à gâteau et de chaque cuillère dans la cuisine du sous-sol, j'avais astiqué les bancs, feuilleté les livres de cantiques pour y récupérer le programme des chants du dimanche, lavé les verres de jus d'orange après les communions et ravaudé les robes des choristes tant de fois que, même assise tout au fond derrière un pilier, je pouvais dire qui portait la plus rapiécée.

Mais ce dimanche-là, pas question de me glisser au dernier rang : Conrad s'asseyait toujours dans les trois premiers. Nous prîmes donc place devant, guidés par le bedeau. Robert Laird nous observait depuis le chœur. Conrad essayait d'avoir une attitude naturelle, et moi aussi – pourtant c'était la première fois que l'on me donnait le bras pour rejoindre mon banc. Qui plus est, j'étais vêtue de neuf et portais à la main gauche un diamant qui brillait comme un feu d'artifice.

Je récitai les prières et chantai les cantiques à l'unisson avec Conrad, mais je n'entendis pas un mot de ce qui fut dit ou chanté tant je tremblais intérieurement, de la racine de mes cheveux blonds ondulés jusqu'à mes ongles vernis, effrayée par mon nouveau pouvoir. Un homme m'avait demandée en mariage, offert un diamant et sa fortune. Il était assis à côté de moi devant l'assemblée des fidèles pour signifier son intention de faire de moi une personne établie et respectée, Mme Conrad Beale. Il me donnerait un foyer. Je ne récitai qu'une seule petite prière d'action de grâces – après tout je n'avais pas fait grand-chose pour mériter un tel pouvoir. A la fin de l'office, encore tout étourdie, je dus serrer des mains à n'en plus finir, remercier tous les gens qui nous félicitaient. Nous avons distribué des sourires jusqu'à en avoir la mâchoire crispée.

Après l'église, Conrad m'invita à la Bishop's Cafeteria, dans Waterloo. Loin de Cedar Falls et de nos connaissances, nous avons ri, devant notre steak-purée et notre gâteau au chocolat, pour oublier la tension de cette matinée à l'église. Conrad aimait s'amuser et rire : sans doute n'avait-il jamais pris le temps d'être jeune. Il me prit la main.

— J'étais tellement seul, tu n'imagines pas à quel point cela me pesait. Toi aussi, tu étais seule, dit-il en me serrant les doigts. Maintenant, tu ne le seras plus jamais.

Il me raccompagna à la maison et, une fois dans ma chambre, je pensai avec délectation à mon retour en classe le lendemain. Je n'avais guère eu l'occasion de crâner jusqu'ici, et j'avais envie de faire durer le plaisir...

Le lundi matin, juste avant que la cloche sonne, moi, la « bonniche des Letty », je pris ma place habituelle au premier rang, vêtue de mon vieux chandail et de ma vieille jupe – je n'avais pas jugé nécessaire d'en faire plus. Puis, du geste le plus naturel du monde, j'arrangeai mes boucles sur la nuque avec ma main gauche. J'entendis comme un souffle derrière moi, suivi de murmures. Il y avait six lustres au plafond et je savais exactement où placer mon diamant pour qu'il reflète un arc-en-ciel éblouissant. Je feuilletai ensuite mon cahier en tournant chaque page – de la main gauche, bien entendu – avec une lenteur calculée, feignant une concentration digne d'un examen de fin d'année. Quelle sensation délicieuse de posséder un objet exceptionnel, comme si cela faisait de vous un être exceptionnel – ce qui n'est pas le cas.

— Fais voir ta bague, me dit Sonia Jensen à la fin du cours.

Je tendis ma main et les autres filles s'agglutinèrent autour de moi.

— C'est un diamant d'un carat ? murmura Patty Hayes.

Je répondis que oui et remarquai que les trois autres élèves qui étaient fiancées cachaient leurs petits diamants d'un quart de carat... et se contentaient de regarder le mien.

Cet après-midi-là, au salon, Conrad et moi faisions des projets pour notre mariage. Il voulait en faire la cérémonie la plus coûteuse qu'on ait jamais vue dans notre église, et je dus modérer son ardeur.

— N'oublie pas que je suis la nièce du pasteur. Et que nous sommes en guerre. Des flots d'orchidées, du champagne, c'est presque *immoral* !

— Nous ferons selon ton plus cher désir.

J'avais plusieurs désirs très chers, entre autres celui de tirer Victoria Kline de la cave où elle vivait avec son père. Le lendemain, après les cours, je passai chez elle à l'improviste, comme souvent. Je m'assis près de la machine à coudre.

— Je veux que tu me fasses ma robe de mariée.

J'attendis qu'elle dise oui avant de lui annoncer la rétribution que je comptais lui donner.

— Je ne peux pas accepter tant d'argent pour une robe, protesta Victoria.

Le père de Victoria, assis dans son rocking-chair, lisait *Common Sense*.

— « Programmes radio flagorneurs, jolies filles, discours démagogiques, réclames, bandes dessinées, jazz, tout conspire à couper de la réalité, et ce plusieurs heures par jour, des millions de nos concitoyens. Alors que nous avons en face de nous des bombes de deux tonnes, des tanks de cinquante tonnes et des obus de quarante centimètres. »

— Mais si, Victoria, tu peux demander ça pour une robe, tu es une *styliste*, pas une couturière. Les stylistes se font payer plus cher. Tu vas me dessiner une fabuleuse robe de mariée et ensuite je veux que tu cherches un appartement agréable pour ton père et toi, avec une vraie cuisine et une salle de bains confortable. Cet argent te servira à payer le loyer les premières années.

— Mais je ne gagnerai jamais assez pour garder un tel appartement.

M. Kline avait lu *Common Sense* de bout en bout et s'attaquait à présent au *Ladies Home Journal*.

— « Lucy Carver Williams, elle-même issue d'une grande famille de Boston, est apparentée par alliance avec les Williams de Rhode Island. Mme Williams est photographiée ici avec certains de ses bijoux de famille. »

— Attends un peu ! Bientôt tu auras tellement de travail que tu seras obligée de prendre une assistante. Fais-moi d'abord ma robe, et tu verras.

M. Kline lisait à présent l'énumération des voyages de Lucy Carver Williams. Je m'approchai de lui : il ne m'avait jamais adressé la parole et je ne fus pas surprise de le voir continuer sa lecture comme si de rien n'était :

— « Partout où je vais, je tiens à avoir des cigarettes Camel à portée de main, déclare Mme Williams. »

— Puis-je vous emprunter un numéro du *Ladies Home Journal* ?

Une pile de magazines était entassée à côté de lui. Le salon de beauté de la ville lui donnait les anciens numéros, ainsi que certaines amies de Victoria. Pour ne pas perdre le fil de sa lecture, il se contenta de hocher la tête.

— « Mary est une maman très attentionnée. » « Mais le papier de sa salle de bains est horrible. »

— Regarde, dis-je à Victoria en ouvrant un magazine à la page où figurait généralement une femme du monde en robe de mariée. Tu es capable de copier n'importe quelle robe si tu as un modèle ?

— Je pense que oui, répondit Victoria en clignant ses petits yeux de singe.

— Alors tu pourrais me faire une robe comme celle de ces « Mme Machin Chose troisième du nom » ?

Après avoir feuilleté les numéros les plus récents, nous nous arrêtâmes sur la photo de Mme Ambrose Darcy Dupont II, qui occupait une pleine page. La mariée, nimbée d'une sorte de clarté lunaire, affichait un air dédaigneux, mais on voyait chaque fil de dentelle de sa robe.

— Je veux celle-là.

Victoria pouvait-elle la confectionner pour le 15 juin ? Cela ne posait pas de problème. Je rendis les magazines à M. Kline et revins m'asseoir près de Victoria.

— Maintenant, je mets mes nouveaux vêtements pour aller en classe.

— Tu es heureuse ?

— Oui. Et non.

— « Londres sous les bombardements », lut M. Kline.

— J'étais comme ces petits « bouseux » rejetés par tout le monde et maintenant, uniquement parce que j'ai un gros diamant au doigt, les filles les plus chics m'adressent la parole : « Où as-tu acheté ces chaussures de rêve ? » « Comment sera ta robe de mariée ? »

Victoria éclata de son bon gros rire chevalin. Je pouvais tout lui dire.

— Je ne leur parlerai pas de ma robe. J'attendrai qu'elles me supplient.

Ce qu'elles firent :

— Allez ! Dis-le-nous !

Estimant m'être fait suffisamment prier, je finis par lâcher :

— Hum… une styliste me fait une réplique de la robe splendide que Mme Ambrose Darcy Dupont II portait pour son mariage à New York. Si vous voulez la voir, elle est dans le numéro de février du *Ladies Home Journal*.

— Ooh…

Deux élèves allaient se marier en juin, avant que leurs fiancés s'engagent.

— Ça doit coûter une fortune ! s'exclama Janet Woodruff.

— Pas si tu demandes gentiment à *ma* styliste !

— Qui est-ce ?

— Elle a beaucoup de travail en ce moment, dis-je sur le ton de la confidence, mais je peux vous dire son nom : Victoria Kline. Elle copie toutes les robes que vous voulez, même des robes de films – imaginez un peu celles de Scarlett O'Hara ! Ou n'importe quel modèle de *Harpers Bazaar*, de *Vogue* ou du *Journal*.

— Des robes de cinéma… dit Mary Ford d'une voix rêveuse.

— Oh là là… fit Janet.

C'est ainsi que, avant même d'avoir fini ma robe et celle de Betty, Victoria eut trois robes de mariée et de demoiselle d'honneur en commande – au même tarif avantageux. C'est tout juste si elle eut le temps d'emménager avec son père dans une petite maison près de l'école primaire, où elle apposa une plaque discrète : *Victoria Kline, styliste. Confection pour dames.*

Le mois d'avril passa comme un rêve.

— Qui vas-tu prendre comme garçon d'honneur ? demandai-je à Conrad un après-midi. J'aurai Ben et Bernard.

— Robert. C'est mon seul parent. Je lui ai déjà demandé, il est d'accord. Il ne va pas s'enrôler avant un certain temps.

Robert, notre garçon d'honneur ?

— Il a à peine dix-sept ans – il a sauté une classe parce que sa mère lui a appris à lire et à écrire. Il ne partira pas au service avant ses dix-huit ans, fin décembre. Il pourra aller un peu à l'université à la rentrée.

Robert Laird... Robert aux côtés de Conrad pour notre mariage. Je m'efforçais de ne pas y penser – je voyais Robert tous les jours à l'école, où j'arborais ostensiblement mon diamant, mais je l'ignorais. Je n'avais jamais perdu sa trace, durant toutes ces années : je l'observais à distance, de dos, quand il parlait à une fille ou quand il balayait la classe de ses yeux bruns – sans une seule fois s'arrêter sur moi. Mais à présent il me cherchait du regard. Grand bien lui fasse ! Il serait le garçon d'honneur de Conrad. Il pourrait à loisir contempler la « Bohémienne » dans une *vraie* robe de mariée, promise à un homme qui ne l'abandonnerait jamais au pied de l'autel.

13

— Une demoiselle d'honneur doit avoir une belle robe longue, dis-je à Betty. Et on va te faire une nouvelle tête aussi, ça va être amusant.

Et je l'emmenai à Waterloo dans un salon de beauté chic. On lui fit une permanente « pour étoffer les cheveux de mademoiselle, qui sont très beaux. Avec une coupe de style page, mademoiselle ressemblera à s'y méprendre à une star de cinéma, elle a des airs de Deanna Durbin, vous ne trouvez pas ? » babillait la coiffeuse en lui faisant mousser les cheveux avec du shampoing. Elle les sépara ensuite en mèches et les roula sur des bigoudis avant d'installer Betty sous un casque où elle rôtit un bon moment.

Force me fut de reconnaître qu'en sortant de ces mains expertes Betty était ravissante. Les élégantes portaient les cheveux bouffants, relevés en un ample rouleau sur le haut de la tête, le reste de la chevelure ondulant, parfois jusqu'aux épaules. Betty avait une « coiffure de page », ses cheveux brillants remontés en coque sur le dessus de la tête. Les esthéticiennes lui montrèrent comment faire les boucles, poser les bigoudis, dessiner ses sourcils au pinceau, et nous fîmes l'acquisition de plusieurs bâtons de rouge à lèvres, dans les nuances à la mode.

Une fois dans la rue, Betty ne put s'empêcher de se

regarder dans toutes les vitrines et dans les miroirs. Notre prochaine visite fut pour Black's.

— C'est un plaisir de faire la connaissance de votre cousine, dit « ma » vendeuse. Les jeunes filles ont de la poitrine plus ou moins tôt, expliqua-t-elle, ce qui fit rougir et s'agiter Betty. Cette jeune demoiselle aura une jolie silhouette d'ici quelque temps, mais nous pouvons tricher un peu en attendant. Si votre maman vous pose des questions, dites-lui que les robes tombent moins bien sans rembourrage.

L'idéal féminin de l'époque voulait que la poitrine ressemble à deux entonnoirs, comme sur les photos de pin-up que les garçons accrochaient dans leur vestiaires à l'école. La mode nous imposait une carrure large, renforcée par des épaulettes, et nous étranglions notre taille et nos cuisses dans des gaines, que nous nous empressions d'ôter une fois dans notre chambre. Les stars de cinéma affichaient des ventres presque concaves. Nous dégrafions nos gaines dès que nous étions hors de portée des regards et jetions sans arrêt des coups d'œil sur les coutures de nos bas pour vérifier qu'elles ne vrillaient pas. Certaines filles partaient de chez elles avec une paire de socquettes qu'elles fourraient dans leur soutien-gorge avant d'arriver en classe, mais l'aspect « obus » était difficile à obtenir par cet artifice.

Evidemment, la silhouette de Betty ne pouvait s'étoffer comme par enchantement, et il nous fallut acheter trois tailles de soutiens-gorge, de sorte que la progression parût naturelle. Nous fîmes également l'emplette de bas nylon, d'une gaine, de mules argentées et d'une jolie robe du soir, rose avec des manches ballon.

— Quelle belle robe ! s'exclama tante Gertrude en voyant Betty, radieuse avec sa nouvelle coiffure et sa tenue de demoiselle d'honneur. Vous allez faire de l'effet, toutes les deux, au bal des étudiants.

Toutes les deux ? J'échangeai un regard surpris avec Betty.

— M. Beale vous accompagnera, naturellement. Tu pourras mettre ta robe bleue.

Je regardai ma tante et me rappelai que j'avais un fiancé… Le bal des étudiants !

— Betty va se trouver un fiancé, j'en suis sûre. Elle est ravissante, tu ne trouves pas ?

Betty gloussa en tapotant sa coiffure.

Chaque printemps, le bal des étudiants était au centre de toutes les conversations. Cette année, grâce à mon diamant et à mes somptueux vêtements, je ne ferai pas tapisserie.

Après le cours d'histoire, Arlene Brown, la reine de beauté, s'approcha de moi.

— Passe au Women's Clubhouse samedi matin. Toutes les filles qui sont fiancées sont en train de confectionner une décoration pour la salle de bal.

Je me retrouvai donc au beau milieu de toutes ces favorisées en train de fabriquer une décoration en papier mâché, des guirlandes et des fleurs de papier crépon. Les discussions tournaient inlassablement autour des garçons, des robes du soir et des coiffures.

— Comment est ta robe ? me demanda Mary Hogan.

— Oh, c'est celle que j'avais à Chicago pour danser à l'Empire Room, au Palmer House. Elle n'est pas flambant neuve, dis-je avec un petit rire confus, comme pour m'excuser, alors que je savais que les filles étaient vertes de jalousie.

Le jour du bal, Conrad vint me chercher de bonne heure. Avec ses vérandas et ses coupoles blanches qui le faisaient ressembler à une grosse pâtisserie, le Women's Clubhouse était une bâtisse prétentieuse, juchée sur une colline verdoyante. Conrad gara la voiture devant le Clubhouse, m'ouvrit la portière et m'offrit son bras. Comme il était beau dans son luxueux costume !

— Je vais pouvoir me pavaner ce soir ! Un célibataire endurci comme moi, avec la plus jolie blonde de la ville !

Nous passâmes la porte en riant, accueillis par les parents de Joe Stepler, en tenue de soirée – ils nous servaient de chaperons. Ils saluèrent le couple qui nous précédait avec l'indulgence amusée que les parents manifestent vis-à-vis des jeunes, mais leur expression changea lorsqu'ils aperçurent Conrad.

— Bonsoir, monsieur Beale, dit M. Stepler en donnant à Conrad une poignée de main déférente. Nous sommes ravis que vous ayez pu vous libérer ce soir. Ainsi que Miranda, ajouta-t-il, comme s'il venait subitement de se souvenir de moi. Vous êtes ravissante, ma chère, renchérit-il avec une voix qui avait repris une inflexion amusée.

— Elle est magnifique, dit Conrad, dominant les Stepler de sa haute taille.

— Absolument magnifique, répondit un peu trop vite M. Stepler.

Le dos très droit, je fis mon entrée au bras de Conrad, dans un bruissement de soie bleue, le diamant étincelant à mon doigt. Je ne cillai pas en croisant le regard sombre de Robert, qui arriva quelques minutes plus tard au bras de Mary Hogan.

— Une orchidée ! s'exclama Sonia Jensen en regardant le revers du veston de Conrad, par-dessus mon épaule.

— C'est une vraie ! renchérit Patty Hayes en touchant un pétale.

— Salut, dit Betty qui arrivait au bras de Bill Jensen.

Elle était très mignonne dans sa robe de demoiselle d'honneur, et elle portait déjà le soutien-gorge de taille intermédiaire – j'étais bien placée pour le savoir. Les jeunes gens inscrivaient leur nom sur les carnets de bal des jeunes filles et Betty me glissa à l'oreille :

— Mon carnet est archi-plein !

Un petit trophée qu'elle garderait longtemps accroché au miroir de sa chambre. Pour le moment, elle s'amusait bien.

— Tu me réserves toutes les danses, dit Conrad en signant chaque page de mon carnet.

Conrad dansait bien à présent. Au bal des étudiants il n'y avait pas d'orchestre pour nous faire danser le boogie-woogie : on passait des disques, et nous valsions sur *Blueberry Hill* ou *Anniversary Waltz*, dansions le fox-trot sur les autres airs. Comme c'était la guerre, on passa aussi *He Wears a Pair of Silver Wings*, *Kiss the Boys Goodbye*, *This is my Country* et *The White Cliffs of Dover*.

Conrad et moi dansions serrés l'un contre l'autre, comme les autres fiancés, trinquant avec du punch et riant à nos propres plaisanteries. Les hautes portes-fenêtres de la salle de bal étaient largement ouvertes sur la nuit printanière et j'étais si heureuse que pas une seule fois je ne cherchai Robert Laird du regard. Soudain il apparut à mes côtés, posant la main sur l'épaule de Conrad.

— Je te l'enlève, dit-il.

Conrad était sur le point de me laisser danser avec son cousin, je le vis dans ses yeux. Je sentis sa main près de lâcher la mienne, mais je murmurai :

— Non, je ne veux pas danser avec lui.

Je serrai fort la main de Conrad et l'entraînai dans le tourbillon de la danse. Robert resta seul sur la piste au milieu des couples enlacés, ce qui n'échappa à personne et ses yeux me lancèrent des éclairs vengeurs.

J'étais rouge, je le savais, ma main était moite dans celle de Conrad.

— Que se passe-t-il ? Tu ne veux pas danser avec Robert ?

— Non.

— Pourquoi ? demanda Conrad de sa voix douce et prévenante, en se penchant légèrement vers moi.

— Il… enfin, il n'est pas comme toi.

— C'est vrai, il est beaucoup plus beau.

— Il est méchant. Toi, tu es incapable de faire du mal à qui que ce soit. C'est pour ça que je t'épouse.

— Je ne conçois pas qu'un homme normalement constitué puisse être méchant avec toi.

— Robert, si. Nous avions rendez-vous après la dernière représentation de *La Bohémienne* et il m'a laissée tomber devant toute la troupe. J'ai couru me réfugier chez Victoria et j'ai pleuré sur son épaule jusqu'à la fin de la soirée. Puis je suis rentrée à la maison comme si de rien n'était.

Conrad avait l'air bouleversé.

— Mais pourquoi ? Pourquoi Robert s'est-il comporté ainsi ?

— Parce que j'avais refusé de l'embrasser. Sauf dans la pièce, c'était le jeu. Il était fou furieux, il s'est vengé, expliquai-je à Conrad en le regardant droit dans les yeux. Mais, après tout, je m'en moquais, c'est toi que j'avais envie d'embrasser.

Conrad me jeta un regard brûlant à travers ses longs cils, il avait rosi, et l'espace d'une seconde je crus qu'il allait m'embrasser devant tout le monde – particulièrement devant Robert Laird.

Le jour de la remise des diplômes, il faisait très chaud et nous avions hâte de retirer nos robes et nos toques. Je partageai bon nombre de distinctions avec Robert. Après la séance de photos, Conrad m'offrit une machine à écrire. Je me dirigeai ensuite vers le cimetière et remontai l'allée de gravillons entre les tombes. L'herbe qui recouvrait la tombe de maman se fondait à présent dans le gazon alentour. Ma mère s'était enfoncée dans le calme et la douceur du vert.

Je déposai sur la pierre mon diplôme et le bouquet de gardénias que Conrad m'avait offert.

— J'ai mon diplôme, maman, chuchotai-je. Je voulais te le

dire. Et dans une semaine, j'épouse Conrad Raymond Beale. Je suis sûre qu'il te plairait. Tu aurais un fils, si tu étais encore là.

Mes yeux se brouillèrent de larmes, et les gardénias devinrent flous. Le soleil couchant embrasait les feuilles nouvelles. A travers mes sanglots, je n'entendis pas Robert Laird approcher. Quand je levai les yeux, je le vis, juste à côté de moi.

— J'étais sûr de te trouver ici. Je suis venu sur la tombe de mon père.

A mes pieds, une légère brise fit tressaillir les fougères autour des gardénias. Le caveau de famille des Beale était abrité derrière une haie. J'avais déjà vu la tombe du père de Robert, toute seule à côté d'une grande dalle de granit portant simplement le nom de Beale et où était enterrée Lillian, l'épouse de S.C.

Je me détournai pour partir.

— Je pensais pouvoir entrer à l'université cet été, dit Robert, mais ça ne va pas être possible.

Bon gré mal gré, je lui fis face.

— Je suis obligé de travailler au drugstore pour me faire un peu d'argent, poursuivit-il. Et toi, tu commences l'université cet automne ?

J'acquiesçai d'un signe de tête. Nous étions tous deux silencieux, au milieu des tombes.

— Je pars à l'armée fin décembre, lâcha soudain Robert d'une voix rauque.

Le soleil couchant ourlait son costume d'un fil rouge.

— Je sais. Je suis désolée.

Il prit l'œillet rouge qu'il portait à la boutonnière et le fit tourner dans ses doigts.

— C'est moi qui suis désolé. De t'avoir posé un lapin pour la dernière de *La Bohémienne*.

— Tout est bien qui finit bien, tu vois. Excuse-moi d'avoir refusé de danser avec toi.

— Nous sommes désolés tous les deux, dit-il en me tendant l'œillet.

Je lui souris.

— Il est tard, il faut que je rentre.

Une fois à la maison, enfermée dans ma chambre, je contemplai l'œillet rouge de Robert : pendant combien d'années n'avais-je eu d'yeux que pour lui... et lui qui m'ignorait complètement. Tout au fond de mon tiroir, sous les papiers, j'avais caché des coupures de journaux relatant les succès de Robert, au football comme dans les concours d'éloquence... J'en fis des confettis que je jetai à la corbeille, mais je mis l'œillet sur ma coiffeuse, dans un verre. J'avais oublié quelque chose au fond du tiroir : un lacet de chaussure perdu par Robert dans la cour de récréation. J'avais neuf ans... le lacet alla vite rejoindre les autres reliques.

On frappa à ma porte.

— Entrez !

C'était tante Gertrude.

— Il faut que nous ayons une petite conversation toutes les deux.

Elle s'assit au bout du lit, visiblement mal à l'aise, et poursuivit :

— Tu te maries dans une semaine...

— Oui ?

Nous avions déjà répété ce que je devais dire et où je devais me tenir, comment je remonterais la nef – ce qui ne serait pas facile avec mon voile. Ma tante se tripotait les peaux autour des ongles, signe de grande nervosité chez elle. Je regardai ailleurs, car ce tic m'agaçait prodigieusement.

— Il faut que je te parle du mariage... De ce qui va se passer avec ton mari.

— Oh...

Je rougis et une angoisse m'envahit. Si elle estimait devoir m'avertir, c'est que ça devait être plus grave que ce que je croyais. A dire vrai, je ne savais pas grand-chose. En dehors des baisers et des « papouilles », je n'avais pas la moindre idée sur la question et personne dans mon entourage ne pouvait ou n'osait m'instruire. Une fois j'avais vu des chats, on aurait dit qu'ils jouaient à saute-mouton. Comment faisaient les humains ?

— Pour ton mari, c'est une chose qui compte, dit ma tante d'un ton désespéré. Ça le rendra heureux et c'est bon pour lui. Tu n'auras qu'à te laisser faire, c'est tout. Ça fait juste un peu mal au début. J'ai mis des petits gants de toilette dans ta valise : prends-en deux sous ton oreiller.

A mon grand soulagement, elle n'en dit pas plus et sortit vivement de la pièce avec un petit sourire crispé.

La veille de notre mariage, Conrad nous invita tous à dîner avant la répétition de la cérémonie. Je crois que c'est ce soir-là que je pris vraiment conscience de la magnificence de ma nouvelle vie : j'étais la future Mme Conrad Beale, assise à la droite de M. Beale dans sa somptueuse demeure. Conrad était fou de moi, il ne me quittait pas des yeux – et je surpris plus d'une fois le regard de Robert sur moi. Mon oncle, ma tante et mes cousins feignaient de ne pas être impressionnés par la maison, mais ils étaient sans voix et jetaient des regards de biais sur tout ce luxe. Mme Pell, la gouvernante, les observait elle aussi en coulisse.

J'étais aux anges et je souriais à tout le monde – ma tante ne m'avait-elle pas appris à être une hôtesse irréprochable ? Je demandai à tante Gertrude de nous raconter ce qui s'était passé à l'école au moment où on venait de recevoir les tickets de rationnement. Elle était un peu empruntée au début mais se détendit rapidement – elle portait sa belle robe de soie. Elle fit rire les convives en racontant les ruses auxquelles les gens avaient eu recours pour stocker du sucre sans donner de tickets. Betty parla du concours d'orthographe, les garçons de l'équipe de foot du lycée. Finalement j'aiguillai la conversation entre oncle Boyd et M. Beale sur M. Price, le président de l'université.

— Comment fera-t-il pour faire vivre l'université ? s'interrogea M. Beale. Tous les jeunes gens vont partir à la guerre. S'il ne remplit pas les cours, il ne pourra pas payer les professeurs.

— Et si les foyers d'étudiants sont vides, comment honorer les loyers ? renchérit mon oncle.

Les deux hommes d'expérience menaient la conversation à présent, l'atmosphère était plus décontractée, nous pûmes à loisir admirer l'argenterie, la porcelaine, les verres en cristal et la nourriture – qui n'était pas fameuse. Mais j'étais la reine de la soirée et je m'amusais beaucoup.

Après dîner, oncle Boyd nous emmena tous pour la répétition de la cérémonie dans l'église, sombre et déserte pour le moment – mais qui serait luxueusement décorée le lendemain matin. Conrad avait pris tous les frais en charge, il était hors de question que mon oncle déboursât un centime.

Pendant la répétition il fut question de « la mariée ». « La mariée se tiendra là », disait oncle Boyd. « La mariée donnera son bouquet... » Pourquoi cette sensation de déjà-vu m'envahit-elle à cet instant ? *La Bohémienne*, bien sûr ! Mlle Harmon qui hurlait : « La mariée avance *lentement* au centre de la scène ! Robert ! Suis l'orchestre et, pour l'amour du ciel, ne piétine pas le voile de la mariée ! »

14

Ma robe de mariée était aussi belle que celle de Mme Dupont II. Accompagnée de Betty, je l'avais déjà essayée chez Victoria, mais lorsque je la passai, le matin du mariage, j'y découvris une surprise qui me mit les larmes aux yeux et j'étouffai un sanglot.

— Que se passe-t-il ? demanda Betty.

— Ma mère me manque.

Je ne pus lui en dire plus. Betty n'avait rien vu, mais dans la doublure de la robe, à la place de mon cœur, Victoria avait appliqué à petits points un cœur découpé dans le tissu imprimé de roses de la robe de maman.

Conrad m'avait offert des perles ravissantes et il tenait à ce que ma couronne soit ornée de vraies fleurs d'oranger – comme Mme Dupont II. Elles exhalaient un parfum délicat, comme celles de mon énorme bouquet de mariée. Mon voile en tulle mousseux flottait derrière moi comme une vague d'écume.

L'organiste attaqua la marche nuptiale. Précédée de Betty en robe longue rose pâle, elle aussi couronnée de fleurs d'oranger et portant un gros bouquet, je remontai lente-ment, au bras de mon oncle, l'allée centrale toute tapissée de blanc. La vieille église avait-elle déjà vu un mariage aussi somptueux ? Un bouquet était disposé à l'extrémité de chaque banc et des gerbes de fleurs encadraient les rangs de chandeliers. Je pressai le bras de mon oncle et il me rendit ma pression. Les paroissiens, trop polis pour se retourner, inclinaient légèrement la tête à notre passage. Conrad, au pied de l'autel, me dévorait du regard comme s'il n'y avait que moi dans l'église bondée.

Robert aussi était là. Je m'efforçai de ne pas le regarder mais ne pus m'empêcher, une fraction de seconde, de lui glisser un coup d'œil. Dieu qu'il était beau dans son smoking blanc ! Je me dis que toutes les femmes présentes devaient convoiter le garçon d'honneur. Je n'eus plus d'yeux que pour Conrad. Pendant des années j'avais regardé Robert Laird, c'était à lui de le faire à présent... Et il ne s'en priva pas. Le jour de leur mariage, toutes les femmes sont à l'apogée de leur beauté, leur personne a fait l'objet de préparatifs minutieux depuis des semaines et, dans sa robe immaculée, on dirait que la mariée sort d'un paquet cadeau avec un panneau : *Ici, prochainement...*, comme on en voit devant les immeubles neufs.

Oncle Boyd lâcha mon bras – c'était un pasteur d'une autre paroisse qui devait nous unir. Comme à travers un brouillard, je vis mon alliance passer des mains de Robert à celles de Conrad, puis à mon doigt. Après avoir échangé nos « oui », puis un baiser, encadrés par Robert et Betty, nous descendîmes l'allée, devant la famille Letty et le père de Conrad dans son fauteuil roulant, pour serrer des mains et distribuer des sourires et encore des sourires.

La cuisine au sous-sol de l'église était éclaboussée par le soleil de juin, mais il y régnait toujours la même odeur. Les paroissiens avaient beaucoup travaillé : il y avait des rafraîchissements et des saladiers de punch sans alcool. Les compliments fusaient : « Comme tu es belle ! » ou « Quelle ravissante mariée ! »

— C'est grâce à ta robe, chuchotai-je à l'oreille de Victoria.

— C'est grâce à toi, répliqua-t-elle en me serrant dans ses bras. Il a intérêt à être à la hauteur pour te mériter.

Oncle Boyd raccompagna S.C. chez lui et une heure plus tard Conrad alla chercher la voiture : nous devions nous changer au presbytère et partir tout de suite pour Chicago. J'avais fui les invités et attendais Conrad à l'entrée de l'église lorsque Robert surgit à mes côtés :

— Le garçon d'honneur a le droit d'embrasser la mariée, dit-il en m'attirant contre lui, écrasant ma robe et mon voile contre son smoking blanc. Son regard était calme, mais ses lèvres étaient brûlantes. Je le repoussai pour reprendre haleine et il se mit à rire.

— Viens sur le perron, je vais te prendre en photo.

— Essuie-toi, tu as du rouge à lèvres.

— Toi aussi.

Je frottai mes lèvres d'un revers de main et il me photographia devant l'arcade du porche juste au moment où les gens sortaient en jetant du riz. Je ramassai mon voile et montai dans la Cadillac, sous les congratulations et une pluie de riz.

Dès que nous fûmes hors de vue, je posai ma tête sur l'épaule de Conrad. La Cadillac était festonnée de papier crépon blanc, mes cousins avaient répandu du riz sur les sièges et attaché de vieilles chaussures et des casseroles au pare-chocs arrière. Au presbytère, nous essuyâmes encore une pluie de riz et les plaisanteries de rigueur de la part de mes cousins. En disant au revoir à la famille Letty, j'avais la sensation d'arriver brutalement à la lumière, comme au sortir d'un long tunnel.

Je regardai Conrad : nous étions enfin tous les deux, nous allions vivre notre lune de miel. Plus personne pour nous surveiller où que nous allions. Je m'étais représenté cet instant bien des fois : à présent je le *vivais*.

Je pouvais me blottir contre lui, l'embrasser à chaque feu rouge si j'en avais envie. Sur la route de Chicago, nous nous comportâmes comme des gamins, nous arrêtant au bord de la route pour décrocher l'écriteau *Jeunes mariés*, le papier crépon et les casseroles qui bringuebalaient derrière nous. Nous faisions des plaisanteries et des grimaces, pouffions de rire dans les restaurants sélects où nous nous arrêtions. Quand Conrad referma la porte de notre suite à l'hôtel ce soir-là, nous étions très amoureux, ivres de notre propre bonheur – et du champagne que nous avions bu au dîner.

Il m'avait fait comprendre que, pour lui aussi, c'était la première fois. J'imagine ce que la situation peut avoir de comique, vue de l'extérieur. Après avoir ôté nos vêtements dans l'obscurité, nous nous allongeâmes côte à côte. Sans doute lui parus-je aussi étrange qu'il l'était à mes yeux. Je ne m'étais jamais trouvée nue contre quelqu'un, sauf peut-être quand j'étais bébé. Je crois qu'il en était de même pour lui. Il vint se mettre sur moi. Tout cela paraissait bien étrange à une jeune fille à qui l'on avait toujours appris à serrer les genoux, et le pauvre Conrad, qui se tenait sur les coudes, devait être dans une position bien inconfortable.

Je ne poussai pas la témérité jusqu'à le toucher, mais je sentis quelque chose contre moi et me tortillai pour le diriger dans ce que je pensais être la bonne direction. Au moment où j'éprouvai une douleur, je me dis qu'il devait avoir trouvé l'endroit adéquat, mais je me contractai légèrement en poussant un petit gémissement. Il arrêta et s'allongea à côté de moi.

— Continue. Ça fait mal, mais c'est normal.

— Je ne veux pas te faire de mal.

Je tendis la main vers lui, il était sur le ventre, sa voix était étouffée par l'oreiller.

— A quoi bon ? Nous ne pouvons même pas avoir d'enfant.

Ça faisait vraiment mal. Je me glissai sous lui jusqu'à ce que son visage soit entre mes seins.

— Nous le faisons par amour. Faire un bébé, c'est une autre histoire. Je ne t'ai pas épousé pour avoir un bébé !

Il m'embrassa à perdre haleine et cette fois-ci nous fîmes l'amour, malgré la douleur. Tout me parut bizarre, c'était donc ça que faisaient les gens, jamais je ne l'aurais cru. J'utilisai les deux gants de toilette que j'avais glissés sous mon oreiller, conformément aux recommandations de ma tante.

Soulagée, je m'endormis en quelques secondes. Mais le lendemain matin, au réveil, tout me revint à l'esprit. Je m'assis dans le lit et, en voyant près de moi cet être chevelu et étrange, je rougis de honte. Conrad dut éprouver le même sentiment car, lorsque je saisis le drap pour m'en couvrir, il tira la couverture sur lui. Sans échanger un regard, nous nous demandâmes poliment : « Veux-tu passer d'abord à la salle de bains ? » ou « Allons-nous prendre le petit déjeuner ? » Nous nous habillâmes chacun dans une pièce, et quel ne fut pas mon soulagement de voir Conrad avec ses vêtements ! Enfin je le reconnaissais. J'imagine qu'il devait penser la même chose de cette fille qui était à côté de lui dans le lit un peu plus tôt.

Assis l'un en face de l'autre à une petite table de la cafétéria, nous examinions le menu du petit déjeuner. Conrad me regarda lorsque je commandai et je fis la même chose pour lui. Nous nous sentions terriblement adultes : un couple qui prend son petit déjeuner. Arborant nos alliances, nous avons commandé : « Du café, s'il vous plaît » avec une nuance de fierté dans la voix et, sans attendre que le garçon ait tourné le dos, nous avons échangé un regard complice : nous étions vraiment fiers de nous. Nous avions le sentiment d'avoir accompli notre devoir, à la fois le jour du mariage et pendant la nuit de noces, nous étions désormais libres de nous amuser, même si Conrad ne pouvait s'absenter plus de trois jours de Beale Equipment Company.

Nous étions à Chicago, ma ville natale. Je portais de beaux vêtements, j'avais un mari qui m'emmenait dîner au restaurant, danser au night-club – un vrai décor de cinéma, ruisselant de lumières. J'assistai pour la première fois de ma vie à une pièce de théâtre, avec des acteurs en chair et en os, saisissants de vérité. Pour la première fois de ma vie je visitai un musée, qui me fit penser à un palais déserté. Je n'osais pas élever la voix. Dans l'enfilade des salles, les tableaux et les statues semblaient des richesses abandonnées par un roi enfui, qui aurait seulement abandonné quelques chaises où sommeillaient des gardiens en uniforme. Seul l'écho de nos pas et de nos chuchotements résonnait dans ce silence.

Dehors, les rues étaient peuplées d'uniformes. J'ai honte de le dire, mais quand j'avais dix-huit ans la guerre me paraissait terriblement romantique. Les garçons de la classe supérieure à la mienne, qui effectuaient tous leur préparation militaire, faisaient plus que leurs dix-huit ans dans leurs uniformes kaki ou bleu marine, comme s'ils portaient les vêtements de leurs grands frères. Les filles aussi semblaient avoir mûri d'un seul coup. En futures épouses de soldats, elles avaient la responsabilité de les envoyer heureux au combat.

— Mariez-vous avec lui, ma belle, me dit une femme au foyer du théâtre. Il aura besoin de vous quand il sera là-bas.

Mais Conrad ne partirait pas. Un après-midi, un homme s'adressa à Conrad, alors que nous attendions pour traverser une rue :

— Quand partez-vous ?

— Je ne pars pas, je… je ne peux pas.

— Espèce de dégonflé !

Nous étions déjà en train de traverser la rue, et j'espère que Conrad n'entendit pas.

De retour de notre lune de miel, nous fûmes accueillis sur le pas de la porte par S.C. et son fauteuil roulant. L'espace d'une seconde je crus qu'il n'allait pas nous laisser entrer, mais il recula.

— Bienvenue à la maison.

— Bienvenue à la maison, répéta Conrad sur un tout autre ton, en me soulevant dans ses bras.

Nous franchîmes le seuil dans les rires et les baisers.

Ce soir-là, au lit, Conrad me murmura à l'oreille :

— Alors, tu aimes la maison ?

— Je l'adore. Mais je t'aime encore plus, chuchotai-je.

Conrad émit un petit grognement de contentement.

— Rien n'est trop beau pour toi. Quand je suis venu pour la première fois dans ce presbytère, j'ai eu envie de mettre toute ma fortune à tes pieds.

— Et dans mes poches, dans mes chaussures, dans mon tablier !

Nous avons ri et nous nous sommes endormis, serrés l'un contre l'autre comme des petites cuillères dans un tiroir… c'est une position tellement agréable pour dormir.

Le lendemain matin, le discret ding-dong de la cloche du petit déjeuner résonna dans le hall. Je passai à table avec Conrad et, mettant en pratique mes bonnes manières, je souris à la gouvernante, Mme Pell, pris de ses nouvelles et demandai à S.C. s'il avait bien dormi. Ni l'un ni l'autre ne semblait m'avoir entendue. Mme Pell s'éclipsa vers la cuisine sans dire un mot et S.C. feuilletait le *Des Moines Register*, qu'il plia ensuite bruyamment en quatre contre son verre d'eau.

Conrad me glissa un regard contrit : aurait-il oublié de me dire quelque chose ? Je pris mon petit déjeuner en silence, ce qui ne nous empêcha pas de nous faire du pied et de nous prendre les mains sous la table dès que nous le pouvions.

— J'ai oublié de te prévenir : papa lit toujours à table, me dit Conrad un peu plus tard avant de partir au travail. Il aime le calme.

J'étais sur le point de dire : « Dans ce cas pourquoi ne prend-il pas ses repas seul, pour nous laisser bavarder tranquillement ? », mais je me tus. Je n'étais pas chez moi, et je m'estimais heureuse d'être là.

Lorsque Conrad et son père furent partis, j'explorai nos appartements privés, qui se composaient de la grande chambre et de la salle de bains. Lorsque j'avais demandé à tante Gertrude son avis sur la maison Beale, elle m'avait répondu : « Elle est mal entretenue et le dîner est tout juste mangeable. Cette Mme Pell ne fait pas grand-chose, elle est là depuis si longtemps, elle a pris ses aises. Il va falloir que tu la remettes au pas sans tarder. »

Ma tante avait raison. Les deux hommes, absorbés par leurs occupations, n'y prêtaient pas attention, mais je remarquai la poussière oubliée dans les coins et sur les tuyauteries. Les œufs du petit déjeuner étaient trop cuits, on aurait dit de la semelle. Faudrait-il que je fasse des remontrances à une femme en âge d'être ma grand-mère ?

Je préférai ne pas y penser. Je rangeai mes sous-vêtements et mes bas dans le tiroir que Conrad avait libéré pour moi et suspendis mes habits dans l'armoire à côté des siens, témoins silencieux de notre mariage. De mon passé, il ne me restait qu'une église en bois, un petit livre avec des chatons, une poupée en celluloïd et un cœur en tissu cousu à l'intérieur de ma robe de mariée.

Je descendis à pas feutrés dans la véranda meublée en osier et chintz, dont le lino disparaissait sous un tapis ourlé d'une ganse. La salle à manger, sévèrement meublée d'acajou, était prête à accueillir les repas de cérémonie, mais la table n'était pas cirée et les rideaux de voile paraissaient ternes. Toutes les pièces étaient décorées dans les tons de terre alors en vogue : crème, beige, brun ou ocre, avec çà et là une touche plus osée,

« poudre de rose », ou « rouille ». Crème et brun pour la chambre de Conrad, ocre pour celle de son père, blanc clinique pour la cuisine et la salle de bains. Le tapis de la salle à manger et les tentures étaient émaillés de teintes rose pâle.

Je n'avais jamais vu de fenêtre à bascule munie de stores à enrouleur. J'en ouvris une dans le salon et tentai de tirer le store, mais il m'échappa et remonta avec un bruit mat.

— Il faut l'accrocher en bas, dit la gouvernante, me faisant sursauter.

Mme Pell se déplaçait dans la maison comme si elle flottait au-dessus du sol. Elle me faisait penser à une chouette guettant une souris : quand on l'entend, il est déjà trop tard.

— Il faut coincer la manette dans son logement, dit-elle en me faisant la démonstration.

— Merci. Ça sentait un peu le renfermé dans cette pièce, je me suis dit que cela ferait du bien d'aérer.

— Ça fait rentrer la poussière, dit-elle en croisant les bras sur son opulente poitrine.

Chez Mme Pell, robuste Danoise, tout était carré : la mâchoire, les hanches et même les pieds, chaussés de talons plats et… carrément plantés sur le tapis. Sans l'esquisse d'un sourire, elle attendit que je remonte le store et referme la fenêtre. Quand je me retournai, elle avait disparu. Je n'avais même pas entendu la porte de la cuisine s'ouvrir, je n'eus que le temps d'apercevoir dans le couloir un rectangle de lumière qui s'évanouit aussitôt.

15

J'avais tout pour être heureuse. Mon temps m'appartenait. En semaine, après le petit déjeuner, je prenais des sandwiches, j'enfourchais ma bicyclette – un cadeau de Conrad – pour de longues et paresseuses journées d'été, comme je n'en avais pas connu depuis l'âge de neuf ans.

L'université me tendait les bras. J'allai dans la salle de conférences au plancher ciré et craquant choisir mes cours pour le premier trimestre, puis j'achetai les manuels.

— Voyez un peu ça ! dit Conrad en entrant dans mon « bureau ».

On avait supprimé le lit, installé une bibliothèque et une machine à écrire. Je pouvais m'asseoir soit à mon bureau soit dans un fauteuil, ou dans le patio pour profiter de la brise d'été.

Conrad regarda par-dessus mon épaule.

— Je réponds aux questionnaires en fin de chapitre.

— Tu n'as pas besoin d'aller à l'université. Tu es parfaitement capable de faire ton éducation toi-même.

Je passais la plupart de mes après-midi à la bibliothèque de l'université. Arlene Brown s'y trouvait à chaque fois en même temps que moi, et c'était devenu un sujet de plaisanterie entre nous.

— Toi aussi, tu es une amoureuse des livres, me dit-elle un jour.

— Absolument passionnée.

— Je suis une grande adoratrice de la littérature devant l'Eternel, dit Arlene.

Pour être « dans le coup », il fallait avoir un vocabulaire sophistiqué et étendu, parler comme Katharine Hepburn ou Claudette Colbert.

Je passais de longs moments avec Arlene dans la balancelle de sa véranda ou dans mon patio, nous nous faisions la lecture en buvant de la limonade.

En lisant *Pour qui sonne le glas*, nous passions rapidement sur les passages où « la terre se dérobe ». Je crois qu'Arlene ne savait pas à quoi Hemingway faisait allusion – pas plus que moi, d'ailleurs. Les amants enroulés dans le peignoir de Robert Jordan semblaient en proie à une sorte d'extase. Je n'avais jamais senti le sol se dérober sous moi quand je faisais l'amour avec Conrad, lui non plus sans doute, même si nous nous aimions tendrement. La fin du livre, triste et héroïque à merveille, nous arrachait des larmes au-dessus de notre limonade.

De temps en temps j'allais boire des sodas avec Patty Hayes et Sonia Jensen, qui entraient elles aussi à l'université en septembre ; parfois je cousais pour Victoria quand elle était submergée de travail juste avant un mariage. Je faisais les conserves de fruits et légumes avec tante Gertrude et Betty sur le vieux fourneau en émail décoré de tulipes, qui m'avait semblé si luxueux jadis. En franchissant les battants tout rafistolés de la vieille porte de cuisine, je redevenais, l'espace d'une seconde, la petite orpheline qui lavait les robes de sa mère ou faisait la vaisselle de toute la famille. Puis, comme par magie, j'étais de nouveau Mme Conrad Beale, venue « rendre service » à sa tante, et que l'on remerciait de surcroît.

Les Letty m'apparaissaient désormais sous leur véritable

jour – il faut dire que je connaissais par cœur toutes leurs astuces pour avoir l'air impeccables et « comme il faut » malgré leur misère. Et à présent j'avais tellement d'argent...

— N'hésite pas, me dit Conrad, achète-leur quelques vêtements décents. Ils semblent tellement misérables... Jusqu'ici je ne pouvais pas leur être d'un grand secours, mais maintenant tu peux les aider.

Je retournai donc chez Black's avec Betty.

— Il te faut des vêtements d'été, si tu as des rendez-vous...

Elle rougit – je savais que Bill Jensen l'invitait au cinéma presque toutes les semaines.

— Tu auras aussi besoin de jupes et de chandails pour l'automne, de chaussures et d'un manteau d'hiver, le tien est usé jusqu'à la corde. Ah... et des chapeaux, j'allais oublier !

Quand oncle Boyd et tante Gertrude virent la nouvelle garde-robe de Betty, ils me dirent que je dépensais trop.

— Tu ne crois pas que tu devrais économiser l'argent que te donne ton mari ? dit mon oncle.

— Au contraire, il serait en colère si je mettais l'argent de côté. Il dit que je n'ai jamais eu de quoi m'acheter de belles choses, il veut que j'en profite maintenant.

— Mais c'est pour toi, répondit mon oncle, ce n'est pas pour nous – non que nous ne te soyons reconnaissants...

— Conrad sait à quel point ça me fait plaisir de pouvoir vous offrir de belles choses.

Je me tournai vers ma tante.

— Ne serais-tu pas heureuse de pouvoir me faire de beaux cadeaux si tu étais riche ?

— Je suppose que oui... fit ma tante, décontenancée.

— Je pense bien, ajouta mon oncle.

— Vous m'avez recueillie quand je n'étais qu'une petite orpheline. J'étais malheureuse et déboussolée, tout mon univers s'était écroulé, je pleurais toutes les nuits, et vous m'avez consolée.

— J'espère que nous y sommes parvenus, dit mon oncle.

— Tu m'as fait une place pour mes jouets, tu m'as parlé de mes parents.

— C'est vrai, dit mon oncle.

— Je ne l'oublierai jamais. Oncle Boyd, je veux que tu t'achètes des vêtements neufs, et les garçons aussi. Il te faudra un manteau, des costumes, des chemises et des cravates. Les garçons auront besoin de complets pour le bal de l'école – ils ont l'âge d'apprendre à danser maintenant. Nous verrons aussi pour des pantalons, des pull-overs et des vêtements d'été pour toi.

— Je ne sais pas… dit oncle Boyd en fronçant les sourcils, le regard rivé sur le tapis. Que vont dire les gens ?

— Ils diront que ta nièce nous aide, un point c'est tout, intervint tante Gertrude. Quand le frère des Greenlee leur a donné de l'argent, personne n'y a trouvé à redire. Et les Banning ont de beaux vêtements – leur grand-père est riche.

Ce fut donc au tour d'oncle Boyd, de Ben et de Bernard de choisir leurs vêtements neufs. Leur plaisir était manifeste, en dépit de leurs efforts pour le dissimuler, comme il sied à la condition de mâle. J'accompagnai tante Gertrude faire encore quelques emplettes : elle fut ravie de compléter sa garde-robe de femme de pasteur.

Mais cette mue soudaine posait un sérieux problème aux Letty. Un après-midi, autour d'un thé glacé, nous abordâmes le sujet tous les six.

— Il n'est pas convenable, dit tante Gertrude, que toute la famille soit habillée de neuf.

— On ne peut quand même pas sortir en pardessus, dit Ben, en plein mois de juillet…

— Bien sûr que non, approuva tante Gertrude, qui pensait sans doute à son manteau au col de vison.

— Il y aura peut-être une vague de froid, dit Betty, j'ai

envie de mettre mon manteau bleu, avec les boutons en cuir de phoque.

— N'oubliez pas que pour beaucoup de nos paroissiens, ce sont les vaches maigres en ce moment, dit oncle Boyd.

— Impossible de dissimuler, observa ma tante.

— Nous pourrions étrenner nos habits neufs à tour de rôle, suggéra oncle Boyd. Qu'en dites-vous ? Ce serait une preuve que nous ne les mettons pas pour épater la galerie.

— Nous sommes cinq, qui va commencer ? demanda Bernard.

— Tirons à la courte paille, proposa tante Gertrude.

— Combien y a-t-il de dimanches en juillet ? dit Ben.

Oncle Boyd tira un petit calendrier de son portefeuille.

— Je suis au regret de vous dire qu'il n'y a que quatre dimanches en juillet. C'est bien la première fois que quelqu'un dans cette maison souhaite qu'il y ait davantage de dimanches !

— Je ne suis pas obligée de mettre mon nouvel ensemble d'été à l'église, dit tante Gertrude. Je peux le porter pour les réunions du comité de bienfaisance.

— Quant à moi, je peux fort bien assister au conseil d'administration de la paroisse avec un nouveau costume, dit oncle Boyd.

— Alors c'est comme s'il y avait cinq dimanches en juillet ! s'exclama Ben.

— On peut mettre les autres vêtements de temps en temps, dit Betty, je veux porter mon tailleur de coton jaune avant la fin de l'été !

— Pour les jours de semaine, on peut envisager la question sous un autre angle, dit oncle Boyd. Chacun d'entre vous pourrait mettre un nouveau vêtement chaque semaine.

— Il me semble que vous avez trouvé la solution, dis-je en me levant pour partir. J'ai promis à Victoria d'aller l'aider cet après-midi, elle a trois mariages dans le mois.

Je laissai les Letty dans leur salon, en train de tirer à la courte paille. Dehors, les lessives du lundi dansaient au gré du vent sur les fils à linge. En arrivant chez Victoria, je croisai Carol Jacobs sur les marches de la véranda.

— Je viens de voir Carol. Encore un mariage en vue ?

— Dieu merci, pas avant le mois d'août !

Il y avait deux robes de demoiselle d'honneur à ourler et je me mis à la tâche à côté de Victoria, dans le ronronnement du ventilateur électrique qui faisait onduler les morceaux de tissu étalés sur sa table de travail.

— « Au cours de la bataille de Midway, nous avons coulé dix-sept bâtiments japonais, dont quatre porte-avions. Le Japon a perdu deux cent soixante-quinze avions et quatre mille huit cents hommes », dit M. Kline, qui lisait son journal dans son rocking-chair près de la fenêtre.

— Tu n'es pas aussi gaie que d'habitude, que se passe-t-il ? dit Victoria au bout d'un petit moment.

Je poussai un soupir.

— C'est cette Mme Pell : toujours à m'observer en catimini... Ça me fait mal au cœur de voir cette belle maison si mal entretenue, mais c'est S.C. qui paie et Mme Pell n'obéit qu'à lui. Je lui ai demandé si Conrad et moi pourrions prendre notre petit déjeuner dans la véranda, pour laisser S.C. lire tranquillement son journal. Elle m'a répondu qu'elle ne recevait d'ordres que de S.C.

— Elle est à son service depuis tant d'années...

— Ce n'est pas une raison pour me traiter comme une simple petite amie de Conrad. Par-dessus le marché, elle est maniaque : les serviettes de table, par exemple, si tu as le malheur de les plier en rectangle, elle te lance un regard noir et te les arrache des mains, il faut les plier en triangle. Et les stores ! Elle les baisse exactement de trente centimètres.

— Au cas où il viendrait à l'idée de quelqu'un de monter sur une échelle avec un mètre pour vérifier ?

— Et les serviettes de toilette ! Elle ne supporte pas de les voir dépliées. Dès que tu en as utilisé une, elle se faufile derrière toi sans bruit, comme un chat – tu ne l'entends jamais venir – et elle la replie en trois. Et les ordures ! Elle les entasse dans les boîtes de conserve vides ! Dès que tu viens de faire une soupe, elle rince consciencieusement la boîte pour la remplir de déchets – en plus il ne faut pas détacher complètement le couvercle… Je pense que nous avons la poubelle la plus propre du quartier, nos ordures sont en boîte !

Le visage de Victoria se transformait complètement quand elle riait – j'adorais la voir rire.

— Tout est réglementé. Pour la cuisine, elle ne tient aucun compte des goûts de S.C. et de Conrad. Les menus sont planifiés : le mardi, poulet sauce royale ; le samedi, jambon et gratin de pommes de terre – à peine mangeable, d'ailleurs. Si on ne plie pas le journal d'une certaine façon sur telle table après l'avoir lu, c'est la fin du monde. Elle ne se sert pas du lave-vaisselle, par crainte des microbes, et c'est un péché de laisser une tasse ou un verre retourné dans le placard. Mais à côté de ça, la maison est sale.

— Elle est habituée à régner seule sur cette maison depuis si longtemps…

— Pas le soir. Elle rentre chez elle, dis-je en serrant les dents. Ni le jeudi après-midi, c'est son jour de congé.

— Hmm, se contenta de faire Victoria.

— Il faut que j'agisse, mais je ne sais pas par où commencer. Mais le pire, ce n'est pas Mme Pell. C'est S.C. qui me pose un grave problème.

— « Par un vote récent, la 6e section de la Légion américaine entend faire pression sur le gouvernement fédéral afin que les sujets américains d'ascendance japonaise soient déplacés au Japon après la guerre », dit M. Kline.

— Le dîner est un véritable supplice pour Conrad – au début, je n'en revenais pas. S.C. lui décoche des propos venimeux, ceux qui frappent là où ça fait mal. Une vraie langue de vipère ! Et Conrad qui ne bronche pas.

Victoria ôta les épingles de sa bouche :

— Pourquoi ?

— Je n'en sais rien. Et je trouve Conrad… méprisable. Et je déteste ça.

— Et lui, il sait ce que tu ressens ?

— Il fait semblant de ne pas s'en apercevoir. Et tous les soirs je dois subir cette situation… Je m'enfourne la nourriture dans la bouche pour m'empêcher de hurler après S.C.

— Ça n'a pas pu échapper à Conrad : ça lui est indifférent que tu le méprises ?

— Mais non ! Bien sûr que non !

— Alors pourquoi ne tient-il pas tête à son père ? Il n'ose pas ? Il n'est pas capable de se défendre tout seul ?

Trop absorbée par mes réflexions, je lâchai l'ourlet que j'étais en train de bâtir et posai la robe sur mes genoux.

— Oh non, ce n'est pas cela. C'est lui qui dirige la société, donne les consignes aux ouvriers, voyage pour décrocher des commandes, il travaille très dur. Et les gens le traitent de lâche et de profiteur ! A l'exception du déjeuner du dimanche chez les Letty de temps à autre, nous ne sortons jamais en ville – il sait ce qu'on raconte sur lui. Alors qu'il fait tant pour l'effort de guerre !

Victoria retourna une manche en satin.

— Il faut qu'il ait vraiment confiance en lui pour tenir tête à son père et à la ville tout entière. C'est sans doute un homme fort, dit-elle en cassant le fil avec ses grandes dents. Et courageux.

Je levai les yeux vers Victoria.

— Courageux ?

— Il doit adorer son père, n'est-ce pas ? Et il sait qu'il peut compter sur ta compréhension…

— « Une nouvelle forme de courrier vient d'être inaugurée

153

entre New York et Londres, dit M. Kline. Celle-ci sera bientôt utilisée pour les correspondances transatlantiques. Ecrites selon une forme imposée, les lettres sont ensuite microfilmées. »

Je regardai Victoria, avec ses petits yeux pétillants, ses grandes oreilles et son sourire amical.

— Oh, Victoria !

C'est tout ce que je pus dire.

Ce soir-là, Conrad travailla tard avec son père dans la véranda, devant la table surchargée de papiers. J'entendis S.C. crier et Conrad lui répondre d'une voix calme. Je savais que Conrad n'aurait pas un moment de répit de la soirée.

Parfois, nous nous échappions le soir après dîner pour aller au cinéma, au concert dans Overman Park, ou danser à l'Electric Park Ballroom. Mais nous passions la plupart de nos soirées libres à nous promener dans les rues obscures de la ville. A travers un éventail crépitant de goutelettes scintillantes, des retraités arrosaient leurs pelouses. Sous les vérandas, le grincement des balancelles en osier accompagnait les rires et le tintement des glaçons dans les verres. Les enfants jouaient à chat perché ou à la marelle à la lueur des réverbères jusqu'à ce que leurs parents les appellent pour aller au lit.

— Je te ferai visiter l'usine, me dit Conrad le lendemain soir, alors que nous nous promenions main dans la main. C'est une affaire de famille, j'en suis fier.

Je lui dis que j'étais très impatiente de la voir et, dès le mercredi suivant, j'accompagnai Conrad et S.C. à la Beale Equipment Company. Je connaissais ce vaste bâtiment de brique recouvert de lierre, au bord de la rivière, pour être souvent passée à côté. Des centaines de femmes et d'hommes entre deux âges y travaillaient, et des cafés et des échoppes se serraient alentour. Conrad installa son père dans son fauteuil roulant et nous entrâmes dans le bâtiment, qui se composait d'une seule pièce, immense, résonnant de sons métalliques et de cris. La lumière du soleil entrait à flots par les hautes fenêtres et par un orifice pratiqué dans la toiture, qui éclairait un wagon sur ses rails. Les hommes en déchargeaient des plaques de métal, qu'ils empilaient ensuite sur des charrettes en bois, dans une atmosphère surchauffée et poussiéreuse.

Il nous fut impossible d'échanger le moindre mot avant que Conrad ait fait entrer son père dans le grand bureau qui occupait tout un angle de l'atelier.

— C'est le bureau de papa, dit Conrad en installant son père à sa table de travail. Le mien est juste derrière.

Le bureau de Conrad, petit et sombre, était une véritable tanière, encombrée d'archives et de classeurs, mais il était plus calme. Nous prîmes place sur les deux seules chaises dont il disposait.

— C'est une chance que nous ayons pu poser l'année dernière ces rails qui arrivent directement à l'intérieur de l'usine : le gouvernement nous a autorisés à terminer la fabrication des produits en cours, mais sans utiliser l'acier. Ça n'a pas été facile – papa a failli renoncer. Mais il m'a laissé aller à Washington et j'ai passé des contrats d'armement.

— Pas étonnant que tu ne sois jamais à la maison ! dis-je en riant.

— C'est un instrument qui sert à dévisser les canons des mitrailleuses quand ils sont chauds, expliqua Conrad.

Le contremaître frappa à la porte et Conrad nous présenta.

— Tu seras plus à l'aise dans le bureau de papa, me dit Conrad, il est plus bruyant mais plus spacieux.

J'allai donc m'asseoir près de S.C. Les murs de son bureau étaient recouverts de panneaux de bois, avec des cadres dorés, et il y avait des fauteuils en cuir. S.C. lisait le journal. A tous moments, des hommes et des femmes traversaient la pièce pour se rendre dans le petit bureau de Conrad, ils saluaient S.C. d'un signe de tête et me jetaient un regard curieux au passage : j'étais la belle-fille du patron.

Conrad sortit au bout d'un petit moment.

— Allons à l'atelier : on est en train d'installer la nouvelle presse – grâce au gouvernement. C'est un engin qui pèse près de vingt-cinq tonnes. Tu ne reverras pas ça de sitôt.

Il poussa le fauteuil de son père et je lui emboîtai le pas.

— Nous la faisons passer par le toit, c'est le seul moyen.

La grande presse, lourde et brillante, se balançait déjà sous l'orifice. Les ouvriers reculèrent vers les machines, le long du mur, tandis que l'engin descendait lentement, avant de se poser exactement sur le rectangle de craie dessiné sur le sol. Les hommes et les femmes applaudirent.

— Maintenant que tu as assisté à l'événement du mois, me dit Conrad, je te ramène chez nous. Il va bientôt faire une chaleur insupportable ici.

— J'ai l'impression que S.C. fait de la figuration et que c'est toi qui diriges la société, lui dis-je tandis que nous roulions vers la maison.

— En effet.

— Et tu dois endurer ses critiques ! Ce n'est pas juste. Tu crois que nous pourrions déménager ?

Nous traversions le pont pour rejoindre la ville. Je n'osais pas regarder Conrad, j'avais les yeux fixés sur la rivière. Il ne répondit pas.

— Pourquoi attendre pour avoir notre propre maison ? Tu travailles tard le soir avec ton père, tu l'emmènes à l'usine et c'est Mme Pell qui régente tout. Nous pourrions habiter près de chez lui. Il est capable de se tenir debout et de marcher un peu.

— Je souhaite moi aussi que nous ayons notre propre foyer, mais ce n'est pas si facile.

— Pourquoi ?

— C'est papa… qui tient les cordons de la bourse, voilà pourquoi.

— Et il tient à ce que tu vives avec lui ?

— Ça lui fait plaisir, dit Conrad d'une voix amère que je ne lui connaissais pas. Tu as bien vu.

— En effet.

— Il ne supporte plus rien. J'essaie de compatir. Il ne supporte pas de ne plus diriger l'usine, il ne supporte pas que les ouvriers s'adressent à moi. Il ne supporte pas d'être en fauteuil roulant depuis son accident de la route, de ne plus pouvoir travailler comme avant. Il ne supporte pas l'idée de ne pas avoir de petits-enfants. Je ne pars pas à la guerre et les ouvriers ne se gênent pas pour lui faire des réflexions. Il ne supporte pas de vieillir. Le pire, c'est qu'il souffre tout le temps. Je crois que c'est tout ça qui le rend méchant.

Une fois arrivés au garage, nous restâmes un moment dans la voiture, dans les reflets du soleil de ce beau matin d'été.

— A la mort de son père, papa n'a pas hérité de la ferme familiale, il a reçu une somme d'argent avec laquelle il a acheté une vieille usine, la Blanchard Equipment Company, et il commençait tout juste à se remettre à flot quand sa voiture a quitté la route pendant un orage. Au commencement de la réussite.

J'enlaçai Conrad.

— Tu es un homme merveilleux, et un fils merveilleux. Je ne sais pas comment tu peux supporter que ton père te traite de cette façon, mais chaque fois qu'il se montre si méchant avec toi, je t'admire, oh, si tu savais…

16

Le jour de la rentrée, j'arrivai à l'Iowa State Teachers College munie de livres et de cahiers. J'avais revêtu pour la circonstance un tailleur à la mode, en coton écossais rouge, avec une jupe plissée amidonnée qui nécessitait une heure de repassage – et se froissait en moins d'une minute. J'étais allée chez le coiffeur la veille et, avec mes socquettes blanches et mes mocassins cirés, je vivais mon inaccessible rêve : j'entrais à l'université.

J'ignorais que les salles de cours étaient ouvertes dix minutes avant l'heure, et l'auditorium était déjà comble. Je distinguai, parmi la foule des inconnus, un visage familier : c'était Robert Laird qui désignait du doigt le siège libre qu'il m'avait gardé à côté de lui – c'était la seule place assise.

Les rangées de sièges aux accoudoirs munis de tablettes étaient si serrées que lorsque je me glissai pour rejoindre ma place ma jupe effleura le pantalon impeccablement repassé de Robert. Je ramenai vivement les plis de ma jupe contre moi.

— Tu savais que j'étais inscrite à ce cours ? chuchotai-je à Robert au moment où le professeur entrait.

— Je vais faire passer le plan d'occupation de la salle, dit le professeur. Veuillez noter votre nom en majuscules à la place que vous occupez, qui vous sera désormais attribuée.

Je serais donc à côté de Robert pour le trimestre !

— J'ai soudoyé le préposé aux inscriptions, dit-il.

Je lui lançai un regard exaspéré, digne de ceux que Katharine Hepburn décoche à Cary Grant ou à Spencer Tracy, et ouvris mon manuel d'histoire. J'adorais ce livre, véritable sésame vers de nouvelles connaissances qui, mêlées aux bribes que je possédais déjà, donnaient au passé tout son sens. Venaient d'abord les Grecs, les grands fondateurs, puis les Romains, les bâtisseurs de routes, le Moyen Age, la Renaissance...

Je m'étais trouvé une cachette à la bibliothèque, où j'étudiais entre les cours : une table sur un petit balcon dissimulé derrière des périodiques reliés que personne ne lisait jamais. Par une fenêtre étroite, je voyais le feuillage d'un érable prendre les teintes rousses de l'automne. Est-ce que je me cachais de quelqu'un en particulier ? Je ne voulais pas y penser...

Au mois d'octobre, le président de l'université, le Dr Price, convoqua une assemblée extraordinaire pour informer les étudiants de la création d'une nouvelle unité de réserve : les Waves, femmes volontaires pour un service exceptionnel dans la marine.

— La marine nationale nous a demandé d'accueillir une centaine de ces auxiliaires féminines sur notre campus au mois de décembre, pour qu'elles y effectuent leur entraînement, disait le président juste au moment où Robert se glissait sur le siège à côté de moi.

Arlene me jeta un coup d'œil en apercevant Robert.

— Notre priorité absolue est de concentrer tous nos efforts sur la guerre, disait le Dr Price.

— C'est un véritable don Juan, non ? chuchota Arlene à mon oreille.

— Qui ça ?

Arlene étouffa un petit rire.

— Pas le président ! Ton garçon d'honneur.

— Les étudiantes de la résidence Lawther Hall seront trois par chambre, poursuivit le Dr Price.

— Il n'arrête pas de papillonner, il donne des rendez-vous à toutes les filles. J'en sais quelque chose.

Les applaudissements fusèrent : les tarifs de la résidence seraient réduits, et les vacances de Thanksgiving allongées pour préparer l'arrivée des Waves.

— Tu prends un Coca avec moi tout à l'heure ? murmura Robert.

« Il n'arrête pas de papillonner... » Je le savais bien. J'allais refuser son invitation lorsque je vis son regard. Il ne souriait pas. Il avait quelque chose de grave à me dire.

— D'accord.

Lorsque le président demanda si nous étions d'accord pour l'arrivée des Waves sur le campus, je levai la main, comme la majorité des étudiants. Robert s'abstint.

Il y avait foule autour du distributeur de Coca, mais nous trouvâmes une petite table à l'écart.

— Alors, que se passe-t-il ? demandai-je à Robert en m'asseyant.

— C'est la guerre, il va y avoir un millier de femmes en uniforme sur le campus.

— Tu devrais être ravi. Tu pourras en donner, des rendez-vous !

— Moi, sortir avec une Wave ! La première chose qu'elle me dirait ça serait : « Pourquoi tu n'es pas en uniforme ? Si je suis là c'est pour que toi, tu ailles te battre ! »

— Tu es trop jeune, tu n'as pas dix-huit ans.

— Elles ne sont pas censées le savoir.

— C'est vrai, tu fais terriblement adulte, je dirais... quarante ans.

— Ce n'est pas drôle, bientôt il n'y aura plus un étudiant mâle.

Il avait raison, les hommes se faisaient de plus en plus rares sur le campus et les bancs de l'université étaient peuplés essentiellement de jeunes filles.

— Conrad n'est pas plus heureux que toi. Les gens qui ne le connaissent pas lui demandent pourquoi il ne s'engage pas.

— C'est vrai, s'écria Robert. Alors tu me comprends, n'est-ce pas ? Tu es la seule fille capable de me comprendre.

Il me prit soudain la main – celle qui n'avait pas de bagues. Sans le regarder, je la retirai vivement, ramassai les livres et partis.

Octobre dans l'Iowa est un mois triste : à part quelques pépiements de moineaux, on n'entend plus de chants d'oiseaux. Les arbres perdent leurs feuilles, le soleil se fait rare et les jours raccourcissent. Les soirs de semaine, je bravais le vent d'automne pour rentrer à la maison, où je ne trouvais que Mme Pell : Conrad passait de longues heures à l'usine avec son père.

Malgré cela, S.C. n'était jamais satisfait, et nous redoutions l'heure du dîner. Je lançais désespérément quelques sujets de conversation, comme on détourne l'attention d'un chien méchant avec un morceau de viande crue : je parlais du naufrage de notre porte-avions *Wasp*, de l'assaut des Japonais contre Henderson Field ou du rationnement imminent du café. Mais S.C. en revenait toujours à telle erreur que selon lui Conrad avait commise – ou qu'il allait commettre. Et nous étions prisonniers de Mme Pell et de ses règles draconiennes.

Heureusement, nous pouvions nous réfugier dans notre chambre, que nous appelions le « château de Conrad ». Tandis que dehors le vent grondait dans les arbres, nous bavardions dans notre lit douillet. Bribes après bribes, nous découvrions nos vies. Un soir, je racontai à Conrad l'histoire d'Alibi Ritter et des fantômes du presbytère, et nous avons ri dans les bras l'un de l'autre, sous les couvertures.

— Tu ne m'as pas parlé de tes années d'université. Tu étais pensionnaire ?

— Oui. J'assistais aux cours, j'étudiais et je rentrais à la maison le plus souvent possible. C'est tout.

— Ça n'était pas très drôle...

— Non. Papa avait besoin de moi ici. Il était dans un tel état après son accident que les docteurs pensaient qu'il ne survivrait pas. J'avais groupé tous mes cours du lundi au jeudi et je revenais aider mon père les trois autres jours.

— Tu étais comme moi, tu travaillais en dehors de l'école. Tu n'étais pas un étudiant à plein temps...

— C'est vrai, j'appartenais à l'usine, dit Conrad en me caressant les cheveux. D'aussi loin que je me souvienne, j'ai toujours rêvé à ce que je ferais si elle était à moi... au cas où papa mourrait... Ce ne sont pas des souvenirs agréables. C'est un peu comme si j'avais souhaité sa mort, c'est affreux, ajouta-t-il après un moment en serrant une poignée de mes cheveux.

— Alors tu as mis tous tes rêves entre parenthèses.

— Notre usine fabrique des choses utiles et concrètes, c'est ce qui me plaît. Tant d'hommes passent leur vie dans un bureau à remuer du papier, à parler au téléphone ou à assister à des réunions. A l'usine, je crée des objets utiles. Sans les rouages que nous fabriquons, les machines ne marcheraient pas. J'aime les prendre en main. Ces objet sont réels et même... beaux, dit-il avec un petit rire.

Nous nous tûmes un moment, en écoutant le vent hurler au-dehors.

— Papa a eu une vie très dure... J'essaie d'y penser chaque fois qu'il s'en prend à moi. Il a fait la guerre et à son retour a dû redresser la compagnie, puis il a eu cet accident. Il avait perdu la femme qu'il aimait – ravie par son propre frère – et il a perdu son frère par la même occasion. Il s'est montré intransigeant, ça l'a amené à renoncer à beaucoup de choses.

Je ne crois pas qu'il ait tellement aimé ma mère... ils n'ont été mariés que sept ans.

— Je vous croyais plus proches, ton père et toi, quand vous vous êtes retrouvés seuls...

— Il travaillait énormément. Je ne le voyais même pas aux repas – il partait avant le petit déjeuner et rentrait tard le soir, je mangeais toujours tout seul.

— Jamais avec Mme Pell ?

— Je crois qu'elle n'aimait pas beaucoup les enfants.

— Tu as eu une enfance très solitaire...

— Oui. Après l'accident de papa, nous avons emménagé ici : la maison a été conçue pour ses déplacements en fauteuil roulant, jusqu'au garage, grâce au plan élévateur. En réalité, personne ne soupçonne sa douleur : il souffre en permanence. Sans doute pense-t-il que la vie a été injuste envers lui et il m'envie : je me déplace librement, je travaille pour la société...

— Il a beaucoup de chance que tu sois resté avec lui, que tu t'occupes de lui...

Conrad ne répondit pas. Nous restâmes un moment dans les bras l'un de l'autre. Je poussai un soupir.

— Qu'est-ce qui ne va pas ? me demanda Conrad d'une voix à moitié endormie.

— Mme Pell.

— Tu veux qu'on la renvoie ?

— Oui, mais c'est à toi de décider.

— Ce n'est pas ma maison, c'est celle de mon père.

— Elle ne fait pas le ménage. Elle nous sert une cuisine infâme – excepté le thé, le premier jour où je suis venue ici.

— J'avais tout acheté à la pâtisserie, dit Conrad.

— C'est vrai ?

— Je voulais que tu n'aies aucune raison de refuser ma demande.

Je me serrai contre lui.

— Elle ne me facilite pas les choses. Je voudrais te rendre la vie plus agréable, mais elle a des principes tellement rigides…

— Papa est habitué à elle.

— Et c'est lui qui la paie. Nous ne pouvons pas renvoyer quelqu'un qui travaille pour lui.

Nous restâmes un moment à réfléchir.

— Verrais-tu un inconvénient à ce que je nous débarrasse de Mme Pell par une méthode détournée à laquelle j'ai pensé ?

— Comment cela ?

— Tout simplement en étant une bonne petite épouse, désireuse de tenir propre la maison de son beau-père et d'améliorer l'ordinaire de ses menus… Qu'y a-t-il de mal à cela ?

J'attendis le moment propice. Le jeudi suivant, en rentrant à la maison, j'entendis Mme Pell refermer la porte et jetai un coup d'œil par la fenêtre : elle sortait pour son après-midi de congé. J'attendis qu'elle fût hors de vue, puis me dirigeai vers la cuisine. Il n'y avait plus personne pour m'espionner ou me décocher des regards sournois. La cuisine était magnifique. Les brûleurs de la cuisinière à gaz s'allumaient automatiquement. Le réfrigérateur, un modèle tout récent, n'avait pas de bobine dans le haut, comme les anciens, et possédait un compartiment pour les glaçons et la crème glacée. J'actionnai la douchette de l'évier et tirai les paniers du lave-vaisselle inutilisé, tout en me demandant par où commencer.

Serrant les dents, je m'attaquai aux couverts et aux récipients que Mme Pell utiliserait sûrement pour préparer le dîner. Les ustensiles et la vaisselle occupaient deux grands tiroirs et trois placards revêtus d'une toile cirée douteuse. Je me faisais l'effet d'une voleuse dans ma propre cuisine, mais, au bout d'une heure ou deux, plus aucun objet n'était à la place où Mme Pell le rangeait, j'avais tout réorganisé à ma convenance : je savais où trouver spatules, râpes, doseurs et cocotte-minute. Elle allait voir qui était la maîtresse de maison !

Toute seule dans la grande demeure silencieuse, je pris plaisir à briquer les étagères, qui n'avaient pas été nettoyées depuis des années. Ma tâche terminée, je pris une douche dans ma jolie salle de bains – que j'entretenais moi-même –, puis passai une robe de coton frais et attendis l'heure du dîner.

S.C. prit place, froid comme le marbre, Conrad s'assit en bout de table, en face de son père, et moi sur le côté. Chez les Letty, les repas étaient toujours animés, à défaut d'être copieux. Ici la nourriture – bien mal préparée – était abondante, et les propos rares (encore une chance). Je ne quittais pas S.C. du regard, redoutant ses piques. Mais ce soir-là il ne décrocha pas la mâchoire de tout le repas. Nous non plus, et Mme Pell pas davantage. Mais elle fulminait et lançait des éclairs, autant qu'une massive Danoise peut le faire... Chaque fois qu'elle retournait à la cuisine, nous entendions des bruits de vaisselle heurtée contre la porte à battants.

Plus tard, je racontai mon plan à Conrad. Il m'embrassa en riant et déclara que ma stratégie était parfaite.

— Il n'y a que toi qui puisses la faire partir.

Le lendemain, pendant qu'elle était sortie faire les courses, je m'attaquai à la vaisselle. Les tasses, les soucoupes et les assiettes étaient rangées dans une armoire près de la porte : je les disposai dans le placard au-dessus du lave-vaisselle, ce qui était infiniment plus pratique. Je retournai les verres et les tasses, j'intervertis le tiroir de rangement des torchons avec celui des couvercles et attribuai une nouvelle place aux poubelles.

Plus aucun objet n'était à la place qu'il occupait depuis des années. La table, qui se trouvait sous la fenêtre, émigra un jour à côté du fourneau, et le lendemain le long de la cloison, côté salle à manger. Je passai ensuite au buffet de la salle à manger et à la porcelaine, retournai les verres à pied et les coupes à glace, et pliai les serviettes en rectangle.

Conrad s'amusait beaucoup, comme le méchant petit diable qu'il aurait toujours voulu être. Il m'aidait à monter ou à descendre les stores quand Mme Pell avait le dos tourné. Un soir, à deux reprises, nous avons sciemment laissé tomber le journal sur le canapé et, par deux fois, Mme Pell l'a ramassé, méticuleusement plié et remis à sa place, sur la table qui lui était dévolue. Nous ne pliions plus jamais nos serviettes de table en triangle, ni nos serviettes de toilette en trois.

Mme Pell pinçait le nez, entrechoquait les ustensiles dans la cuisine, mais elle ravalait sa colère et ne se plaignit jamais à S.C. Elle tenait bon.

— Ça ne marche pas, dis-je à Conrad, un soir.

— Tu as un autre plan d'attaque ?

Je me blottis contre lui dans notre lit tiède.

— Oui… j'espérais bien ne pas y recourir, ce n'est pas très gentil.

— Tu crois qu'elle est gentille ? Elle ne l'a jamais été. Quand j'étais petit, elle me faisait penser aux sorcières des contes que je lisais. Tu sais, elle n'aura pas besoin de travailler, je suis sûr qu'elle a des économies et, à la mort de son père, elle a reçu un héritage et une maison.

— Je ne vois pas d'autre moyen…

— Si nous demandons à papa de la renvoyer, il la gardera jusqu'à la fin de ses jours.

— Et elle ne partira jamais si on ne l'y aide pas un peu…

Le jeudi suivant, je vidai le contenu des boîtes de conserve où Mme Pell stockait méticuleusement les ordures. Les reliefs des repas, les épluchures et le marc de café rebondirent de façon tout à fait réjouissante à même la poubelle. Je mis de la viande fraîche dans un seau que je déposai dans le placard à balais, le beurre dans le casier du réfrigérateur destiné aux oignons. Je mélangeai à la farine du bicarbonate de soude, qui empêche les gâteaux de lever et fait mousser la crème.

Le sucre dans la boîte à sel, de la ciboulette séchée dans le thé... la nourriture avait toujours été mauvaise, mais ce soir-là elle fut carrément infecte. Même S.C. ne voulut pas manger, il déclara ne pas comprendre ce qui se passait.

L'air excédée, Mme Pell avait servi le dîner dans un silence lourd de menaces, posant les assiettes sur la table avec fracas. Quand elle revint pour débarrasser les assiettes à dessert avant de servir le café, S.C. se carra sur sa chaise et la regarda droit dans les yeux.

— Qu'est-ce que c'est que ce dîner ? C'est immangeable.

Mme Pell s'arrêta net et reposa bruyamment les assiettes sales sur la table.

— Vous tenez vraiment à le savoir ?

Ses yeux lançaient des éclairs.

— Je vous écoute, grogna S.C.

— Ce n'est pas à moi qu'il faut le demander ! Je n'ai pas pu cuisiner ! Le beurre a disparu, les casseroles n'arrêtent pas de déménager...

— Déménager ?

Sa voix grimpa d'une octave :

— Parfaitement ! La table de la cuisine aussi ! La viande est dans le placard à balais... le marc de café et les céréales répandus à même la poubelle...

— Cela n'a rien à voir avec le dî...

— Et le sucre dans la boîte à sel, les torchons et les couvercles sens dessus dessous !

S.C. grimaça.

— Mais de quoi diable parlez-vous à la fin ?

— De poison ! Quelqu'un essaie de nous empoisonner et je sais qui, figurez-vous ! Voilà de quoi je parle !

Ivre de colère, elle se tourna vers moi. S.C. me regarda à son tour :

— Laisseriez-vous entendre, dit-il en la toisant d'un regard si méprisant qu'elle devint écarlate, que Mme Beale essaie d'empoisonner sa famille ?

Elle se mit à triturer son tablier, ouvrant et fermant la bouche sans pouvoir émettre un son. Nous la dévisagions tous trois avec la même incrédulité.

— Oh !... Oh !... finit-elle par crier en retournant à la cuisine.

La porte battit à toute volée, laissant échapper des éclats de colère en danois.

S.C. lança un regard menaçant en direction de la cuisine.

— Cette femme est devenue sénile, dit-il en jetant sa serviette en boule sur la table. Elle est folle.

Le lendemain matin on frappa à la porte de notre chambre. Je passai un peignoir et allai ouvrir. C'était S.C., dans son fauteuil roulant, qui me demandait si je pouvais m'occuper du petit déjeuner. Mme Pell venait de téléphoner qu'elle se rendait au chevet d'un parent malade.

— Elle n'a pas l'intention de revenir, dit S.C. après que nous eûmes dégusté les œufs brouillés au bacon dans le silence habituel. Elle nous a quittés... après toutes ces années... Elle est devenue sénile, nous n'y pouvons rien.

Conrad, qui faisait des efforts pour garder son sérieux, prit un air concerné :

— Il va nous falloir une nouvelle gouvernante, je suppose.

— Je me charge d'en trouver une, dis-je, vous êtes bien trop occupés, tous les deux. Dites-moi simplement quel salaire je dois lui proposer.

— Dix dollars par semaine, plus les repas, à condition qu'elle soit bonne cuisinière et sache faire le ménage.

— J'y veillerai, dis-je d'un ton que je m'efforçai de rendre plus docile que triomphant.

J'avais ma petite idée. Le soir même, Mig Swensen était dans la cuisine de S.C. Les ingrédients avaient retrouvé leur place, le dîner fut servi à l'heure, les plats n'avaient pas de goût bizarre et S.C. lui-même, posant sa serviette sur la table, reconnut que Mig était bonne cuisinière.

— D'ou lui vient ce nom insensé ?

— Son vrai nom est Mignon. Sa mère est française. Mignon veut dire charmant, délicat – j'ai cherché dans le dictionnaire.

J'avais été en classe avec Mig Swensen au lycée et, si je passais pour une « bonniche », elle était encore plus mal lotie que moi. Elle avait perdu son père, sa mère faisait du blanchissage et, après les cours, Mig allait de maison en maison livrer le linge propre, empilé sur une vieille charrette.

Mig m'avait fait entrer dans la maison tout embuée et lorsque j'eus exposé la raison de ma venue, Mme Swensen, laissant de côté son repassage, avait essuyé ses mains rougies sur son tablier.

— Dix dollars par semaine !

— Comment se fait-il que tu aies pensé à moi ? avait-demandé Mig.

— Je sais ce dont tu es capable ! Nous avons goûté ta cuisine pendant des années, à l'église. J'aimerais que tu viennes vivre avec nous, tu auras ta chambre et ta salle de bains, tu pourras faire ta lessive, prendre tes repas à la maison, et tu seras libre le jeudi après-midi.

— Mon Dieu ! avait dit sa mère d'une petite voix, entre le rire et les larmes.

Ce soir-là, j'aidai Mig à préparer le dîner, pour la mettre au courant.

— Mon beau-père a un caractère difficile. Ne te laisse pas

intimider. Il ne connaît pas encore sa chance d'avoir une cuisinière comme toi.

Ce soir-là, S.C. ne laissa rien dans son assiette et Conrad mangea plus que d'habitude, car nous lui avions préparé ses plats préférés. Mig s'approcha de S.C. comme on approche un fauve, vivement et avec précaution.

— Pourquoi voulez-vous qu'elle dorme ici ? demanda S.C.

— La maison possède une chambre et une salle de bains derrière la cuisine pour le personnel de service. Tous les gens fortunés ont une bonne à demeure.

S.C. regimba, mais j'avais marqué un point. Il aimait se considérer comme un homme riche. Et il l'était. Je n'avais donc plus d'ennemi intérieur à la cuisine. S.C. me laissa les soins du ménage.

— Autrefois, j'ai cru un instant avoir une maison à moi, dis-je à Conrad. Puis ma cousine Betty m'a déclaré que j'étais une parente pauvre et que sa famille était obligée de me recueillir.

— Ici, tu es la maîtresse de maison.

Je me pelotonnai contre lui dans l'obscurité.

— Tu me verrais déambuler dans les pièces, parfois je me mets à danser toute seule ! Mig et moi jouons les vraies tornades blanches, comme dans les réclames. Demain, nous prendrons notre petit déjeuner tous les deux dans la véranda. Ensuite, nous pourrons boire un café en silence dans la salle à manger avec S.C. et le *Des Moines Register*…

— Je serai toujours de ton côté, dit Conrad en m'embrassant. Si on t'avait faite général à la place de Doolittle, nous aurions gagné la guerre du Pacifique en une semaine !

17

« Pâris trompa Ménélas, roi de Sparte », griffonnai-je sur mon cahier, le lendemain matin, à la conférence du professeur Lan sur l'*Agamemnon* d'Eschyle. « Bien qu'il fût l'hôte du roi, il séduisit la reine, la belle Hélène, et elle le suivit à Troie. »

— *Dramatis personae*, poursuivit le professeur.

C'était la première fois que j'entendais ces vers prononcés à voix haute. Je les gribouillai phonétiquement dans la marge de mon cahier en faisant écran de ma main baguée : une fois de plus, Robert était en train de lire mes notes – il faut dire que nous étions au coude à coude. Je mettais souvent mes bagues en évidence : J'aimais bien les voir scintiller à mon doigt, mais c'était aussi une sorte d'avertissement pour Robert. Les filles se pâmaient devant lui – il séduisait d'instinct. Il était toujours entouré d'une nombreuse cour d'étudiantes, et les garçons étaient de moins en moins nombreux.

De sa belle voix profonde, le professeur Lane citait *Agamemnon* : « Je tutoie à présent les étoiles innombrables, les astres éclatants au firmament... »

« Si on révisait ensemble l'examen de demain ? », avait écrit Robert sur son bloc-notes. Je jetai un coup d'œil ; il venait d'ajouter : « Dans ta planque à la bibliothèque. »

Il connaissait donc ma cachette ? Je lui adressai un regard furieux.

« Désolé », gribouilla-t-il en souriant.

Je n'avais guère le choix. Après la pause du déjeuner, Robert vint s'installer à ma petite table entre les rayons poussiéreux de la bibliothèque pour réviser *Les Grenouilles*, d'Aristophane. Au bout d'une heure, je me levai et passai mon manteau.

— Il faut que je rentre, nous avons une nouvelle cuisinière et je dois l'aider pour le dîner.

Je tenais à ce que les choses soient claires : j'étais mariée, hors circuit.

— Ne t'en va pas, dit Robert en se levant à son tour.

Il était tout près de moi, l'espace était si exigu… je sentais son souffle sur ma joue – il m'embrassa avant que j'aie pu faire un geste. Je ne savais pas que de tels baisers existaient. J'étais à la fois stupéfaite, folle de rage, abasourdie. J'ignore combien de secondes s'écoulèrent avant que je le repousse contre un rayon de *National Geographic* et m'enfuie en ramassant mes livres.

Le vent froid qui balayait le campus et s'engouffrait dans les rues de la ville rafraîchit mon visage brûlant. Pour qui se prenait-il ? Pour qui *me* prenait-il ? J'étais mariée ! Les gens s'embrassaient-ils toujours de cette façon ? Et demain, jour de l'examen, je serais obligée de m'asseoir à côté de lui… Je bénis le vent glacé de novembre et, en arrivant à la maison, je bénis Mig de s'être métamorphosée en parfaite gouvernante : cheveux noirs tirés en chignon et tablier impeccable. Une fois dans la chambre, l'idée de m'étendre sur notre lit me parut insupportable… Je m'essuyai les lèvres, mais rien n'y fit.

Le soir au dîner, S.C. avait l'air renfrogné.

— Nous devrons travailler tard tous les soirs cette semaine, dit-il à Conrad.

Je me fis toute petite. Ils resteraient dans la véranda jusqu'à minuit passé. La guerre planait toujours sur nos têtes comme un nuage noir, nos jeunes gens mouraient.

Ce soir-là, je passai un trop court moment à côté de Conrad sur le canapé, dans la véranda.

— Avec Mig, tu es en train de faire de cette maison un véritable foyer, dit-il en m'attirant contre lui.

— C'est le moins que je puisse faire, tu travailles tellement. Quand tu rentres, tu as bien le droit de retrouver un foyer.

— Mon foyer est là où tu es.

Conrad me couvait d'un regard plein d'amour. J'étais malheureuse et me laissai aller contre son épaule en me disant que je n'avais rien fait de mal. C'était Robert le responsable.

S.C. entra dans la pièce et je montai me coucher. La voix aiguë de S.C., lourde de reproches, contrastait tantôt avec les répliques posées de Conrad, tantôt avec son silence.

Je renonçai à ma tour d'ivoire à la bibliothèque et me composai un visage de marbre pour assister aux cours à côté de Robert. Je répondis aux mots qu'il me griffonnait sur son bloc-notes en les biffant jusqu'à trouer le papier.

« Excuse-moi », écrivit-il le lendemain sur un coin de mon bloc-notes. Pour toute réponse je recouvris son écriture d'un gribouillis. Il ne désarma pas pour autant. « Dois-je jeter la rose en papier que j'ai gardée de ton bouquet de *La Bohémienne* ? » écrivit-il le lendemain. Je masquai ses mots d'une énorme tache d'encre noire. Le souvenir de la mariée délaissée, courant se réfugier en pleurs dans le giron de Victoria, était encore cuisant.

Robert était assis si près de moi... Et, pour tout arranger, le professeur lisait la déclaration d'amour de Ferdinand à Miranda dans *La Tempête*...

« En fait, c'est moi que tu as épousé en premier », écrivit

Robert au bas de ma page. Je reconnais avoir un faible pour les situations romantiques : tenir la dragée haute à un amoureux transi est un rôle plutôt flatteur – à plus forte raison s'il vous a ignorée pendant des années. Il suffit de jouir de ce sournois frémissement de vengeance pure pour se sentir délicieusement inaccessible...

Inaccessible, je l'étais pour de bon : n'étais-je pas une femme mariée, vivant dans une belle maison en compagnie de son époux ? Au campus, je ne fréquentais que mes anciennes amies. Quand j'apercevais Robert, je faisais semblant de ne pas le voir. Patty Hayes avait différé son mariage avec son petit ami de Cedar Falls High et persuadé son père de la laisser habiter au campus – les femmes mariées n'étaient pas autorisées à y loger. Je passais les intercours avec Arlene Brown et Sonia Jensen dans la chambre de Patty. Cette dernière avait toujours sa chevelure de rousse flamboyante et sa peau de lait qui lui interdisait le soleil.

— Ce sera bientôt un campus fantôme ici, il n'y a pas un seul garçon en première année ! se plaignait-elle, un après-midi de novembre. Allons-nous être obligées de danser et d'aller au cinéma entre filles ?

— Les garçons ne vous manquent pas ?

— Leurs voix graves pendant les cours...

— Et leurs larges épaules...

— Leurs cris et leurs bousculades...

— Où est la guerre éclair que l'on nous promettait juste après notre entrée en guerre ?

— Robert Laird est encore là, dit Patty, qui était sortie avec lui plus souvent qu'aucune d'entre nous.

— Il fait plus que dix-sept ans, dit Arlene.

— Il a sauté une classe, ajouta Sonia.

— A plus tard, les filles, il faut que je rentre.

Mes pas résonnaient dans l'escalier désert. Robert

m'attendait à la sortie du bâtiment, ses cheveux noirs ébouriffés par le vent glacial.

— Salut. Je t'ai vue entrer avec Arlene.

Je voulus passer mais il se posta devant moi, relevant son col pour se protéger du froid.

— Joe est revenu.

— En permission ?

— Il est blessé. Hier encore, il combattait dans le Pacifique.

— Où est-il blessé ?

— Il a pris une balle dans la jambe. Ça commence à aller mieux, mais il ne remarchera jamais bien. Il est démobilisé. Le pire, c'est qu'il a des troubles mentaux. Au début il a parlé, et puis soudain plus rien. Il ne dit pas un mot. Il est sur son lit, en uniforme, dans l'obscurité, il ne veut pas voir le jour. Sa mère espère qu'il parlera à l'un de nous. Tu peux venir avec moi ?

Je me devais d'y aller. Nous avons lutté contre le vent tout le long du chemin. Je courais à moitié, me réglant sur le pas vif de Robert. Avec Joe, la guerre était devenue tangible, comme si quelque chose de plus froid que le vent de novembre venait de s'engouffrer par une porte ouverte.

— Ça me fait tellement plaisir que vous soyez venus ! dit la mère de Joe en nous voyant. Ça...

Elle se mit à pleurer en prenant nos manteaux. Puis elle se cacha le visage dans les mains sans rien dire. Je passai mes bras autour de ses épaules.

— Il est dans sa chambre. Peut-être vous parlera-t-il, à vous...

M. Stepler, debout dans le couloir, nous observait en silence. Nous suivîmes Mme Stepler dans une petite chambre plongée dans l'obscurité. Tout d'abord je ne vis pas Joe, puis j'aperçus un éclair de métal sur son uniforme de marine : Joe était étendu sur le dos, les yeux rivés au plafond.

Nous approchâmes à pas feutrés.

— Joe ? dit Robert à voix basse. Joe, c'est Robert. Je suis avec Miranda.

A présent que mes yeux étaient accoutumés à l'obscurité, je distinguais mieux Joe. Il n'avait pas changé : blond avec sa grande bouche, sauf qu'il était raide comme une statue.

— Joe ?

Je me penchai sur lui, mes cheveux touchaient presque son visage.

— C'est Miranda. Tu te souviens de moi ?

Je crus le voir cligner des yeux l'espace d'une seconde. Il ne bougea pas, ne proféra pas un son. Sa mère nous apporta des chaises et nous parlâmes de l'effort de guerre, des cours à l'université, des nouveaux films…

— Que pouvons-nous faire d'autre ? demandai-je à Mme Stepler quand nous revînmes dans le hall.

— Si vous pouviez passer tous les jours, un petit moment… Le Dr Wilder a dit que voir ses amis pourrait l'aider… et vous êtes sans aucun doute son meilleur ami, dit Mme Stepler en s'efforçant de sourire à Robert. Vous vous connaissez depuis l'enfance, ajouta-t-elle en se tournant vers moi.

Nous partîmes en promettant de revenir. On aurait dit que nous sortions d'un enterrement.

— Mme Stepler était trop bouleversée pour nous proposer quelque chose de chaud. Viens chez moi, je vais te faire un chocolat, dit Robert.

— Ta mère est…

— Elle travaille, mais ma grand-mère est à la maison.

Je ne fis pas d'objection à le suivre jusqu'au prochain pâté de maisons, dans sa toute petite maison. Bizarrement je n'étais jamais rentrée chez lui quand je vivais en face. A part Robert, on ne voyait pas d'enfants aller et venir dans cette maison. Il sortait jouer quand on l'appelait de la cour, mais il n'invitait jamais personne à entrer. Les voisins jasaient de temps en temps : « Chacun fait comme il l'entend, nous sommes dans un pays libre. »

Nous passâmes par la porte de derrière et il me sembla que Robert hésita un instant avant de tourner le loquet. En entrant, j'aperçus sa grand-mère dans le salon derrière la cuisine.

— Grand-mère n'aime pas qu'on entre par-devant, ça fait un courant d'air froid, expliqua Robert.

Je le suivis dans le salon.

— Grand-mère, c'est Miranda Letty.

Petite et voûtée, la vieille dame était recroquevillée sur son fauteuil, comme un animal qui hiberne dans un nid de fortune. Elle ne leva même pas les yeux. Il y avait toutes sortes d'objets à portée de ses mains décharnées. Elle tapotait sa poitrine creuse.

— Je ne trouve pas mon fil et mon aiguille, dit-elle à Robert d'une voix qui sonnait comme du papier froissé, tout en fouillant dans les photos et les magazines écornés éparpillés autour d'elle. Tu m'as pris mon fil et mon aiguille.

— L'aiguille est piquée dans ton chandail, dit Robert en essayant de l'ôter.

Il pencha sa tête brune vers le visage indigné de sa grand-mère et dut casser le fil avec ses dents pour retirer l'aiguille.

— Il n'y a pas de nœud, dit-elle en regardant le fil et l'aiguille.

Robert en fit un, patiemment, et aida la vieille femme à refermer ses doigts noueux sur l'aiguille.

J'essayai de ne pas trop regarder toute cette misère autour de moi. Dans la cuisine, il n'y avait pas de fourneau, pas même de glacière. Robert craqua une allumette sous le brûleur à gaz, mit une casserole de lait à chauffer et sortit d'un placard une boîte de chocolat en poudre et des tasses ébréchées. La grand-mère parlait toute seule dans le salon.

Je gardai les yeux obstinément baissés sur ma tasse ébréchée, préférant ne pas regarder la cuisine. Robert versait le lait avec précaution. Il portait un épais chandail blanc et une impeccable chemise amidonnée.

— Tiens, dit-il en me tendant une tasse.

— Merci.

J'étais tout près de lui. Je n'osai pas regarder sa bouche : nous nous étions déjà embrassés, et j'avais envie de recommencer.

— Il fait terriblement froid, dis-je en espérant qu'il penserait que c'était la cause de mon tremblement.

— Et tu as un bon bout de chemin pour rentrer chez toi. Si j'avais une voiture, je t'aurais raccompagnée... Et je pourrais t'emmener tous les jours chez Joe.

— De toute façon, je vais à l'église donner un coup de main pour le souper...

— Joe est plutôt mal en point, dit Robert après un silence.

— Oui.

— Il était à Guadalcanal. Nous nous écrivions, et puis le mois dernier je n'ai plus eu de nouvelles, j'étais inquiet...

— Il est revenu.

— Dieu merci, oui...

— Il faut que j'y aille à présent.

— Je te retrouve demain à la bibliothèque pour aller chez les Stepler ? Vers quatre heures, ça va ?

— Oui.

Je le laissai dans la petite cuisine obscure. Derrière lui, je vis sa grand-mère qui faufilait son aiguille dans son chandail.

Une odeur d'oignons frits émanait de la cuisine, dans le sous-sol de l'église. La plupart des femmes qui, à peine un mois plus tôt, ne faisaient guère attention à moi m'accueillirent avec des sourires. Tante Gertrude et Betty étaient

178

penchées sur une sauce à la crème, les joues rosies par la chaleur du grand fourneau.

— Que puis-je faire pour me rendre utile ? demandai-je, dans le plus pur style « charmante Mme Conrad Beale ».

Mme Lynch me pria de mettre les nappes et de dresser les tables.

— Avec plaisir, dis-je en prenant une poignée de four-chettes et de cuillères.

Je n'avais pas fini de mettre le couvert lorsque la mère de Robert, venant directement de l'épicerie où elle était employée, entra dans la salle à manger à pas feutrés, comme à son habitude. J'étais sur le point de lui dire, en parfaite jeune femme de la bonne société – je suis sûre que ma voix avait des accents insupportables d'orgueil et d'affectation –, à quel point j'avais été heureuse de faire la connaissance de *madame* sa belle-mère et quel *délicieux* chocolat j'avais dégusté chez elle…

— Madame Laird ? commençai-je, lorsque l'image de la petite maison misérable me revint subitement à l'esprit.

C'est ce qui me sauva.

— Oui ?

Mme Laird était une petite femme mince à l'air triste, qui portait un filet sur les cheveux et une robe d'une couleur terne indéfinissable, comme les costumes d'homme. Je l'avais remarquée depuis des années. Je me disais qu'elle avait dû être assez jolie, autrefois, pour être la mère de Robert…

Je me repris, effaçai vite mon sourire mondain.

— Je suis allée avec Robert voir Joe Stepler cet après-midi. Il ne parle pas, c'est triste. On dirait qu'il ne sait pas où il est. Il reste couché sur son lit, en uniforme.

— C'est leur fils unique, dit Mme Laird en triturant son alliance, mal à l'aise, comme si par ce geste elle avait pu dispa-raître tout entière.

Elle tourna rapidement les talons et entra dans la cuisine.

179

En continuant à mettre le couvert, je n'arrivai pas à détacher mon esprit de Robert, penché sur sa grand-mère toute décharnée, Robert faisant chauffer le lait sur la vieille cuisinière dans sa cuisine misérable.

Mme Laird ne quitta la cuisine qu'une fois le dernier torchon mis à sécher, comme d'habitude. Je la surveillai du coin de l'œil, je voulais faire quelque chose, peut-être la serrer dans mes bras en lui disant que je savais à quel point elle se faisait du souci pour Robert qui voulait partir à la guerre... Je n'en fis rien. Je restai tard à l'église ce soir-là, différant le moment où, pendant ma longue marche dans le froid, je repenserais à Robert et à sa pauvre petite maison. Personne n'y était jamais entré, pas même mon oncle, leur pasteur. Mais Robert avait ouvert cette porte ce jour-là – pour moi.

18

Le lendemain après-midi, je retrouvai Robert à la bibliothèque. En sortant, nous faillîmes perdre l'équilibre sous les
assauts du vent de novembre qui cinglait les vitres.

— Allons boire quelque chose de chaud d'abord, dit-il,
c'est moi qui t'invite.

J'aurais donné cher pour être ailleurs… je le suivis pourtant et pris place à une table libre tandis qu'il se dirigeait vers
le comptoir. Le sucre manquait et le chocolat n'était pas
fameux, mais personne ne se plaignait – c'était la guerre. Sur
une table voisine, un poste de radio égrenait les nouvelles : on
se battait en Afrique du Nord et dans les îles du Pacifique.

— Prenons un peu du sucre que tu as mis de côté pour
Mme Stepler, dit Robert en posant une tasse fumante devant
moi.

— J'ai pensé lui donner une partie de nos rations, dis-je en
sortant un sachet de mon cartable. Joe adore les desserts de sa
mère, mais trois malheureux tickets, ça ne va pas bien loin…
Et c'est à peu près la seule chose qu'elle puisse faire pour lui.

Je mis une cuillerée de sucre dans nos tasses.

— Non seulement tu es belle, mais tu es généreuse, dit
Robert en posant sa main sur la mienne, celle qui ne portait
pas de bagues.

Je retirai vivement ma main. Il était assis en face de moi et

181

les filles ne se privaient pas de le détailler. J'avais souvent remarqué, quand j'étais avec Robert, les lueurs qui s'allumaient dans les regards féminins. Mais ce qui se passait entre nous ne pouvait être perçu de la salle : à ce moment-là, le regard de Robert croisa le mien et je faillis m'enfuir en courant : je savais qu'il allait me faire des confidences que je n'avais pas envie d'entendre, car les secrets, comme les baisers, créent des liens.

— Tu fais partie de la famille à présent. Conrad ne t'a jamais parlé de la brouille entre son père et le mien ? Ils étaient tous les deux amoureux de la même femme. Lorsque mes parents se sont mariés, les deux frères se sont battus et ne se sont plus jamais adressé la parole par la suite.

— C'est terrible.

— Nous n'étions pas très riches mais, après la mort de papa, nous sommes devenus vraiment pauvres. S.C. n'a jamais rien donné à ma mère, mais tous les mois il envoyait quelque chose pour moi – c'est grâce à cela que j'ai pu avoir des habits confortables, une bicyclette...

Robert semblait avoir honte.

— Maman ne voulut jamais toucher un sou de S.C. et, si j'achetais quelque chose pour la maison ou pour grand-mère avec cet argent – même de la nourriture –, elle m'obligeait à le rapporter au magasin. J'ai commencé à faire des petits boulots dès l'âge de dix ans, mais l'argent manquait toujours à la maison, et puis, ma grand-mère... tu l'as vue... Mais quand j'étais petit elle me lisait des livres et jouait avec moi, c'était une femme très drôle, très dévouée, et d'un seul coup – c'était avant que j'entre à l'école – tout s'est arrêté... on dirait qu'elle vit dans un autre monde. Maman ne reçoit jamais personne, elle ne veut pas qu'on la voie dans cet état.

Robert avait l'air très malheureux, mais que pouvais-je dire, sinon que j'étais désolée...

— Et je ne pourrais pas aller à l'université si ton beau-père ne finançait pas mes études.

— C'est S.C. qui paie pour toi ?

— Oui. Je me doutais que Conrad ne t'avait rien dit.

— En effet.

Soudain, mes proches, que je croyais bien connaître, m'apparurent sous un jour nouveau : S.C. entretenait depuis des années le fils d'un frère haï, et Adele Laird refusait de toucher pour elle-même un seul centime de cet argent…

— Ç'a été dur pour moi, dit Robert, les yeux baissés sur sa tasse vide.

— Cependant tu avais ta mère et ta grand-mère, tu avais une famille.

— C'est vrai.

— Je suppose que tu avais une chambre pour toi tout seul ?

— Oui, j'ai toujours eu ma chambre.

— Tu étais bien habillé, tu avais de l'argent de poche pour tes rendez-vous avec les filles, tu as pu suivre des études, au lycée tu faisais partie des coteries…

— Oui, c'est vrai.

— Et tu plaisais… tu plaisais énormément… tu es sorti avec les filles les plus en vue.

Et à l'époque je ne faisais pas partie de ces heureuses élues. Décontenancé, Robert se tut : le tour de la conversation lui avait échappé et il avait perçu le mépris dans ma voix.

— Il est temps de partir, dis-je en me levant.

A la lueur qui dansait dans son regard, je compris que je m'étais trahie. J'enfilai mon manteau, ramassai mon cartable et sortis brusquement. Robert m'emboîta le pas. Il me rattrapa dans l'allée de conifères qui bordait le campus.

— Je suis désolé, cria-t-il en me saisissant le bras.

Furieuse, je me débattis, mais il ne lâcha pas prise.

— Je suis désolé, vraiment désolé, répétait-il d'une voix qu'il aurait peut-être un jour pour bercer son enfant. Mais je n'étais pas une enfant, j'étais morte de honte et la colère m'empêchait de sentir la morsure du froid.

— Tu étais orpheline, murmura Robert à mon oreille à travers mes cheveux ébouriffés par le vent. Tu étais à la charge de ton oncle, tu n'as pas eu le choix, tu n'avais pas de jolies robes, tu ne sortais pas, tu n'avais pas de flirts, tu crois que tout cela m'a échappé ? Je n'ai fait qu'aggraver les choses. Et je continue.

Je me mis à sangloter contre son épaule, fouillai dans ma poche à la recherche d'un mouchoir, et mes pleurs redoublèrent. Je n'avais pas pleuré à chaudes larmes depuis des années, avec cette fayeur et ce plaisir mêlés. Je ne savais pas pourquoi à ce moment précis... Lorsqu'il voulut m'embrasser, je m'écartai pour nouer mon écharpe, enfilai mes mitaines et, insensible au froid piquant, je ne dis plus un mot le reste du chemin.

Nous ne croisâmes qu'une seule voiture : le froid et le rationnement de carburant avaient rendu les rues désertes. Nous nous protégions le visage des rafales glaciales qui nous déséquilibraient lorsque nous arrivions à un carrefour.

— Mon Dieu, s'écria Mme Stepler en luttant contre le vent pour refermer sa porte, vous êtes venus par un temps pareil !

— Comment va Joe ?

Robert avait les joues et le nez tout rouges. En apercevant dans le miroir mon propre visage, blanc, et mes paupières rougies, je tentai d'arranger un peu mes cheveux.

— Toujours pareil, répondit Mme Stepler.

La chambre de Joe était toujours plongée dans l'obscurité. Nous échangeâmes un regard.

— Qu'est-ce qu'on va lui raconter ? demanda Robert.

— Si nous parlions de nos souvenirs d'enfance ? Le

premier été que j'ai passé ici, Joe était presque tout le temps avec nous. Tu te rappelles notre cimetière d'animaux ?

— Oui. J'avais un petit lapin, répondit Robert. Quand il est mort, on l'a enterré.

— Dans une boîte à chaussures. Dans du papier de soie, avec un ruban bleu parce que c'était un mâle.

— Tu avais écrit LAP sur le bout de bois qui servait de croix. Quand je t'avais demandé la signification de cette épitaphe, tu avais répondu : « Lapin au paradis ».

— Vraiment ?

— Oui. Et j'y ai cru ! J'adorais mon lapin et je ne l'imaginais pas ailleurs qu'au paradis.

Nous nous mîmes à rire tous les deux, à côté de Joe, immobile sur le lit... Je crois que j'aurais pu rire pendant des heures, je ne comprenais pas ce qui m'arrivait.

Puis, réalisant la situation, nous nous arrêtâmes net, en jetant un regard vers la porte restée ouverte.

— Tu te rappelles la grange de M. Calvinhorn ? La corde avec laquelle nous sautions d'un grenier à l'autre ? dit Robert après un moment de silence.

— Tu avais du foin dans les cheveux.

— Et toi, dans le cou.

— Aujourd'hui la distance nous paraîtrait sans doute moins grande.

— Nous irons voir... cet été.

Puis il se tut brusquement : l'été prochain, il ne serait pas là. Il baissa les yeux vers la main de Joe sur le couvre-lit.

— Il y avait une chouette dans la grange, dis-je.

— Et des araignées. Nous jetions des mouches dans leurs toiles.

— *Tu* jetais des mouches.

— Pas toi ?

— Je détestais ça. *Vous*, les garçons, leur arrachiez les ailes d'abord.

— Oh, je suis désolé.

Je me souvins des moments où il m'avait déjà dit ça… Mais là, c'était différent.

— Tu te rappelles quand Sonia s'était perdue dans les champs de maïs ? reprit Robert.

— Oui, c'est Joe qui l'avait retrouvée.

Nous regardâmes Joe comme si nous venions juste de nous souvenir de sa présence.

— Et quand le père de Patty nous a emmenés au cirque ?

— J'adorais les clowns – surtout celui avec les grandes chaussures !

— Et les écuyères ! Comme elles étaient belles !

— Et les acrobates ! m'écriai-je, me sentant subitement aussi aérienne qu'une artiste de cirque.

J'eus l'impression que si je touchais Joe, je pourrais lui transmettre ma joie. Je ne sais ce qui me passa par la tête, je ne réfléchis pas.

— Que se passerait-il si j'embrassais Joe ? Tu crois qu'il se réveillerait, comme la Belle au bois dormant ?

— Non, dit Robert d'une voix sinistre. Il mourrait, probablement.

Je me penchai vers Joe et l'enlaçai. Mon visage n'était qu'à quelques centimètres du sien, et je murmurai :

— Joe, c'est Miranda. Donne-moi un baiser.

Quel délice de sentir que Robert m'observait, tandis que je parlais à Joe d'une voix enjôleuse, lui caressant le visage, lui passant les doigts dans les cheveux et fondant mes lèvres dans les siennes en un long baiser… Une seconde plus tard, j'étais par terre, et Joe, dans un angle de la pièce, hurlait à fendre l'âme. Ses parents accoururent aussitôt et allumèrent la lumière. Joe, à quatre pattes dans un coin, criait des horreurs.

— Joe, Joe ! C'est nous !

Mais il ne nous entendait pas, il vomissait les mots comme

186

s'il avait en travers de la gorge de grosses pierres qui l'étouffaient.

— Billy ! Plus de jambes... Il marchera !

— Joe, dit sa mère en se penchant vers lui.

— Salaud de médecin, je te ferai sauter la cervelle !

Joe regardait sa mère sans la voir, comme si elle était transparente.

— Il est mort. Oh, Billy !...

— Joe, écoute-moi, dit son père en s'agenouillant devant lui.

— Vernon ! hurla Joe sans le voir. Il se *mangent* entre eux ! Il faut les liquider ! Sales jaunes !

Je ne reconnaissais pas Joe dans ce soldat aux yeux exorbités de terreur, qui éructait... Mme Stepler se précipita vers moi, le visage ruisselant de larmes.

— Il vaut mieux que vous partiez, ma chérie, dit-elle.

Puis elle attrapa Robert par la manche de son chandail.

Nous la suivîmes dans le hall. Les cris de Joe et la voix forte de son père, qui faisait son possible pour le calmer, couvraient les paroles de Mme Stepler :

— Vous lui avez fait tellement de bien, dit-elle tandis que nous nous habillions en hâte. Il a enfin parlé.

Parlé... Dehors, dans l'air glacial, j'échangeai un long regard avec Robert, la voix de Joe enflait puis retombait, transperçant les murs comme les aboiements d'un chien fou.

Nous nous enfuîmes jusqu'à la maison de Robert, où sa grand-mère dormait profondément dans son fauteuil.

— Joe... murmura Robert. Pas étonnant qu'ils l'aient renvoyé à la maison...

— Oui...

— C'est la guerre. Et je vais partir, moi aussi. Personne ne comprend ce que je ressens. Personne sauf toi.

— Tout le monde a peur, il y a de quoi.

— Tout le monde ira – sauf Conrad !

Robert me lança un regard furieux.

— Conrad doit…

— Il est plein aux as ! Et il t'a, toi ! Et…

Nous étions dans la cuisine debout près du fourneau lorsque Mme Laird entra.

Elle parut stupéfaite de me voir là.

— Bonjour, Miranda. Vous êtes allés voir Joe ?

— Oui.

Robert, cramoisi, s'était détourné vers le buffet et disposait des tasses et des soucoupes sur la table.

— Merci, mais je dois partir, dis-je vivement. On m'attend à la maison, je suis déjà en retard.

Je débitai quelques phrases polies, adressai un sourire contraint à Mme Laird et sortis. Je me mis à courir, passai devant la maison de Victoria – je ne m'en rendis compte que par la suite – et continuai sans m'arrêter jusqu'à ma colline, ma rue, ma maison, ma chambre – où je retrouvai Conrad.

— Conrad ! Oh, Conrad… m'écriai-je sans même ôter mon manteau ni mes bottillons.

Je me blottis contre lui pour conjurer le froid du soir qui tombait.

— Eh là, attends une minute. Que se passe-t-il ?

Il défit mon écharpe, mes mitaines et mon manteau, et je me jetai dans ses bras en pleurant. Il me fit asseoir sur ses genoux comme un petit enfant et me murmura des choses à l'oreille jusqu'à ce que je me calme un peu.

— Raconte-moi… Il s'est passé quelque chose de terrible ?

— J'ai vu Joe Stepler. Tu te rappelles, j'y suis déjà allée hier avec Robert.

— Oui, tu me l'as dit.

— Eh bien, Joe vient de se… réveiller. Il s'est accroupi dans un coin de sa chambre et s'est mis à hurler des choses horribles : il était question d'un homme qui a perdu ses jambes, de gens qui se mangent entre eux… Il voulait tuer…

— C'est le traumatisme de la guerre. Ils sont nombreux dans son cas sur le front du Pacifique. Ron Bailey m'en a parlé, son fils en revient. Parfois ils sont vraiment choqués, mais parfois ils simulent.

Conrad me berçait doucement.

— Pour rentrer chez eux ?

— Il n'y a aucun autre moyen d'échapper à cet enfer – à part la mort.

Je n'avalai pas grand-chose au dîner ce jour-là. Après la délicieuse crème renversée de Mig, Conrad et son père passèrent dans la véranda avec leurs tasses de café, et moi au salon avec la mienne. Après avoir feuilleté un magazine sans parvenir à fixer mon attention, j'allai à la cuisine pour aider Mig à remplir la machine à laver la vaisselle.

— Que se passe-t-il ? demanda Mig, qui m'observait depuis un moment.

— Nous sommes retournés voir Joe aujourd'hui.

— Il va mieux ?

Mig, les yeux baissés sur une pile d'assiettes sales, était tout ouïe.

— Il a parlé, mais…

— Il va plus mal ! s'écria Mig.

— Il parle, il raconte des choses terribles, insupportables.

— Mais… s'il *parle* c'est qu'il va mieux ? Il *faut* qu'il aille mieux !

Ses yeux se remplirent de larmes.

— Oh, Mig, ne pleure pas, dis-je en passant mon bras autour de ses épaules.

— C'est juste un camarade d'école, sanglota-t-elle. Cette guerre est horrible ! Horrible…

— Oui, dis-je en plongeant mon regard dans ses yeux humides et en lui caressant les cheveux. Tu as le béguin pour lui depuis l'école ?

Mig eut un petit rire gêné, qui se transforma en sanglot.

— Il ne l'a jamais su ? Il ne t'a jamais donné un rendez-vous ? dis-je en l'embrassant sur la joue. Tu lui écrivais de petits mots que tu n'envoyais jamais, et si par hasard il les avait trouvés, tu serais morte de honte ?

— C'est vrai !

Subitement je me rendis compte que je ne parlais plus pour Mig.

— Et si maintenant il te disait qu'il regrette de ne jamais t'avoir donné un rendez-vous ?

Mes lèvres étaient comme engourdies par les mots qui sortaient de ma bouche, mais je ne pouvais pas les contrôler.

— Et s'il te disait qu'il savait combien ta vie était dure, qu'il n'avait d'yeux que pour toi et qu'il t'aimait, que tu étais la seule... qu'est-ce que tu ressentirais ?

— Oh, je serais aux anges ! s'écria Mig. Le passé n'aurait plus d'importance s'il me disait qu'il regrette. Pourvu qu'il m'aime.

19

Le samedi était un jour sinistre chez les Beale. Conrad passait habituellement la journée avec S.C. à l'usine pour faire la comptabilité et je me rendais au presbytère. Mon plus jeune cousin, Bruce, était encore une machine à salir les couches, mais à présent il rampait et portait à la bouche tout ce qui lui tombait sous la main. Dans un nuage de poudre blanche, Ben et Bernard étaient en train de pelleter la neige sur le trottoir, s'amusant mutuellement à salir ce qu'ils venaient de nettoyer en donnant des coups de pied dans les tas de neige. Je laissai les deux grands dadais à leur jeu et entrai au salon, où Betty surveillait Bruce.

— Tu ne devineras jamais ! s'écria-t-elle dès qu'elle m'aperçut. J'ai rendez-vous avec Jack Southard ce soir ! Je vais mettre le chandail et la jupe que tu m'as offerts la semaine dernière ! Jack Southard, tu te rends compte ! C'est lui qui m'a invitée !

Pas étonnant qu'elle soit sur des charbons ardents, Jack était le « Robert Laird » de sa promotion.

Je pris Bruce dans son parc.

— C'est l'effet soutien-gorge ! Je parie que tu portes la plus grande taille...

— Ça n'a rien à voir avec ma taille de soutien-gorge,

répliqua Betty d'un ton indigné que démentait son sourire. Tu as raison, maintenant je peux mettre le grand, mais…

— Betty ! cria tante Gertrude depuis le sous-sol. Miranda est arrivée ? Demande-lui de s'occuper de Bruce et viens m'aider, il faut finir la lessive avant le déjeuner.

Betty s'esquiva. Même la perspective de la lessive ne parvenait pas à ternir son bonheur. Je changeai Bruce, le remis dans son parc et, sans m'en rendre compte, je me retrouvai devant la fenêtre, comme un vieux cheval qui suit son chemin par habitude. Mille fois je m'étais postée à cette fenêtre, la seule de la maison Letty d'où l'on apercevait la porte d'entrée de la maison de Roberd Laird. Le rire de Betty montait du sous-sol.

Demain dimanche, je verrai Robert à l'église – et lundi à l'université.

Mais Robert ne vint pas à l'église. Le lendemain, au cours, son siège resta vide. Il ne réapparut pas de la semaine, pas plus que la semaine suivante.

Le mardi, je trouvai Patty dans sa chambre, avec Arlene et Naomi qui enlaçaient Berniece Schuler en larmes. A ma vue, Berniece se sauva en sanglotant.

— Son frère a été tué dans le Pacifique, dit Naomi d'un ton glacial. Et son mari est là-bas. Le mien aussi.

Je n'avais rien à répondre. J'étais habituée à ces regards, à ce ton et aux questions des filles quand elles voyaient mon alliance : « Ton mari sert dans quelle arme ? » Parfois je répondais : « Il travaille dans l'approvisionnement, il fabrique des mines et des pièces pour mitrailleuses. » Mais tout ce qu'elles voyaient, c'était que mon mari restait à mes côtés, et en sécurité.

Arlene était mon amie. Elle détourna la conversation.

— Personne n'a vu Robert ces temps-ci ?

— Robert qui ? demanda Patty, comme si elle ignorait de qui il s'agissait.

— Laird, idiote ! Il ne s'est pas engagé ?

— Ça ne me surprendrait pas, dit Patty d'un air entendu. Il m'a souvent dit qu'il voulait faire son devoir… servir son pays… il est très patriote, ajouta-t-elle en me jetant un regard de biais et en poussant un soupir. Il m'écrira sans doute d'un camp d'entraînement. Robert et moi sommes vraiment très proches.

Après un silence maussade, Patty reprit :

— Et bientôt il y aura mille auxiliaires féminines de la marine au campus ! Nous allons être serrées comme des harengs ! A trois par chambre !

— J'en ai assez de cette guerre, dit Sonia qui venait d'entrer et qui prit un des cookies de Patty avant de s'asseoir sur le lit avec nous. Nous portons des badges de l'armée, nous sursautons quand nous voyons une lettre sans timbre dans la boîte, et nous sommes privées de baisers et de caresses comme si nous avions quatre-vingts ans !

Je sentis son regard peser sur moi : je pouvais faire l'amour, moi… je ne levai pas les yeux. Je souris intérieurement, cynique : j'avais deux hommes…

Mais où était Robert ? Ce soir-là, j'allai à l'église aider à la préparation du souper. J'arrêtai Mme Laird qui se dirigeait vers la cuisine.

— Comment va Robert ? Il n'était pas à l'église et il n'a pas mis les pieds à la faculté de toute la semaine.

— Je ne sais pas. Il ne manifeste guère d'intérêt pour la faculté ni pour l'église. Il passe des heures avec Joe et, quand il rentre à la maison, il ne bouge pas de sa chambre.

— Croyez-vous que je pourrais aller voir Joe avec une amie, un de ces jours ?

— Certainement. Robert dit que Joe va beaucoup mieux.

Le lendemain après-midi, je rentrai vite à la maison. Mig était en train de repasser des draps.

— Termine ce drap et va te changer – mets les nouveaux vêtements que nous avons achetés l'autre fois. Nous allons rendre visite à quelqu'un d'ici une demi-heure. Il nous reste des cookies ?

Heureusement, il en restait. Je remplis un petit panier de cookies tandis que Mig mettait sa jupe et son chandail neufs. Une fois maquillée, elle était vraiment très jolie.

— Où allons-nous ?

— Tu verras bien…

A quelques pâtés de maisons de chez Joe, elle s'arrêta net.

— Nous n'allons pas chez Joe ?

En me voyant sourire, elle implora :

— Non ! Je ne peux pas ! Je veux rentrer à la maison ! Vas-y sans moi.

— Ecoute-moi, dis-je en la regardant dans les yeux. D'habitude, ce sont les garçons qui demandent un rendez-vous. Tu sais ce que ça leur coûte ? Si la fille dit non, ils font semblant de prendre son refus à la légère, ils rient. Tu n'es pas moins forte qu'un garçon ? Tu ne vas tout de même pas jouer la pauvre violette qui s'étiole dans le désert ?

— Non, fit Mig avec un filet de voix.

— Allez, viens.

Nous marchâmes d'un pas décidé vers la maison de Joe.

— Bonjour, madame Stepler. Vous connaissez Mignon Swensen, je crois. Nous étions ensemble au lycée.

— J'étais une camarade de classe de votre mère. Elle était très bonne élève, vous devez tenir d'elle.

Mig rougit et balbutia quelque chose.

— Oui, sans doute. Mig est très bonne élève. Comment va Joe ?

— Beaucoup mieux. Entrez, ôtez vos manteaux. Je vais lui dire que vous êtes là.

Mig observait la maison avec attention. Joe avait touché chaque poignée de porte et de tiroir, il avait foulé ce plancher des milliers de fois – je savais ce qu'elle ressentait. Je tendis l'oreille pour savoir si Robert était là. Son manteau n'était pas dans le hall.

— Venez au salon, je vous en prie, dit Mme Stepler.

Je vis que Mig tremblait en accrochant son manteau. Moi aussi, j'étais fébrile, je me demandai si Robert viendrait...

Mme Stepler n'avait pas remarqué notre trouble.

— C'est Miranda et Mignon, dit-elle en nous conduisant vers Joe.

Joe, toujours en uniforme, était assis dans le soleil d'automne. C'était un beau soldat : Mig ne put articuler un mot.

— Mig t'a fait des cookies, dis-je à Joe en lui donnant le panier.

Mig lui lança un regard furtif, puis baissa les yeux, comme si son jupon dépassait ou qu'elle avait deux bas de couleur différente.

— Mon Dieu, il faut du café pour accompagner ces délicieux cookies, dit Mme Stepler. Les gens ont été très gentils avec nous, ils nous ont donné du café, et vous, Miranda, vous nous avez donné votre ration de sucre ! Asseyez-vous.

— Tu te sens mieux ? demandai-je à Joe.

— J'espère bien, dit Mig d'une voix timide.

— Ça va beaucoup mieux, dit Joe. Merci pour les cookies, ajouta-t-il tandis que ses grands yeux bleus rencontraient les jolis yeux noirs de Mig.

— C'est la recette de ma mère, dit Mig. J'espère que tu n'as rien contre les sucreries.

Son visage avait une telle expression de douceur, comme une photo un peu floue... Elle parlait d'une recette, mais ses yeux disaient tout autre chose, et Joe la dévorait du regard.

On disait les marines très observateurs, je souhaitais que ce soit vrai.

— J'adore les sucreries, répondit Joe.

Mig rougit. Joe était grand, et elle aussi. Ils forment un couple charmant, pensai-je, quand une voix familière me fit sursauter. Je me composai sur-le-champ un visage serein et jetai un coup d'œil vers le salon en retenant mon souffle.

Mais, quelques instants plus tard, seule Mme Stepler réapparut, un plateau entre les mains.

— C'était Robert ? s'enquit Joe.

— Il était pressé. Je lui ai dit que les filles étaient là, mais il a répondu qu'il ne pouvait pas rester.

Joe ne posait jamais de questions. Il n'avait même pas l'air surpris. Nous fîmes passer les tasses de café et les cookies de Mig, mais j'avais l'esprit ailleurs, je pensais à Robert, seul dans la rue glacée.

— Mig, vos cookies sont délicieux, dit Mme Stepler. Accepteriez-vous de me donner la recette ?

— Ou-oui, répondit Mig qui en bafouillait de contentement. Si vous avez de quoi écrire...

— Venez avec moi, nous allons la copier dans mon cahier de recettes.

Mme Stepler entraîna Mig vers la cuisine et je m'apprêtai à échanger quelques banalités avec Joe.

— Tu accepterais de parler à Robert ?

Son ton était grave, pressant.

— Oui, bien sûr, mais que veux-tu...

— Il est complètement désemparé. Il dit qu'il ne veut plus aller à la faculté... il va perdre ce qu'il a versé pour le trimestre alors qu'il ne sera pas appelé avant la fin du mois. Il faut être fou !

— Il est persuadé que les gens ont une mauvaise opinion de lui, mais en réalité je crois qu'il a peur.

— Mais c'est normal ! s'écria Joe dont le visage prit

soudain l'expression de terreur qu'il avait quand il s'était mis à hurler, tapi dans un coin de sa chambre. Tu n'es pas de ces gens qui pensent que la guerre est un devoir patriotique ?

— Non, bien sûr.

Dans la cuisine, Mig et Mme Stepler riaient.

— Alors, va à la bibliothèque demain matin à dix heures, Robert y sera, dit vivement Joe en voyant sa mère et Mig revenir de la cuisine. Toi seule peux quelque chose pour lui. Je suis désarmé en face de lui – je suis même la dernière personne qu'il devrait voir. Empêche-le d'aller là-bas.

20

« Toi seule peux quelque chose pour lui… » Ces mots pesaient sur mon esprit comme une chape de plomb. Mig, à mes côtés, flottait sur un petit nuage : elle, une simple « domestique », portait de beaux vêtements, elle avait capté l'attention d'un garçon et il lui avait dit qu'elle était charmante. Ce soir-là chez les Beale, il y avait au moins une femme qui chantait. L'autre ne ferma guère l'œil de la nuit.

Le lendemain matin, je croyais bien avoir quelques arguments sérieux pour convaincre Robert de ne pas quitter l'université. J'avais passé une heure devant ma glace et je m'étais fait les ongles. Je traversai la salle de lecture sur la pointe des pieds pour ne pas déranger les étudiants absorbés dans leur travail. Mes chaussures plates résonnèrent sur les marches de métal du petit escalier en colimaçon qui menait à la galerie. Robert était là, entre les rangées de *National Geographic* et de *New Republics*. Peut-être avais-je oublié ses traits, pour ne pas l'avoir vu d'une semaine, ou alors il avait changé : bien sûr il était beau, mais son regard était fiévreux, avide – il me serra dans ses bras avant même que j'aie franchi la dernière marche. J'esquivai son baiser en me jetant contre son épaule et, les cheveux en bataille, je passai les bras autour de sa taille. Il murmurait qu'il m'aimait, qu'il me voulait…

— Ecoute-moi bien, lui dis-je en lui faisant face, je ne suis pas libre. Je suis mariée – et à ton propre cousin !

De colère, ses yeux bruns étaient devenus noirs.

— J'ai besoin de quelqu'un à qui me confier.

— Et toutes tes petites amies ? A commencer par Mary Hogan, dis-je avec un petit rire, ce n'est pas quelqu'un à qui te raccrocher ? Et Patty Hayes, Sonia Jensen ou Arlene Brown ?

Robert ne put soutenir mon regard – je savais comment il s'était comporté avec elles. Il relâcha son étreinte et se détourna. J'étais honteuse – je n'allais pas à la guerre, moi.

— Ecoute-moi, Robert, finis ton trimestre. Va aux cours et passe tes examens.

— Pour trouver encore des mots sur mon bureau, qui me traitent de dégonflé ?

— Quoi ?

— Je suis une poule mouillée, figure-toi, parce que je ne vais pas me battre comme les autres.

— Mais c'est ridicule, tu n'as même pas dix-huit ans !

— Ça, ils s'en fichent.

— C'est pour ça que tu as disparu ?

— Ils s'imaginent probablement que je rate un rendez-vous essentiel, et ils ont raison. La vérité est que j'ai peur. Même si je donne l'image d'un patriote, j'ai peur, un point c'est tout. Tu es la seule, dit-il en faisant volte-face et en me serrant à nouveau dans ses bras, tu es la seule personne qui me comprenne – à part Joe, mais tout ça l'a rendu fou.

— Il va bien maintenant.

— Possible, mais il boitera toute sa vie. Il ne retournera pas se battre. Il était à Guadalcanal. Je l'ai écouté délirer pendant des semaines : il se croyait toujours là-bas, avec son copain, Billy Machin, dans un trou. Ils montaient la garde à tour de rôle, les Japs ne dorment jamais, ils se faufilent comme des serpents. Une nuit, un Jap a balancé une grenade dans leur trou, et Billy est tombé sur Joe, il était mort, et...

— Arrête !

— Ils ne faisaient pas de quartier. Ils pillaient les cadavres, prenaient les dents en or sur les soldats encore vivants – avec leurs grands poignards. Il n'y a pas eu de prisonniers.

— Oh, Robert !

— Personne ne parle de Bataan, nous ne savons pas à quoi ressemble la vraie guerre. Nous n'avons jamais entendu parler de la marche de la mort : des milliers de soldats américains contraints de marcher plus de cent kilomètres, avec un bol de riz par jour. Quiconque sortait du rang était abattu ou transpercé à la baïonnette, les morts étaient entassés dans des voitures à bestiaux, par une chaleur épouvantable. Les nôtres sont morts par milliers. Voilà pourquoi il n'y a pas eu de prisonniers.

J'étais dans les bras de Robert, tétanisée, incapable d'articuler un son. Je n'imaginais pas que de telles horreurs puissent exister.

— En Afrique du Nord c'est tout aussi horrible. Joe m'en a parlé pendant des heures... Voilà le genre de guerre que je vais faire ! Et tu t'en fiches !

— Ça n'est pas vrai ! Tu n'as pas le droit de dire que...

Il me ferma la bouche d'un baiser et tout disparut autour de moi : les rangées de périodiques reliés, l'ampoule au plafond, la petite fenêtre, comme si on avait mouché une chandelle. Lorsque je repris mes esprits, je m'arrachai aux bras de Robert.

— Viens au cours lundi ! Je te passerai mes notes, tu pourras rattraper, chuchotai-je, une fois en sécurité dans l'escalier. Et tu as intérêt à passer *tous* tes examens, sinon...

Sinon quoi ? Je ne trouvai rien à dire.

— Sinon ? dit Robert, penché sur la rampe.

Il était si près de moi que je sentais presque ses lèvres,

chaudes encore de notre baiser. Il avait une petite flamme belliqueuse dans les yeux.

— Je ne t'embrasserai plus jamais ! murmurai-je en descendant le petit escalier sur la pointe des pieds.

Je sortis dans le vent froid, sans avoir utilisé aucun de mes arguments raisonnables.

Je passai le reste de la journée au presbytère. La nuit tombait de bonne heure et, sur le chemin du retour, je vis les lumières de ma maison briller au sommet de la colline. Je ne m'attendais pas à y trouver Conrad, bien que ce fût samedi. Parfois il ne rentrait même pas pour dîner. L'usine était vivement éclairée, nuit et jour. Je m'étais habituée à ne voir Conrad qu'au petit déjeuner, qu'il prenait toujours en hâte. Le soir, il s'endormait à peine couché. Je commençais à m'y faire aussi...

Le dimanche suivant, à l'église, Robert m'adressa un sourire, que j'interprétai comme complice. Le lundi, il vint au cours. Je regardai ailleurs et sortis mon cahier et mes stylos d'un air absorbé, mais il était si près que je sentais son souffle dans mes cheveux.

« Je suis venu. Il va falloir que tu t'exécutes », avait-il écrit dans la marge de mon cahier. Je rougis. Impossible de refuser, je me sentais liée par ma promesse. J'avais le feu aux joues, je devinais son sourire, mais j'avais gagné, il était revenu à l'université.

La cloche n'avait pas encore sonné, nous étions plongés dans *La Reine des fées* – une de mes vieilles connaissances – et, au lieu de répondre « N'y compte pas », je recopiai un passage du texte : « Il n'est pire honte pour un chevalier que légèreté et inconstance en amour. » Se prenant au jeu, il parcourut son texte à la recherche d'une réplique dans ces mots du XVIe siècle, parmi les preux chevaliers, les reines vierges, les dragons à sept têtes et les lions à l'affût. Nous avions l'air de prendre des notes, absorbés par l'étude de Spenser – ce qui était effectivement le cas. Bientôt Robert griffonna en marge de mon cahier : « ... pour gagner sa faveur, chose qu'il désirait plus que tous biens terrestres. »

Je lui jetai un coup d'œil : il riait franchement. J'avais déjà repéré un passage pour lui répondre, mais j'hésitai... pourtant je voulais qu'il sache que je le comprenais. Je me décidai enfin à recopier : « Le danger rôdait alentour et ce lieu solitaire et sauvage faisait naître en lui une terrible frayeur. » J'observai son beau visage pendant qu'il lisait : il avait une petite coupure de rasoir. Ses cheveux coupés ras dévoilaient une cicatrice derrière son oreille, souvenir d'une chute sur un râteau dans la grange de M. Calvinhorn. Nos regards se croisèrent et il me fit un petit signe de tête, sans sourire.

A la fin du cours, dans le brouhaha des rires et des bavardages, Robert écrivit sur mon bloc-notes : « Quatre heures, à la bibliothèque. » J'assistai aux autres cours, j'essayai d'étudier, mais j'avais l'esprit ailleurs. Après le déjeuner, j'allai voir Patty Hayes. La chambre était pleine d'étudiantes, assises sur les lits superposés.

Patty se lamentait :

— Quatre par chambre ! Avec un seul lavabo !

— Et maintenant il y a le couvre-feu ! s'écria Helen Kapler. Il faut fermer les rideaux dès qu'on allume une lampe.

— Pas de lumière après onze heures, ajouta Val Peters. Si on reste tard en étude, il faut se laver la figure et se coiffer dans le noir !

— Les auxiliaires féminines de la marine arrivent, dit Patty.

— Et les hommes partent, renchérit Val.

Je donnai à Patty le livre qu'elle m'avait réclamé et m'éclipsai. Dans mon univers, il y avait des hommes.

A quatre heures, fidèle à ma promesse, je grimpai le petit

escalier de fer. Robert était là, comme tous les jours à la même heure. La guerre se rapprochait, elle nous confinait dans cet espace restreint, entre les rangées de périodiques. Comment lui refuser un baiser en ces jours fiévreux de décembre ? Il partait à la guerre.

« Cette semaine, je vais travailler tous les après-midi avec Robert à la bibliothèque, avais-je dit à Conrad. Je l'aide à rattraper ses cours. Il a pas mal manqué.

— Pourquoi ça ?

— Il a fui l'université après avoir trouvé sur son bureau un mot le traitant de "dégonflé". Alors qu'il n'a même pas dix-huit ans !

— C'est plutôt dur à avaler, avait compati Conrad, le regard dans le vague.

— Je lui ai dit que toi aussi, on te traitait parfois de lâche. Il m'a répondu que tu le comprendrais.

— Assure-le que c'est le cas. »

Sa réponse m'avait fait plaisir : les deux hommes n'étaient pas ennemis. Ils étaient cousins. Et je n'embrassais Robert que pour être sûre qu'il finisse son trimestre.

Personne ne nous surprit jamais dans notre cachette.

— Regarde ! Ce sont les auxiliaires féminines, chuchota Robert à mon oreille.

Sous notre petite fenêtre, nous entendions les aboiements d'un sergent : « Droite, gauche... Une, deux... » Les jeunes filles, encore en civil, se dirigeaient vers le gymnase, en colonne par deux. Je m'arrachai aux bras de Robert pour les observer : elles portaient des manteaux de drap ou de four-rure, des mitaines et des chaussures plates – des filles de mon âge que la guerre avait déjà transformées en petits soldats marchant au pas.

— Les étudiantes ont demandé aux filles de leur vendre leurs vêtements civils quand elles auront reçu leurs uniformes. Je devrais peut-être m'engager dans les auxiliaires féminines...

— Non, dit Robert tout contre ma bouche. Reste ici. Et attends-moi.

— Comment ça ?

— Nous nous aimons, n'est-ce pas ? dit-il en m'attirant contre lui.

Ses yeux lançaient des flammes.

— Tu as l'air d'oublier que je suis mariée. Et que tu étais *garçon d'honneur* à mon mariage !

Robert prit son manteau, ramassa ses notes éparpillées sur la table et descendit bruyamment les marches sans ajouter un mot.

La période des examens arriva. Nous eûmes des « A » dans toutes les matières.

Ce dernier après-midi, Robert et moi avions la bibliothèque pratiquement pour nous seuls. C'était le jour de ses dix-huit ans. J'arrivai à quatre heures, avec un petit gâteau d'anniversaire et des bougies. Lorsque Robert les souffla, une seule resta allumée.

— C'est la dix-huitième – celle qui m'envoie à la guerre. Lundi, je prends le train pour Des Moines.

Je me levai pour qu'il ne voie pas mes larmes.

— Ne pleure pas, dit-il en se levant à son tour.

Mais je pleurai de plus belle, le visage enfoui contre son cou, dans son odeur ; je sentais sur ma peau les vibrations de sa voix. Puis il me lâcha et s'assit, les yeux fixés sur le petit gâteau. Nous restâmes un long moment sans rien dire. Robert regardait ailleurs. Puis je coupai le gâteau et nous mangeâmes en silence.

— La neige... dit Robert, la première de l'hiver.

Le ciel se chargeait de flocons cotonneux, qui tombaient en paquets.

— Tu iras voir ma mère quand je serai parti ? Elle va se sentir seule.

— Bien sûr.

— La neige me fait toujours penser à ma mère. Elle a eu la vie dure. Elle est fille unique et elle avait treize ans quand sa mère est morte. Le midi, après l'école, elle rentrait à la ferme en courant, elle faisait la cuisine pour son père et les ouvriers agricoles – de gros repas : côtes de porc, pommes de terre et tartes aux pommes, il leur fallait une nourriture consistante. Le soir elle s'endormait sur ses devoirs, alors elle les faisait mentalement, sur le chemin de l'école, et elle les écrivait très vite avant de tomber de sommeil.

La neige obscurcissait le ciel, et notre petite refuge devint sombre.

— Elle allait dans une petite école de campagne, avec un seul instituteur. Parfois les garçons plus âgés la suivaient jusqu'à la ferme.

— Elle était jolie ?

— Oui. Elle avait un chien, un grand bâtard avec des crocs pointus qui l'attendait, couché sous un arbre, pendant la classe, et si jamais un garçon faisait mine de l'embêter, elle criait : « Captain ! », le nom du chien, et il grognait en montrant les crocs.

Nous échangeâmes un sourire.

— Je devrais avoir un chien comme ça.

Robert ne réagit pas… Le ciel de neige mettait des éclats feutrés dans ses yeux sombres. Il me dévorait du regard.

— Tu es très belle.

Seul le tintement du campanile, assourdi par la neige, vint troubler l'épais silence. Je parlai, uniquement pour que Robert cesse de me regarder ainsi.

— Ta mère vivait seule avec son père ?

Il finit par détourner son regard.

— Oui, je crois qu'ils étaient heureux ensemble, surtout

l'hiver, où il y avait moins de travail. Quand il y avait eu une tempête de neige, il fallait dégager un chemin jusqu'aux deux granges, un autre vers les cabinets et un autre vers la pompe. Au plus fort de l'hiver, ils étaient complètement isolés du monde, sans téléphone. Il lui avait appris à jouer aux échecs, elle lui avait enseigné le crochet, et ils lisaient à haute voix.

Robert avait un regard perdu, triste, et semblait avoir oublié ma présence.

— Tu as connu ton grand-père ?

— Non, il est mort avant ma naissance. Maman n'a même pas de photo de lui. Il paraît que c'était un bel homme, il avait de beaux yeux, d'un vert intense. « Verts comme la mauvaise herbe », disait-il en riant.

— Que lui est-il arrivé ?

— On a du mal à imaginer ce qu'était la vie là-bas par temps de blizzard : on ne voit plus rien, les seuls points de repère sont les clôtures, et encore, on ne sait même plus à qui elles appartiennent. On ne voit pas au-delà de son bras tendu, on peut marcher des heures et mourir de froid à quelques mètres de chez soi.

— Ton grand-père est sorti ?

— Le blizzard soufflait très fort. Grand-père était allé jusqu'à la vieille grange chercher une corde – en cas de grosse tempête, ils tendaient une corde entre les granges et la maison. Maman déblayait le passage vers la pompe quand elle crut entendre un cri. Elle eut beau appeler, aucune réponse ne lui parvint. Le vent hurlait dans la clôture et lui rabattait la neige en plein visage, elle ne voyait presque rien. Elle se mit à hurler : « Papa ! Papa ! », elle courut jusqu'aux granges, ne vit personne. Elle trouva la corde, attachée à un crochet dans la grange, qui se perdait ensuite vers les champs. Maman suivit ce repère aussi loin que possible, sans cesser d'appeler.

— Il avait lâché la corde ?

— Je ne sais pas. Avait-il entendu quelque chose, était-il allé voir et s'était-il perdu ? Elle ne l'a jamais su. Elle rentra dans la maison, alluma toutes les bougies qu'elle trouva et les disposa devant les fenêtres, et suspendit des lampes à pétrole devant les granges. Elle fit tout un tintamarre avec de grosses poêles en fonte. A l'aube la tempête avait cessé. Elle sortit, s'égosilla à nouveau. Avec cette neige à perte de vue, elle avait l'impression d'être seule sur terre.

Robert se tut un moment. Dehors, le campus était tout blanc.

— Elle a fini par le trouver ? demandai-je enfin.

— La neige était très épaisse, les congères sont capables de dissimuler un corps jusqu'au printemps. Impossible d'aller à la ville chercher de l'aide, les routes étaient bloquées. Après avoir accompli les corvées habituelles, elle arpenta péniblement le pourtour de la ferme, avec de la neige jusqu'à la taille, parfois davantage. Elle sonda les congères avec le manche d'une pelle, creusant chaque fois qu'il lui semblait avoir heurté quelque chose.

— Toute seule... en train de creuser pour trouver le cadavre de son père...

Je réalisai toute l'horreur de la situation.

— Elle a fini par le trouver. Un pur hasard. Au coucher du soleil, en sondant près de l'enclos à cochons, elle rencontra une résistance et découvrit le visage de son père, ses yeux verts pétrifiés par le gel.

J'enfouis mon visage dans mes mains. Robert parlait, parlait sans pouvoir s'arrêter, il fallait qu'il aille jusqu'au bout.

— Elle ne savait pas quoi faire : devait-elle le recouvrir de neige ? Aller dormir et le laisser là ? Elle ne put s'y résoudre et elle a travaillé toute la nuit pour le dégager. Il lui restait un peu de pétrole pour sa lampe, elle avait le chien et une corde. Elle tira le traîneau de la ferme jusqu'à l'enclos.

— Elle réussit à soulever son père ?

— Toute seule, elle n'aurait pas eu assez de force, mais elle avait Captain : c'était un chien intelligent, elle attacha une extrémité de la corde à son collier et l'autre à la taille de mon grand-père, et ils parvinrent à le faire basculer dans le traîneau. Ils l'emmenèrent ainsi jusqu'à la maison, où elle resta près de lui, tenant sa main glacée dans les siennes. Le lendemain, les hommes déblayèrent la route et emmenèrent mon grand-père dans une carriole.

J'avais les larmes aux yeux.

— Elle a continué à vivre là-bas ?

— Non, elle ne pouvait pas s'occuper de la ferme toute seule. Elle a donné Captain à un voisin et a pris une chambre en ville, où elle a trouvé un emploi de serveuse. C'est à ce moment-là que mon père et son frère l'ont courtisée tous les deux.

Nous restâmes un moment silencieux, nous tenant les mains au-dessus du petit bureau. L'heure sonna au clocher. Il était tard.

— Je voudrais dire au revoir à Conrad et à mon oncle avant de partir. Quand puis-je les trouver à la maison ?

— Il n'y a guère que dimanche matin, avant l'office.

— Bien. Je les appellerai avant.

— Nous irons te dire au revoir lundi matin, dis-je sans réussir à maîtriser un léger tremblement dans ma voix.

Robert se leva pour prendre son manteau et s'approcha de moi, promena son regard sur les tables, les chaises, les étagères et la petite fenêtre, puis se pencha pour un dernier baiser, un baiser léger qui effleura mes lèvres, un baiser qui avait encore le parfum du gâteau d'anniversaire.

— Au revoir. Ecris-moi, dit-il en descendant quelques marches.

Puis il se retourna et ajouta dans un souffle :

— Mon amour.

— Robert a téléphoné, me dit Conrad ce soir-là dans notre lit. Il veut passer demain matin nous dire au revoir.

— Vous êtes ses seuls parents...

Conrad ne m'avait jamais dit que S.C. finançait les études de Robert. Etait-il au courant ? J'attendis un peu, mais il n'en dit pas plus.

Le lendemain matin, j'étais dans la véranda, en habits du dimanche, entre Conrad et Robert. S.C., de son fauteuil roulant, dévisageait Robert, tandis que Conrad et moi nous efforcions de mener une conversation polie sur le temps ou les horaires de train.

— Vous allez donc vous battre avec les marines ?

— Oui, monsieur. Je pars demain pour Des Moines, où a lieu la prestation de serment. Ensuite, direction le camp d'entraînement. Mais je ne sais pas encore lequel.

— Les Beale auront enfin une raison d'être fiers d'un des leurs, dit S.C.

Robert fit mine de n'avoir rien entendu, comme si un père était incapable de prononcer des paroles aussi monstrueuses...

— Je... je vous écrirai, dit Robert dans l'horrible silence qui suivit.

— Bonne chance, dit S.C.

— Merci, monsieur.

Je crus que Robert allait serrer la main de S.C., mais il n'en fit rien. Il donna une tape dans le dos de Conrad.

— J'enverrai ma paie à ma mère tous les mois.

Ses yeux sombres étincelèrent un instant.

— Vous ressemblez à votre père, dit S.C.

— Ma mère me le dit souvent, répondit Robert en tournant les talons.

Conrad le raccompagna jusqu'à la porte et le regarda s'éloigner dans l'allée.

— Sa mère est pauvre, dis-je.

— Je sais, répondit Conrad.

— C'est ta tante, tu ne pourrais pas faire quelque chose pour elle ? Et moi, que pourrais-je faire ?

— Tu es une Beale, maintenant. Elle refusera que nous l'aidions.

Conrad me prit dans ses bras et posa sa joue sur le sommet de ma tête.

— Rappelle-toi l'histoire de la chatte et de son chaton que t'a racontée ton oncle autrefois.

Nul besoin de m'en dire plus… Nous restâmes ainsi un long moment enlacés, dans le pâle soleil de ce dimanche matin.

— J'aurais vraiment aimé partir avec lui, dit Conrad.

Malgré le soleil, il faisait froid, le lendemain matin, sur le quai de la gare. J'étais avec Conrad, parmi les amis de Robert. Ce dernier me gratifia, comme Mig et les autres jeunes filles, d'un léger baiser sur la joue. Il serra sa mère dans ses bras, ainsi que Joe, en uniforme de marine, qui marchait avec des béquilles.

J'entendis à peine les plaisanteries laborieuses qui fusèrent, impuissantes à masquer la tristesse. Robert et moi échangeâmes un adieu muet, déchirant, sans un regard. Pourvu que personne n'ait rien remarqué… Puis le train emporta Robert dans un roulement de tonnerre.

— Nous pouvons vous raccompagner, proposai-je à Mme Laird.

Elle était très blanche mais ne pleurait pas. Elle jeta un coup d'œil à Conrad.

— Non, merci, ce n'est pas très loin. Je préfère marcher, ça me fera du bien.

Conrad avait cette expression glaciale et hautaine qu'il arborait souvent en public à présent. Les gens n'osaient pas le traiter de lâche en face, mais derrière son dos ils ne s'en privaient pas.

— Si vous avez des nouvelles de Robert, faites-nous signe, dit Conrad à Mme Laird, qui s'en allait. Et si de notre côté nous avons une lettre, nous vous préviendrons. Et si vous avez besoin de quoi que ce soit, n'hésitez pas...

Elle ne se retourna pas et ne donna jamais signe de vie.

21

— Réjouissez-vous, car j'apporte une grande et heureuse nouvelle, annonça Betty aux paroissiens le mardi suivant.

Elle était juchée sur ma caisse d'oranges, sous la lampe du concierge, drapée dans mon costume d'ange en gaze – avec le caraco –, et les ailes en lamé devaient lui gratter le derrière, j'en étais sûre. Nous étions à Noël 1942 et l'assemblée était plus joyeuse que l'année précédente : nous pensions avoir une chance de gagner la guerre.

« Dans la ville de David, un enfant nous est né... »

— C'est toi le plus bel ange de la Création, chuchota Conrad à mon oreille.

Il me regardait avec amour et je lui rendis son regard. Nous occupions notre place habituelle, comme un vieux couple... pas de Robert Laird pour me dévisager depuis le chœur, où ne restaient que les hommes entre deux âges.

Betty descendit de son estrade pour se cacher derrière le pupitre : elle apparaîtrait tout à l'heure dans la fuite en Egypte, derrière Marie et Joseph portant un poupon en celluloïd. Après le dernier cantique, nous rentrâmes à la maison et échangeâmes nos cadeaux hors de prix devant notre premier sapin. Le lendemain, jour de Noël, nous déjeunâmes avec toute la famille Letty. Malgré l'hiver, qui s'annonçait long et rigoureux, Conrad fit de son mieux pour me rendre ces vacances agréables, mais j'attendais la rentrée avec impatience.

Un après-midi, je montai voir Patty Hayes. Je la trouvai affalée sur son lit, en train de grignoter du pop-corn avec Sonia Jensen et Arlene Brown. Sur le bureau trônait le portrait de Robert, le jour de la remise des diplômes. Patty avait suivi mon regard.

— Robert Laird est dans un camp d'entraînement de la marine, dit-elle en me passant le paquet de pop-corn. A San Diego.

Je l'ignorais. Il lui avait écrit, à elle. C'était son droit, Patty n'était pas mariée. Je pris un air détaché, sous le regard du volage Robert, du coureur de jupons de mon adolescence, qui me souriait sur le bureau de Patty.

— Comme ça, dit Arlene d'un ton moqueur, tu reçois des lettres d'amour de Robert ?

— Je ne vous dirai rien, répondit Patty en cachant son visage derrière sa longue chevelure rousse. Nous sommes très bons amis.

— Tu sais où il ira ensuite ?

Je voulais la pousser à mettre cartes sur table, mais elle marqua un point :

— Sa lettre doit être quelque part par là, dit-elle en fouillant dans les papiers éparpillés autour de la photo de Robert.

Il n'y avait qu'une seule page, qu'elle évita soigneusement de nous montrer.

— Il ne me parle pas des marines, fit-elle avec un petit rire. Il termine par RDF I, 22-23. Si tu peux deviner où il va avec ça ! ajouta-t-elle avec un regard faussement innocent.

— Il faut que je rentre, c'est l'heure du dîner.

J'entendis à peine leurs « au revoir », je descendis les escaliers et me précipitai dehors sans voir les étudiants qui luttaient contre le vent sur le campus. Dans la cuisine je trouvai Mig rayonnante – elle avait passé son après-midi de congé avec Joe, sans doute l'avait-il embrassée... Je marmonnai un « salut » distrait et m'enfermai dans mon bureau pour compulser mon cahier de cours de littérature anglaise... RDF : *La Reine des fées*, chant I, lignes 22-23 : « ... pour gagner sa faveur, chose qu'il désirait plus que tous biens terrestres. »

Je ris tout haut. Robert avait-il emporté le texte ou déchiré des pages ? C'était très intelligent. Il avait trouvé le seul moyen de m'envoyer des messages, avec un code. Patty pouvait parader, Robert se servait d'elle pour m'envoyer des mots d'amour. « ... chose qu'il désirait plus que tous biens terrestres... » J'étais tellement heureuse que je voulais faire partager mon bonheur, mais Conrad n'avait guère de motifs de se réjouir : presque tous les soirs, au dîner, son père l'humiliait, le traitant d'incapable, de bon à rien.

La coupe était pleine. Un soir, avant le dîner, je vins trouver Mig dans la cuisine.

— Comment va Joe ? lui demandai-je.

— Il est parfois... bizarre, ce sont des souvenirs terribles qui refont surface. Dans ces moments-là, je me cramponne à lui, je ne peux rien faire...

Elle rougit et se mit à remplir le lave-vaisselle pour cacher son trouble. Je m'assis et commençai à plier des serviettes propres.

— Conrad préférerait se battre.

— Je sais. Il faut voir comment son père le traite... La première fois que je l'ai entendu, j'ai failli me précipiter dans la salle à manger, j'ai cru qu'ils se battaient. S.C. est riche, il a une belle maison, pourquoi est-il si aigri ?

— J'ai ma petite idée là-dessus.

Mig me sourit.

— Joe dit que tu as toujours de bonnes idées. Il paraît que tu as réussi à convaincre Robert de finir son trimestre. Il a essayé, mais Robert n'a rien voulu entendre… il se demande comment tu t'y es prise.

Je feignis d'être absorbée par ma tâche pour que Mig ne voie pas mon visage et je détournai la conversation :

— De la cuisine, tu entends ce que nous disons pendant le dîner ?

— Pas un mot ne m'échappe. J'imagine que les voisins en profitent également.

— Il faut absolument que cela cesse. Ce n'est pas tous les soirs, mais quand il s'y met, il prend un ton geignard… tu l'entends ?

— Tu penses…

Mig me lança un regard profond de ses beaux yeux sombres.

— Ecoute, voilà à quoi j'ai pensé : nous allons faire sortir Conrad de table, sous n'importe quel prétexte et, à ce moment-là, tu fais ton apparition, tu trouves quelques arguments capables de réduire S.C. au silence.

— Excellente idée ! s'exclama Mig en tapant des mains.

Ce soir-là, pelotonnée contre Conrad dans notre « château », je lui exposai mon plan. Il ne dit rien pendant un moment et je craignis de l'avoir blessé… j'étais peut-être allée trop loin. Je posai ma joue sur la sienne.

— Je ne supporte plus de voir ton père t'humilier de la sorte. Il est cruel et de mauvaise foi. Et toi, par simple respect, tu ne répliques pas, tu ne veux pas le contrer. Je t'admire de réagir ainsi, mais je suis folle de rage contre lui.

Conrad m'embrassa avec ardeur.

— Tu es un vrai petit soldat.

— Même si nous sommes obligés de vivre avec lui, nous avons notre « château », rien qu'à nous, et nous prenons nos petits déjeuners ensemble. On ne peut pas empêcher ton père de te houspiller à l'usine ou le soir à la maison, quand vous travaillez, mais pendant le dîner on peut lui clouer le bec, compte sur moi !

Conrad se taisait. Je poussai un soupir :

— J'avoue que c'est sournois.

Quand Conrad rompit enfin le silence, je ne reconnus pas sa voix.

— Promets-moi de ne jamais me mentir. Je ne le supporterais pas. Dis-moi toujours la vérité.

L'hiver était interminable. Combien de temps cette guerre allait-elle encore durer ? Roosevelt avait fait le déplacement jusqu'à Casablanca : l'Afrikakorps de Rommel était en Tunisie et nous allions y envoyer nos troupes. Le rationnement touchait les chaussures, à présent : nous avions droit à trois paires par an. Cette période était lugubre... Je me traînais péniblement jusqu'à la faculté dans le froid et la neige. Et puis, un beau matin, dans notre courrier, je trouvai une lettre sans timbre. Robert. Son écriture m'était familière, je l'avais vue si souvent en marge de mes cahiers... La lettre était adressée à S.C. et je la plaçai en évidence sur la table où il prenait son petit déjeuner. Je pris le mien avec Conrad dans la véranda, puis nous rejoignîmes S.C. pour prendre le café, comme d'habitude. Il feuilletait son journal. Je vis la lettre de Robert ouverte à côté de son assiette. Seuls le tintement de nos tasses sur leurs soucoupes ou un crissement de pneus dans la rue enneigée troublaient le silence.

Avant de partir pour l'usine avec son père, Conrad m'embrassa, jetant un coup d'œil à la lettre de Robert, près de la serviette froissée de S.C. Je n'avais pas le droit de lire cette lettre.

Le téléphone sonna. Mig répondit d'un ton tendre et enjoué : c'était Joe, et elle en aurait pour un moment... Une seconde plus tard, je sortais la lettre de Robert de son enveloppe. Il ne disait pas grand-chose : il était à San Diego et ne savait pas où il irait par la suite ; il priait S.C. de nous saluer, Conrad et moi. En bas de la lettre : « RDF I, 418-423. »

Mig disait au revoir, je fourrai vivement la lettre dans son enveloppe et courus dans mon bureau. Je rougis toute seule en lisant : « ... le fit rêver d'amour et de jeux sensuels qui firent fondre son cœur viril, plongé dans le bonheur lascif et dans la joie coupable : alors il lui sembla qu'à son côté sa dame était couchée et se plaignait à lui de ce que ce perfide garçon ailé avait dompté son chaste cœur pour lui enseigner les ébats de Dame Plaisir. »

Le professeur Lane nous avait lu ce passage en cours.

« Quel est donc le "perfide garçon ailé" qui a séduit la dame, et laquelle d'entre vous, mesdemoiselles, n'a pas reçu pour la Saint-Valentin une carte représentant ce fameux chérubin ? avait-il demandé.

— C'est Cupidon, avait répondu quelqu'un dans la salle.

— En effet. Quant aux "ébats de Dame Plaisir" auxquels l'auteur fait allusion... je suppose que chaque époque a un nom différent pour ça... »

J'avais ri avec les autres, en évitant de regarder Robert. A présent le rêve du chevalier de Croix-Rouge me parvenait d'un camp d'entraînement à des kilomètres de là. Je vis la lettre de Robert ouverte. Ses intentions étaient sans équivoque, il réclamait ce que je ne pouvais lui accorder.

Je décidai donc de lui écrire. Personne n'en saurait rien. Et je pouvais tourner des phrases à double sens. Je m'assis donc à mon bureau et rédigeai :

Le 14 janvier 1943

Cher Robert,

A San Diego, tu ne connais sans doute pas le froid et la désolation que nous subissons ici, dans l'Iowa. A la bibliothèque je n'ai que le campus enneigé et les rangées de National Geographic *pour tout horizon, tandis que tu es* dans tes « quartiers », au soleil de la Californie. C'est ainsi que Patty et S.C. ont interprété ces initiales au bas de tes lettres. Ils n'ont pas trouvé d'autre explication.

A part ça, pas grand-chose de neuf. Joe t'a-t-il écrit qu'il était sur le point de se fiancer avec Mig ? Sa jambe ne se guérit pas aussi vite que prévu, mais le docteur pense que c'est une simple question de temps. D'après Mig, Joe a encore des frayeurs sporadiques, mais il est redevenu lui-même.

Je lui parlai des cours, du rationnement... ma lettre avait un ton strictement amical. Mais dès que j'eus fini, j'ouvris *La Reine des fées* en quête d'un passage qui lui dirait à quel point moi aussi, je... puis je refermai brusquement le livre. Qu'est-ce que j'allais faire ?

La neige s'était mise à tomber, je la regardai pendant un long moment ensevelir le jardin dénudé par l'hiver. Puis je rouvris Spenser, trouvai la ligne qui convenait et inscrivis RDF VI, 295 sous ma signature. Et je me hâtai de poster ma lettre avant de changer d'avis. Il gelait, mais la température me parut tiède à côté de ma lettre. J'imaginais Robert, dans son uniforme, au moment où il parcourrait ces lignes de son regard sombre. Je savais par Joe que l'entraînement dans la marine était très dur. Après une rude journée où il aurait été préparé à tuer ou à être tué, Robert chercherait dans *La Reine des fées* la phrase impitoyable qui lui était destinée : « En vain il poursuivait ce que jamais il ne pourrait obtenir. »

La journée se traîna entre les cours, les devoirs et le trajet dans le froid. Au dîner, S.C. nous lut la lettre de Robert.

— Il a mis des initiales en bas de sa lettre, dit S.C. en ajustant ses lunettes sur son nez. RDF I, 418-423... ses quartiers, probablement... Quartiers fédéraux, sans doute. Il sert sa patrie, lui, il fait son devoir, reprit le vieil homme en haussant le ton. Comme j'ai fait le mien pendant la Première Guerre mondiale !

Je vis Conrad se durcir, mais, perdue dans les vers de Spenser – « il lui sembla qu'à son côté sa dame était couchée... » –, j'entendis à peine les vitupérations de S.C., et je sursautai presque quand Mig annonça :

— On vous demande au téléphone, monsieur Conrad.

— Je n'ai pas entendu de sonnerie, grogna S.C.

— Excusez-moi, dit Conrad en se levant.

Je mangeai machinalement mon pudding au chocolat. « En vain il poursuivait... »

— Qui était-ce ? demanda S.C. d'un air renfrogné.

— Des histoires d'église, dit Conrad en me souriant.

Il conduisit son père dans la véranda pour y travailler, comme tous les soirs. Les histoires d'église, c'était bien trouvé : S.C. n'y mettait jamais les pieds, de peur de rencontrer la mère de Robert.

Quand elle revint débarrasser la table, Mig m'adressa un sourire complice.

— Ça a marché ! Il ne recommencera peut-être pas...

S.C. recommença, bien sûr. Mais, chaque fois qu'il haussait la voix avec cet air geignard pendant le dîner, Mig apparaissait : le robinet de la cuisine était coincé, ou bien le livreur de journaux attendait à la porte de la cuisine...

Mais S.C. ne tarda pas à découvrir notre stratagème.

— Un de ces jours, il va s'en prendre à Mig, dit Conrad.

— Je parie que non. Il sera bien trop humilié : ne lui avons-nous pas fait comprendre, sans paroles, qu'il était odieux avec toi et qu'il fallait que cela cesse ?

En effet, S.C. cessa d'être odieux. Il nous adressait à peine la parole au dîner, cela nous était égal, nous avions beaucoup de choses à nous raconter après nos longues journées. J'avais pris l'habitude, avec Mig, de rendre visite aux Stepler tous les samedis.

— M. Beale ne crie plus après son fils, notre truc a marché, me dit-elle par un samedi après-midi froid et venteux.

— C'est grâce à toi.

Joe nous ouvrit, souriant à Mig. Il avait une lettre sans timbre à la main, dont je reconnus immédiatement l'écriture.

La conversation s'engagea sur des sujets d'actualité, comme le dernier film d'Abbott et Costello ou l'attribution des Academy Awards à *Madame Miniver*. Il y eut des considérations à n'en plus finir sur le rationnement… je crus que Joe ne ferait pas mention de la lettre, n'allait même pas nous la lire.

— D'après ce qu'écrit un ami de Detroit, dit Mme Stepler en faisant passer une assiette de cookies, la population de la ville s'accroît par centaines de milliers. Les adolescents quittent l'école en masse pour aller travailler dans les usines d'armement.

Je bus stoïquement mon chocolat chaud. Je commençai à m'agiter sur ma chaise, quand Joe se décida enfin :

— Robert va bientôt rejoindre le Pacifique.

Il allait se battre. Les mots cruels de Spenser me hantaient l'esprit.

— Je vais vous lire sa lettre.

Robert décrivait les diverses modalités du service outre-mer et Joe s'arrêtait de temps en temps pour nous donner des explications. Son visage paraissait soudain plus vieux, et infiniment triste.

— Il ne nous écrira pas des Etats-Unis avant un bon moment, dit Joe.

Il y eut un tel silence que nous entendîmes le train de l'autre côté de la ville. Mme Stepler quitta brusquement la pièce pour refaire du chocolat chaud. Lorsqu'elle revint, je bus machinalement en essayant de repérer s'il y avait des initiales en bas de la lettre de Robert, mais j'étais trop loin pour lire.

— J'ai reçu cette carte très intéressante la semaine dernière, dit M. Stepler en la faisant passer. Les principaux avions de guerre y sont représentés, vus par en dessous. C'est pour la protection anti-aérienne.

Les avions avaient des noms sinistres : A-20A, Attack Bomber, Brewster Dive Bomber, SB2A-1, Grumman Fighter, F4F-3, etc.

— Je me demande si Robert a inscrit des lettres à la dernière page, dis-je nonchalamment avant de prendre congé. Il y en avait en bas de la lettre qu'il a envoyée à S.C. et nous nous demandions ce qu'elles signifiaient.

— RDF I, 466, dit Joe en reprenant la lettre de Robert. Je n'avais pas remarqué. Ce sont sans doute ses quartiers. Nous n'utilisions pas ce genre de chiffres quand j'étais à l'entraînement.

Je me félicitai d'avoir supporté jusqu'au bout cette conversation... Nous pouvions enfin partir !

— Nous devons rentrer à présent, dis-je au bout d'un moment qui me sembla interminable.

Je marchai si vite que Mig avait du mal à me suivre.

— J'ai encore du travail avant le dîner, dis-je en ôtant mon manteau.

Je courus m'enfermer dans mon bureau et ouvris frébrilement *La Reine des fées*. Je gardai les yeux fixés sur la ligne 466, jusqu'à ce que cela me devienne insupportable : « Ne me laissez mourir de langueur dans les larmes. »

Nous apprîmes par Joe que Robert avait quitté le pays, c'est pourquoi il avait cessé d'écrire. Joe avait une idée de l'endroit où il se trouvait, mais il ne voulut pas en dire davantage. Simplement ses lettres mettraient du temps à nous parvenir...

L'hiver s'éternisait. Des milliers de personnes d'âge mûr partirent pour Washington, où l'armée mobilisait des employés de bureau pour son administration. Le rationnement s'étendit aux conserves, puis à la viande, aux matières grasses et au fromage. Les tickets ne donnaient droit qu'à de maigres portions. Nous avions repris Kasserine, en Tunisie et, début mars, remporté une victoire décisive sur le Japon : vingt-deux navires coulés – un convoi entier – et cinquante avions abattus.

— Nous sommes à un tournant, disait Joe, après la Nouvelle-Guinée, les Salomon, les îles Gilbert... Bougainville... Tarawa...

Tous les jeunes gens étaient partis. Ne restaient que les blessés, comme Joe, et quelques rares chefs d'entreprise, comme Conrad, qui bénéficiaient d'un report. Excepté les soldats en permission, on ne voyait dans Cedar Falls que des personnes âgées, des femmes et des enfants. Conrad, dans son costume civil, était la cible de tous les regards – c'est une chose à laquelle nous ne pûmes jamais nous habituer. Les gens achetaient des timbres de rationnement, récupéraient le caoutchouc, les tubes de dentifrice, les matières grasses ou les débris de métal, que sais-je... Quatre cents cadets de l'armée de l'air en provenance du Missouri furent hébergés sur le campus.

— Chouette ! Des hommes ! hurla Sonia en sautant sur le lit de Patty.

Elle portait une veste d'homme – la dernière trouvaille à la mode consistait à mettre la veste de son petit ami parti sous les drapeaux.

— Ils sont presque tous malades, dit Arlene. La première nuit, ils ont utilisé pratiquement toute l'eau chaude de Baker Hall et de Seerley Hall.

— Ne les embrassez pas avant une semaine, fit Patty.

— Je croyais que tu te gardais pour Robert Laird, lança Sonia.

— C'est vrai, mais il faut bien s'amuser un peu. C'est bientôt le printemps !

— Tu parles d'un printemps, dit Arlene. La guerre en Afrique du Nord...

— Et dans toutes les îles du Pacifique, ajouta Patty.

Toutes les trois me regardèrent, l'air de dire : « Tu ne peux pas comprendre, tu n'es pas concernée. » Sans doute trouvaient-elles bizarre que je continue à les fréquenter malgré leurs regards hostiles. Quelles affinités pouvais-je avoir avec des filles qui se languissaient de leurs hommes ?...

Un après-midi d'avril, en montant dans la chambre de Patty, j'entendis des sanglots et des cris : Patty était recroquevillée sur son lit, le visage congestionné, en pleurs. Arlene et Sonia lui tenaient les mains en essayant de la calmer.

— Robert a été tué, dit Arlene en me voyant.

Je m'assis au bureau, Robert souriait sur la photo.

— Sa mère vient juste de recevoir le télégramme, dit Sonia. La mère d'Arlene a appris la nouvelle, en ville.

— Je l'aimais ! hurlait Patty. Lui aussi, il m'aimait !

Elle se releva si brutalement qu'Arlene faillit tomber du lit.

— Pourquoi est-ce que tu as été si méchante avec lui ? Au bal de notre promotion, tu as refusé de danser, tu l'as planté au milieu de la salle devant tout le monde !

Incapable d'articuler un mot, je sortis dans Seerley Park et restai un long moment assise sur une balançoire. J'avais joué autrefois avec Robert dans ce parc. Nous tournions de plus en plus vite sur le manège, jusqu'à être complètement étourdis. Nous criions : « On arrête ! » et ne descendions que lorsque nous avions mal au cœur.

Les premiers pissenlits perçaient l'herbe du parc de leurs feuilles acérées comme des dents de scie. Sa mère ! Soudain je pensai à elle... je me précipitai vers sa maison dans le chaud soleil de printemps. Je frappai à la porte de la cuisine : pas de réponse. Etait-elle enfermée dans sa chambre, toute seule avec son chagrin ? La vieille Mme Laird, revêtue du même chandail usé, était assoupie dans son nid de chiffons… Je revis la tête brune de Robert penchée sur sa grand-mère, et je me mis à sangloter… La vieille femme ne broncha pas. Je pleurai longtemps, assise dans un coin de la cuisine, près du vieux fourneau, je croyais encore entendre Robert : « Il est plein aux as ! Et il t'a, toi !… »

Soudain un bruit de pas : la mère de Robert était sur le seuil de la cuisine. Je me précipitai vers elle et nous pleurâmes dans les bras l'une de l'autre. Elle ne cessait de murmurer : « Il est parti, il ne me reste plus rien… », comme une litanie.

22

Adele Laird me montra le télégramme. Combien de mères avaient reçu, ce jour-là, le même message avec la terrible formule toute faite : « Le ministère de la Guerre a le profond regret de vous annoncer que votre fils… »

Au début, les voisins sonnaient à sa porte, lui apportaient des fleurs ou de la nourriture, mais elle n'invitait jamais personne à entrer, pas même mon oncle. A partir du moment où elle apposa à sa fenêtre l'étoile dorée signalant la mort de Robert, je fus la seule à frapper à sa porte.

— Tous les jours vers cinq heures, elle rentre dans sa misérable petite maison, avec pour seule compagnie celle d'une vieille femme quasi muette. Je crois qu'elle se moque que je sois une Beale ou non, confiai-je à Conrad un soir. Je lui fais du thé, je lui apporte des cookies, je l'écoute parler.

— De Robert ?

— Oui… une foule de détails lui reviennent en mémoire. Des fois, elle pleure, ça lui fait sûrement du bien… Elle pense peut-être qu'il est encore vivant, qu'il est simplement parti quelque part…

Ma voix devint rauque de chagrin et Conrad me serra fort contre lui.

— Elle est maigre… elle a beaucoup vieilli, mais elle a dû

225

être jolie, autrefois, pour que ton père et son frère se battent pour elle.

— Une rivalité farouche. C'est toujours le cas lorsque l'on a trouvé la femme de sa vie et qu'un autre la convoite.

— Ça se termine rarement bien, dis-je en pensant à mon propre cas.

— Sauf si on gagne la partie, dit Conrad d'un ton grave. Si j'avais perdu, je crois que j'aurais préféré mourir.

— Mourir !

Conrad ne répondit pas et, après un silence, je changeai de conversation.

— La mère de Robert a besoin d'un coup de main. Elle a toujours cet horrible vieux fourneau dans sa cuisine. Un neuf, elle n'acceptera pas, mais on pourrait peut-être lui en trouver un d'occasion ?

— Je m'en occupe, dit Conrad. Tu n'as plus qu'à la convaincre.

A force de persuasion, Adele accepta, c'était *mon* cadeau. Conrad lui trouva également un réfrigérateur de récupération.

— Quel luxe ! dit Adele.

Elle voulait absolument nous payer.

— Il n'en est pas question, dit Conrad. Votre Robert s'est battu pour nous, cela est assez cher payé.

Je vins la voir le lendemain après les cours pour admirer sa cuisine.

— Je vais te faire un chocolat sur ma nouvelle cuisinière.

— J'aurais dû repasser à la maison prendre les petits gâteaux de Mig.

— Ne te tracasse pas, j'ai des cookies.

Tout en mangeant ses gâteaux, à côté du réfrigérateur et du fourneau rutilants, Adele me demanda ce que j'étudiais à l'université.

— J'aurais tellement aimé faire des études ! dit-elle avec

regret. Heureusement, Robert a pu aller à la faculté, il n'a eu que des bonnes notes. C'est grâce à vous, qui l'avez soutenu quand il voulait tout abandonner.

Ses yeux étaient pleins de larmes. Elle ne pouvait pas prononcer le nom de Robert sans pleurer. J'avais la gorge nouée en pensant à Robert, tout près de moi, dans cette même cuisine : « Tu es la seule qui me comprenne », avait-il chuchoté.

— Appelle-moi tante Adele, tu veux bien ? dit-elle en me regardant par-dessus sa tasse... Je suis ta tante, après tout, et tu n'as pas beaucoup de famille...

Je l'appelai donc « tante Adele », je lui racontai notre arrivée à Cedar Falls et la mort de ma mère, et l'histoire du lapin de Robert, le « lapin au paradis ».

— J'aimais Robert. Toutes les filles l'aimaient... je l'observais de ma fenêtre, j'ai même gardé longtemps un lacet de chaussure lui ayant appartenu...

Nous échangeâmes un sourire. Adele paraissait plus jeune dès qu'elle souriait. Robert avait les lèvres de sa mère, ourlées et bien dessinées. Avec un peu de maquillage et une coiffure plus seyante, elle aurait pu être encore belle, mais la tristesse posait comme un voile terne sur ses yeux, sur ses cheveux, sur sa peau.

— Je voulais te montrer des photos de Robert, et de toi, bien sûr, me dit-elle un jour en sortant un album.

Robert avait été un beau bébé, puis – au moment où je fis sa connaissance – un jeune garçon à la frange brune, ses knickers rentrés dans ses bottes de cuir avec leur étui pour le couteau. Et il y avait des photos de la parente pauvre des Letty, avec ses vieilles robes et ses chaussures éculées, sourcils en bataille et cheveux au vent.

— Tiens, il manque des photos, dit tante Adele, surprise, en feuilletant l'album. Une de toi, avec un potiron, une autre avec ton costume de *La Bohémienne*...

— Raconte-moi ta rencontre avec le père de Robert. Je suis une incorrigible romantique, j'adore les histoires d'amour. C'était le coup de foudre ?

— Ou... oui, dit-elle avec un léger tremblement dans la voix. Aujourd'hui encore, je suis incapable de l'expliquer. J'étais fiancée... à son frère aîné... ton beau-père. Tu te rends compte ! Je devais épouser Sam Beale ! Et Henry Beale est venu travailler à l'usine... Ç'a été plus fort que moi...

Elle me montra un autre album de photos.

— Regarde, voici les frères Beale.

C'étaient deux beaux jeunes gens, larges de poitrine, sanglés dans leurs uniformes de la Première Guerre mondiale, avec des bottes rutilantes. Ils se tenaient par les épaules, souriants. Je crus voir Robert et Conrad jeunes – mais l'un d'eux était le père de Robert, l'autre était devenu le S.C. aigri que je connaissais.

Ma confusion n'échappa point à Adele.

— Ils étaient beaux, n'est-ce pas ? Mais ils ne se ressemblaient pas. Henry était charmeur, persuasif, déterminé... et intelligent.

— Comme Robert.

Adele hocha la tête avec un petit sourire.

— Robert a brisé des cœurs, je le crains.

Son sourire s'évanouit.

— Henry et moi avons brisé le cœur de ton beau-père. Sam Beale était tellement fier de moi, qui n'étais alors qu'une petite serveuse de café. Il m'avait juré qu'une fois fortune faite avec la Beale Equipment Company, il me comblerait de richesses. C'est horrible, ce que je lui ai fait !

Elle couvrit son visage de ses mains amaigries.

— Le jour de notre mariage... reprit-elle au bout d'un moment. Tout le monde était au courant...

Je crus qu'elle allait pleurer.

— Pauvre Sam. Il nous a détestés, son frère et moi. Il n'a

plus jamais voulu remettre les pieds dans cette église où j'avais épousé son frère, avec la robe que nous avions choisie ensemble... La cérémonie avait été préparée pour *notre* mariage...

— Mais épouser quelqu'un qu'on n'aime pas...

— Sam est devenu tellement haineux... par ma faute, dit Adele d'une voix rauque, honteuse.

— Pourtant il a aidé Robert, par la suite.

— Cela a bien amélioré notre sort, c'est vrai. Mais il avait renvoyé Henry de la compagnie et nous avions quitté la ville. Henry n'a jamais retrouvé un emploi à sa mesure. Tout de suite après, Sam a épousé Lillian McCutcheon et ils ont eu Conrad. Henry et moi avons perdu deux petites filles avant la naissance de Robert. Puis Henry est mort de la grippe, pendant une épidémie. Je me suis alors remariée avec Charlie Laird, ici, à Cedar Falls, et lui aussi est mort.

— Tu as perdu tant d'êtres aimés.

— Nous avons toutes les deux perdu des êtres chers, dit Adele d'un ton qui me brisa le cœur.

Elle se leva pour allumer la lumière.

— Il est temps que je rentre chez moi.

— Je... je ne sais pas si je dois te le dire... j'ai reçu une lettre de Robert hier.

— De Robert !

— Il l'a écrite avant de... enfin... quelqu'un a dû la poster...

Elle sortit la lettre de la poche de son tablier et la lut à haute voix : c'était juste un mot disant que c'était dur mais qu'il allait bien, qu'il l'aimait et pensait tout le temps au pays...

— Je peux la voir ?

En bas de la lettre, Robert avait écrit RDF VII, 129.

Je serrai Adele dans mes bras et pris congé. Cette fois-ci, je ne me précipitai pas vers *La Reine des fées* en rentrant chez moi. Je me dis que je ne lirais peut-être plus jamais une seule ligne de Spenser.

Je discutai avec Mig, dressai la table pour le dîner, pris une douche, puis je grignotai avec Conrad et lui parlai à peine quand il vint se coucher, tombant de sommeil après sa soirée de travail avec son père.

Je ne pus fermer l'œil. N'y tenant plus, je me glissai hors du lit et marchai sur la pointe des pieds jusqu'à mon bureau. La nuit était calme, seul le grondement d'un train perça le silence. La lune éclairait mes livres et mon bureau d'une lumière blafarde. J'ouvris Spenser et lus le dernier message de Robert, ligne dansante au milieu des caractères, noirs dans la clarté lunaire. Chant VII, ligne 129 : « Enfin consentante, elle se laissa aller entre ses bras. »

La venue du printemps m'avait toujours réjouie. A présent qu'il était là, sans Robert, les fleurs me semblaient aussi déplacées qu'un enfant qui a envie de s'amuser à un enterrement. Je passais tout mon temps libre avec la mère de Robert, qui me racontait ses malheurs : la perte de ses petites filles, puis d'Henry, toujours et encore des deuils… Je lui racontai ma propre histoire, sans omettre les aspects moins flatteurs : mes mensonges à propos des fantômes, ma complicité avec Mig pour faire taire S.C. ou la façon dont j'avais fait renvoyer Mme Pell en la rendant à moitié folle.

— C'est terrible. J'aime rendre la pareille : regarde comme j'ai traité tante Gertrude, quand je l'ai emmenée chez Black's sans lui dire que je voulais lui acheter des vêtements…

— Elle l'avait bien mérité. Je sais comment elle te traitait : tu étais l'orpheline. Je sais que tu as aidé Victoria Kline, Mig et Robert : c'est grâce à toi qu'il a fini son trimestre à l'université.

Si elle avait su comment je m'y étais prise…

— Tu as besoin d'un service de vaisselle, dis-je pour

détourner la conversation, et jusqu'à nouvel ordre la porcelaine n'est pas rationnée. Les jeunes mariées se plaignent qu'on ne leur offre que de la porcelaine ou de la verrerie...

Tante Adele ne pouvait pas me contredire : ses assiettes étaient toutes ébréchées. Un jour, je lui apportai un nouveau service. J'étais entrée subrepticement chez elle avant son retour pour installer la vaisselle dans ses placards. Je venais de terminer lorsqu'on sonna à la porte. Le télégraphiste me tendit un papier, enfourcha son vélo et disparut dans l'allée. Un télégramme. Sauf en cas de malheur, personne dans mon entourage n'envoyait de télégramme. Le seul que j'aie vu annonçait la mort de Robert. Je posai le télégramme sur la table de la cuisine, comme une grenade dégoupillée prête à exploser. Enfin, tante Adele ouvrit la porte de la cuisine. Elle me dit bonsoir et ôta son chapeau, écartant ses cheveux de son visage mince.

Je lui tendis le télégramme.

— Il vient d'arriver.

Elle le tourna plusieurs fois dans ses mains tremblantes.

— Robert ?

Elle prit un couteau dans un tiroir et ouvrit l'enveloppe comme si le papier allait saigner. Elle devint si pâle que je crus qu'elle allait s'évanouir, puis s'écria :

— Robert est vivant ! *Vivant* ! Il est blessé mais vivant ! Il sera là samedi prochain !

La cuisine se mit à tourner autour de moi et je me laissai tomber sur une chaise. Adele marchait de long en large en répétant : « Il est vivant... il est vivant... » Puis elle me prit dans ses bras et se mit à pleurer. Je pleurai avec elle.

— C'est incroyable, dit-elle.

— C'est incroyable... répondis-je.

Nous répétâmes cette phrase en riant et en pleurant.

— Il faut prévenir tout le monde, dit Adele.

231

Je lui promis de répandre la nouvelle. Quelle journée ! Je me précipitai chez Joe.

— Robert est vivant !

Je ris de sa stupéfaction, puis je partageai sa joie… Robert… Sa voix, ses baisers… Je prévins les Letty. Je crus entendre Robert qui me disait : « Attends-moi… » J'appris la nouvelle à Mig, puis à Conrad et à S.C. Même si nous étions en mai, j'étais un véritable messager de bonheur, l'ange de Noël – « Réjouissez-vous, car j'apporte une grande et heureuse nouvelle… »

Cette fois-ci, le quai n'était pas balayé par un vent froid quand Robert sortit du train. Ses amis et sa famille ne se forçaient pas pour avoir l'air joyeux. Nous avions cru Robert mort, sa mère avait accroché l'étoile dorée à sa fenêtre… Mon cœur battait presque aussi fort que le grondement du train. Un marine de haute taille descendit du train et s'avança vers nous dans le soleil de mai, c'était Robert.

Au moins il marche, me dis-je à cette seconde même. Puis j'aperçus sa manche vide, et le pansement qui lui recouvrait la moitié du visage. Il me regarda, et l'expression de son œil unique me parut si étrange que je le reconnus à peine. Il avait son bras droit. Il échangea des poignées de main avec les hommes, et les femmes – y compris moi – l'embrassèrent sur la joue.

— On voulait faire venir l'orchestre de la ville pour t'accueillir, mais ils jouent tous pour Oncle Sam en ce moment…

Nous rîmes – comme s'il s'agissait d'une bonne plaisanterie –, nous débitâmes toutes les banalités que l'on peut dire en pareil cas, puis nous laissâmes Robert avec sa mère, son visage emmailloté penché vers celui, radieux, d'Adele.

Le lendemain elle vint seule à l'église.

— Comme vous devez être heureuse... lui disaient les gens. Comment va Robert ?

— Il est fatigué. Il faut qu'il se repose. Il n'est pas encore prêt à voir du monde.

— Il a beaucoup souffert, me dit Adele avec qui je discutais sous le porche de l'église. Il ne veut voir personne, à part Joe. Il faudrait que tu viennes à la maison. Plus tard, peut-être.

Peut-être jamais. Ne lui avais-je pas écrit : « En vain il poursuivait ce que jamais il ne pourrait obtenir » ?

Il ne se montra pas à l'église. A plusieurs reprises je pris le téléphone et le reposai aussitôt. Je trouvai toutes sortes de prétextes pour accompagner Mig chez Joe et demander des nouvelles de Robert.

— Ce n'est pas brillant, dit Joe. Je passe beaucoup de temps avec lui. Comme il en a passé avec moi.

De jour en jour la présence de Robert à Cedar Falls se faisait plus tangible. Il était chez sa mère, cloîtré derrière cette porte où je l'avais guetté tant d'années depuis le salon des Letty. Il me semblait plus inaccessible encore que lorsque j'étais « bonniche » au presbytère. J'essayais de m'occuper. On nous parlait sans arrêt des devoirs des femmes au foyer en temps de guerre. Il fallait économiser les matières grasses : une livre de graisse contenait suffisamment de glycérine pour fabriquer des obus de soixante-quinze millimètres et des balles de calibre trente. Les objets usuels recelaient un potentiel meurtrier : des lames de rasoir pouvaient se métamorphoser en mitraillettes, et trente tubes de rouge à lèvres en cuivre donnaient vingt cartouches...

Le carnet de rationnement deuxième version, sorti en février, se composait de rangées de timbres rouges et bleus, marqués A, B, C ou D. Mig et moi veillions à économiser les tickets pour les conserves, la viande, le fromage et les matières grasses. Nous avions droit à huit cents grammes de viande par semaine et par personne. Moins si nous prenions de la première qualité. Heureusement, Mig avait des parents à la campagne qui nous donnaient de la viande de temps en temps, quand ils tuaient une bête. Il fallait guetter les annonces dans le journal : « Le ticket de café n° 25 est périmé. Dernier jour pour le coupon 4 A, bon pour vingt litres d'essence », etc. Notre maigre ration de beurre était toujours insuffisante et il fallait cuisiner avec du saindoux, nous n'avions rien d'autre. Nos cent vingt grammes de fromage par personne étaient vite épuisés.

— Il y aura encore des œufs au menu, disait Mig, résignée.

Nous ôtions les étiquettes, lavions et aplatissions les boîtes de conserve en les piétinant, après en avoir retiré le fond et le couvercle, et nous les donnions pour qu'elles servent à la fabrication des tanks et des navires. Je vendais des timbres d'épargne de guerre à l'Association des étudiants et travaillais à la Croix-Rouge une fois par semaine avec mes amies. Assises à de longues tables, nous mesurions des pansements avec des règles graduées et les pliions tout en écoutant les nouvelles de la guerre ou de la musique à la radio.

Un soir, Patty Hayes se trouva à côté de moi. Tout en manipulant les bandes de gaze, elle faisait jouer ostensiblement sa bague en diamant.

— Robert est rentré, mais je ne l'ai pas vu. Je suis fiancée maintenant, tu sais. Avec James Baker. Il est dans l'armée de l'air. C'est un Texan... un cow-boy, dit-elle avec un petit rire étouffé.

— Je te souhaite beaucoup de bonheur.

La radio diffusait le *Star Spangled Banner* et tout le monde se leva.

— Il paraît que Robert a un aspect terrifiant, dit Patty en se rasseyant. Il a perdu un bras et un œil. Je pensais qu'il me téléphonerait...

— Il ne vient même pas à l'église, dit Sally Horton.

Plusieurs semaines s'écoulèrent et Robert ne se montrait toujours pas. Un soir, S.C. suggéra que nous l'invitions à dîner, mais, le dimanche, sa mère me dit qu'il n'était pas en état de sortir. Il évitait tout le monde. Pourtant, à part moi, il n'avait pas de raison d'en vouloir à quiconque.

Lorsque enfin je rendis visite à sa mère, Robert se cloîtra dans sa chambre. Elle l'excusa : il était fatigué, il dormait beaucoup. Le mois de mai fila, ce fut bientôt la fin des cours et les vacances d'été. Un matin de juin, je rendis visite aux Stepler en compagnie de Mig. Nous admirions leur jardin potager et, me trouvant seule un moment avec Joe au bout d'une rangée de choux de Bruxelles, j'en profitai pour lui poser ma sempiternelle question : « Comment va Robert ? »

— Viens à Overman Park vers une heure, dit Joe à voix basse.

Puis il tourna les talons sans me laisser le temps de lui poser la question qui me brûlait les lèvres : « Robert viendrait-il ? »

Je me précipitai à la maison pour me laver les cheveux, retoucher mon maquillage et passer une robe d'été. J'étais si agitée que Mig me demanda ce qui se passait, mais j'étais liée par le secret.

Au jardin public, je ne trouvai que Joe, près de la petite statue de la Liberté. Il marchait avec une canne et il étendit sa jambe raide devant lui en s'asseyant à mes côtés sur un banc.

— Tu voulais me parler de Robert ?

— Il souffre beaucoup moins maintenant, mais je n'arrive pas à le convaincre : j'ai usé de tous les arguments possibles. Il a perdu un bras et, ce qui est pire, une partie de son visage a été arrachée. Il a un œil en moins et une joue déchiquetée – il ne veut pas la voir, il garde son pansement en permanence.

— Tu as vu son visage ?

Joe pressa ses larges mains entre ses genoux.

— Oui. Ça n'est pas très joli. Lui qui était si beau...

Joe me jeta un regard en biais et dit avec un petit rire forcé :

— Si ça m'était arrivé à moi, personne n'aurait rien remarqué...

J'affectai un ton léger :

— Sauf Mig ! Pour elle, tu es le plus bel officier de marine qui soit, et je pense qu'elle n'a pas tort.

Je réussis presque à lui arracher un sourire.

— Il en a trop bavé...

Joe se balançait légèrement d'avant en arrière, les mains serrées entre ses genoux.

— Il a vu ses copains tués sous ses yeux. Il ne pouvait pas les enterrer, ni les emmener. Alors il a essayé de les recouvrir de terre mais un obus est tombé à ce moment-là et ils ont été pulvérisés...

Je posai la main sur le bras de Joe, comme si cela pouvait le faire revenir de cet enfer, mais il se mit à crier :

— On devient comme un tigre, ou un loup – tu n'as qu'une idée en tête, tuer, tuer, tuer ! Il a été pris dans un tir de mortier – je sais ce que c'est !

Joe se cacha la tête dans les mains pendant un moment. Des enfants jouaient non loin de nous : un gamin, mimant une mitrailleuse avec un bâton, visait ses petits camarades : ta-ka-ta-ka-ta...

Joe se tourna vers moi.

— Il faut que tu ailles le voir, sinon il ne sortira jamais... Essaie de lui parler en tête à tête, dis-lui qu'il a toute la vie devant lui. Il s'en est sorti vivant, pour l'amour de Dieu ! Bien sûr il ne retrouvera pas son bras gauche, ni sa beauté, mais il était compté pour mort !

— S'il ne veut voir personne...

— Tu l'as déjà aidé une fois.

— Tu lui as dit que je viendrais ?

— Non, il n'aurait pas aimé. Mais vas-y, va le lui dire, il a toutes les raisons de vivre…

Je regardai Joe s'éloigner en claudiquant. Je n'avais rien promis.

23

Je restai un moment seule sur le banc, les yeux fixés sur la pelouse. A cette heure-ci, la mère de Robert était au travail. Je finis par me lever, observant machinalement la statue de la Liberté sur son socle. Robert était seul à la maison avec sa grand-mère. Bientôt je longeai les magasins de Main Street et passai sous la voûte fraîche des ormes. Pas question de bifurquer dans l'allée ombragée qui menait chez Robert. Pourtant, quelques minutes plus tard, j'étais devant la porte de sa cuisine. Je frappai un coup discret sans obtenir de réponse.

La maison m'était devenue familière jusque dans ses moindres recoins. J'entrai sur la pointe des pieds. La vieille Mme Laird était assoupie dans le salon, le menton affaissé sur la poitrine, vêtue malgré la chaleur de son chandail parcouru d'aiguillées de fil. Elle avait renversé sa tasse de thé et une petite flaque brillait à ses pieds. J'appelai doucement :

— Robert ? Tu es là ?

Je savais où était sa chambre. La porte était ouverte et je risquai un regard dans la petite pièce, baignant dans la pénombre et la chaleur de l'été. Robert était sur son lit, immobile, et je crus qu'il dormait. Son œil était fermé et le drap recouvrait à demi son torse nu. Il avait un bras sur son visage recouvert d'un bandage et son moignon était enfoui sous l'oreiller.

Je chuchotai :

— Robert, tu dors ?

Il ne répondit pas, mais je sentis qu'il avait entendu.

— C'est moi, Miranda.

— Va-t'en.

Je m'approchai.

— Pourquoi ? Je suis ta meilleure amie, non ?

Pour toute réponse, il poussa une sorte de sanglot qui me fendit le cœur. Je m'assis sur son lit et posai la tête sur sa poitrine en sueur.

— Qu'est-ce que tu veux ? dit-il en gardant obstinément son bras en travers de son visage.

Il avait parlé sur un ton tellement dur que je relevai la tête : il me foudroyait de son œil unique.

— Je veux m'occuper de toi.

Il eut un rire terrible.

— De moi ! Il est trop tard, madame ! Tu m'as vu ! un bras en moins, la moitié du visage arrachée…

Sa voix était sèche, mais ses lèvres, libres de tout pansement, tremblaient. Soudain une larme roula sur son oreiller. Je répétai son nom comme une litanie, sourde à ma propre voix : Robert, Robert… Je pleurai à mon tour. Je voulais endiguer son désespoir, comme s'il allait se vider de son sang. Je repoussai son bras et l'embrassai. Les baisers ne suffirent pas à tarir ses larmes. Les mots ne suffirent pas, il sanglotait. J'arrachai mes vêtements et me pressai nue contre lui sous le drap.

— Je me moque pas mal de ton bras ! Je me moque pas mal de ta figure ! criai-je d'une voix hystérique qui semblait être celle d'une autre.

Je ne savais plus ce que je faisais.

Il poussait des grognements de plaisir sous mes baisers, il sortit de sous l'oreiller son moignon emmailloté d'un pansement – vision épouvantable. Il roula sur moi en s'appuyant sur son bras valide, son corps pesait sur le mien tandis que je l'embrassais. Il sentait le sparadrap et les médicaments. Nous sanglotions tous les deux, larmes et sueur mêlées. Je devins comme étrangère à moi-même, ne me reconnaissant pas dans cette femme secouée de gémissements et de soupirs, incapable de s'arrêter – et ne le souhaitant pas.

J'étais terrorisée. Je ne sais combien de temps je restai sous lui, la joue contre son visage triste, son moignon contre mon corps. Lorsque j'ouvris les yeux et remuai, Robert se souleva sur son bras valide. Il y avait dans son œil brun de la défiance, de la colère et du désespoir. Je faillis hurler de pitié, mais j'étais moi-même trop désespérée pour cela. Je lui souris, je l'embrassai en riant, puis l'enlaçai et me pressai contre lui : je vis son œil s'écarquiller, incrédule, puis chavirer et pétiller.

Mais je ne pus dissimuler plus longtemps mon désarroi. Mes pensées se bousculaient. « Non, non... », je me défendis contre ses baisers et me rhabillai en hâte. Qu'avions-nous fait ? Qu'avais-je fait ? C'était le chaos autour de nous, comme si une bombe était tombée sur la maison. Plus rien n'était pareil, même mes vêtements semblaient appartenir à une inconnue.

— Reviens demain, dit Robert.

Incapable de le regarder, je me faufilai comme une voleuse hors de la chambre.

— Mon amour... souffla-t-il dans mon dos, d'une voix joyeuse.

La vieille Mme Laird n'avait pas bougé. Je refermai la porte de la cuisine et sortis comme si de rien n'était.

Mig était en congé cet après-midi-là et il n'y avait personne à la maison. J'entrai à pas feutrés, jetai mes vêtements dans un coin et me frottai sous la douche jusqu'à avoir la peau toute rouge.

Le patio était frais et calme dans l'ombre de l'après-midi. « Ce sera ton bureau d'extérieur », avait dit Conrad. Il m'avait acheté des rosiers chez un pépiniériste. « Je sais que ce sont tes fleurs préférées… » Je me recroquevillai sur la banlancelle qu'il m'avait offerte, dans le parfum de *ses* roses.

Je ne bougeai pas jusqu'à ce que les hommes rentrent de l'usine. Au dîner, je mangeai à peine, j'observai Conrad. J'étais habituée à sentir son regard sur moi, mais ce soir-là j'eus conscience qu'il était plus insistant. Conrad ne m'avait pas quittée des yeux de toute la soirée.

— Tu ne te sens pas bien ? me dit-il un peu plus tard.

— C'est la chaleur… je crois que je vais me coucher de bonne heure.

Je n'osai pas le regarder, cela ne lui échappa point. Il vint se mettre au lit avec moi et me prit dans ses bras.

— Tu n'as pas trop chaud ? me demanda-t-il de sa belle voix grave. Veux-tu que j'ouvre une autre fenêtre ?

Je me dégageai de son étreinte et me penchai sur lui pour l'embrasser. Il m'adressa son gentil sourire, écartant de mon visage mes cheveux lourds et moites. Le Conrad Beale que je découvris en plongeant mon regard dans le sien m'était inconnu : c'était un homme secret, affamé, pris au vertige de son propre désir.

— Conrad, oh, Conrad.

Je gémissais presque.

Un moment incrédule, surpris de trouver dans son lit une femme aussi imprévisible, il murmurait des bribes de mots, d'une voix entrecoupée de soupirs. Ses mains étaient belles et fortes, avides d'explorer, et certains baisers restaient à découvrir…

De longs et délicieux moments furent nécessaires pour que nous abordions sur ce rivage où l'amour est un combat, mais, même abandonnée au plaisir, je sentais l'attention constante de Conrad, alors que notre lit ressemblait à un champ de bataille et que nous devions faire trembler la maison. Il nous avait fallu du temps pour connaître les « ébats de Dame Plaisir »...

Je finis par retrouver mon souffle. Les souvenirs de la journée me revinrent en mémoire également. J'étais incapable de regarder Conrad. J'enfouis la tête sous l'oreiller : que penser d'une femme qui, en l'espace de quelques heures, avait couché avec deux hommes... Conrad dut croire que c'était de la pudeur, encore que ce ne fût guère imaginable... A mon grand soulagement il n'entendit pas mes pleurs et ne souleva pas l'oreiller. J'étais en larmes, écarlate, tandis que lui, tout vibrant de bonheur, me disait à quel point il m'aimait en me frottant le dos avec une serviette imbibée d'eau fraîche. J'avais tellement chaud...

Il finit par me convaincre de le regarder, mais je fus incapable de soutenir longtemps le regard de ses yeux sombres brillant d'amour pour moi. Puis il éteignit la lumière et s'endormit dans mes bras avec un dernier soupir de contentement.

« Reviens demain... » En m'éveillant le lendemain matin à côté de Conrad, je me fis l'effet d'une souillure au milieu des draps blancs. « Reviens demain... » Jamais je ne retournerais chez Robert, c'était impensable.

Au petit déjeuner, Conrad rayonnait de bonheur. Il essaya bien de lire les nouvelles à voix haute comme à son habitude, mais il ne parvenait pas à me quitter des yeux pour lire une ligne cohérente du *Des Moines Register*. La une titrait : « Victoire des Alliés en Afrique du Nord », mais, à en juger par le ton de Conrad et le regard qu'il me jetait par-dessus les œufs brouillés, cela aurait dû être : « Victoire de l'amour sur le monde. »

Conrad m'embrassa une dernière fois et partit à l'usine avec son père. Il était hors de question que je retourne chez

Robert. Il comprendrait, il savait bien que nous ne devions plus jamais faire cela.

La matinée se traîna. J'essayai en vain de me concentrer sur les textes de littérature anglaise qui figuraient au programme de la rentrée universitaire. A midi, je ne mangeai presque rien. Je ne parvenais pas à détacher ma pensée de Robert, couché dans son lit, le visage emmailloté de pansements et son bras réduit à un moignon.

La pendule du salon égrenait les quarts d'heure. Une heure sonna. Le temps s'étirait, je déambulais d'une fenêtre à l'autre : dehors, la nature étincelait de vert et d'or dans la chaleur de juin. La sonnerie du téléphone retentit.

— C'est pour toi, annonça Mig.

— Allô ?

Il ne dit qu'un seul mot, puis raccrocha. Mon cœur bondit dans ma poitrine. Qu'est-ce qui m'arrivait ? Le beau Robert Laird ne poursuivait plus la petite bonniche des Letty dans le seul but de la ridiculiser, uniquement pour éprouver sa puissance de séduction ? C'était à présent un homme diminué, convaincu de n'être pas aimé. Persuadé davantage de jour en jour qu'il était repoussant. Et il m'avait suppliée. J'avais réussi à lui faire dire « s'il te plaît ». *S'il te plaît…*

Je partis chez Robert, comme si je portais la lettre d'infâmie, la lettre écarlate d'Hester Prynne sur ma robe de coton. *S'il te plaît…*

L'été était somptueux, la verdure luxuriante et l'ombrage profond. Des petites filles jouaient sur le trottoir : « Une, deux, trois, nous irons au bois, quatre, cinq, six, manger des cerises… ». Moi aussi j'avais fredonné cette comptine autrefois.

Je me disais : je vais lui parler. Parler, rien de plus. L'allée devant chez lui était large et ombragée, un véritable tunnel de buissons, de murs croulants et de clôtures délabrées. L'odeur âcre des tomates me montait aux narines, mêlée aux relents d'une poubelle et aux effluves parfumés des roses ou du chèvrefeuille. Robert comprendrait... C'était de la folie... Il fallait que je lui parle... Je marchais de plus en plus vite malgré les ornières de l'allée.

Arrivée à la cuisine, au lieu de frapper, je m'adossai à la porte et regardai alentour. Tout était calme. Dans la seconde qui suivit, je m'enfuis vers la maison et courus me réfugier dans le « château de Conrad », où je me jetai sur le grand lit moelleux.

Moins d'une demi-heure plus tard, le téléphone sonna. Mig était sortie faire des courses. Je décrochai en m'efforçant de ne laisser transparaître dans ma voix ni agressivité ni culpabilité.

— Allô ?

— Viens.

Robert n'en dit pas plus.

— Rendez-vous à la bibliothèque à trois heures.

Je raccrochai. Il ne viendrait sans doute pas. Il n'avait pas mis les pieds hors de chez lui depuis sa descente du train. Le téléphone sonna à nouveau, mais cette fois-ci je ne répondis pas. J'enfourchai ma bicyclette et me dirigeai vers le campus. Je traversai la bibliothèque sur la pointe des pieds pour ne pas déranger les étudiants de l'université d'été, penchés sur les longues tables, dans le ronflement des ventilateurs. Je n'étais retournée qu'une seule fois dans notre planque à la bibliothèque, le jour où j'avais cru Robert mort. J'avais pleuré long-temps et m'étais juré de ne jamais y remettre les pieds.

Je montai les marches de métal : rien n'avait changé, les périodiques, la petite fenêtre avec vue sur le feuillage ondoyant, le trottoir et le mur de brique. Robert était toujours là le premier. Il me serrait dans ses bras dès que nous étions cachés par les rangées de *National Geographic* et de *New Republics*, me couvant de son regard fiévreux. Il y avait à peine un an... Je m'assis et attendis un moment. A quatre heures je décidai de partir.

— Le téléphone n'a pas arrêté de sonner, me dit Mig à mon retour. A chaque fois on a raccroché.

Elle préparait des petits pains pour le dîner et avait de la farine jusqu'aux coudes.

— Tu n'as pas que ça à faire, je répondrai si ça sonne à nouveau.

J'avais à peine fini ma phrase que la sonnerie retentit. Je décrochai lentement, comme si un monstre allait sortir de l'appareil.

— Tu n'as tout de même pas cru que je sortirais ? Tu m'as tout donné – même le courage – et maintenant tu me reprends tout.

— Viens demain à trois heures à la bibliothèque, chuchotai-je.

Puis je raccrochai et dis à voix haute :

— Merci, nous passerons les prendre.

Mig risquait d'avoir entendu et j'allai la trouver à la cuisine.

— C'était le cordonnier. Les chaussures de Conrad sont prêtes. Je prends mon vélo, je vais rendre visite aux Laird.

Mig arrêta de pétrir la pâte.

— Joe dit que Robert ne sortira plus jamais, dit-elle d'un air attristé. Il est aux petits soins pour sa grand-mère. Le reste du temps, il paraît qu'il tourne comme un lion en cage.

— Oui, Joe pensait que je pourrais peut-être le faire changer d'avis, il a réussi hier à me convaincre d'y aller.

— Robert a dit à Joe qu'il avait été méchant avec toi pendant longtemps. C'est la vérité, je me rappelle cette soirée après *La Bohémienne*. Pauvre garçon, il était si beau, dit Mig en se remettant à malaxer sa pâte.

Je pris ma bicyclette et roulai dans la douceur de cette fin de journée. Des hommes âgés, manches de chemise relevées, arrosaient leurs pelouses.

A cette heure-ci, tante Adele était à la maison. Elle était dans la cuisine quand je frappai à la porte. Robert était assis à la table. De son œil unique, il me lança un regard misérable et furieux qui, je l'espérais, échappa à sa mère. Je n'osais pas le regarder.

— C'est gentil d'être passée, dit Adele. J'ai dit à Joe que les amis de Robert pouvaient lui rendre visite, maintenant qu'il va mieux.

Elle passa la main dans les cheveux noirs de Robert et je me rappelai leur souplesse sous mes doigts, quand je l'embrassais.

— Hier soir j'ai vraiment retrouvé mon Robert, reprit Adele. Il riait et plaisantait et, cet après-midi, il s'est levé et habillé.

— Bonjour, Robert.

— Assieds-toi. Tu veux du thé glacé ?

— Je ne peux pas rester longtemps, nous essayons un nouveau menu sans viande ce soir.

Mais pourquoi étais-je venue ? Pour que Robert m'imagine dans mon intimité avec Conrad ?

— On ne trouve pas de viande, soupira Adele. Même avec des tickets...

— Tout est rationné ou hors de portée, dit Robert d'un ton amer.

— Tu es injuste, protesta sa mère. Les gens sont très gentils avec nous, ils nous ont apporté du sucre, du miel...

— Oui, quelquefois. Par pitié, je suppose.

Avant que je puisse dire quoi que ce soit, le dossier de sa chaise cogna contre le mur et Robert quitta la pièce. Adele se tourna vers moi avec un air triste.

— Il est si gravement touché, dit-elle, au bord des larmes. Hier, quand je suis rentrée, il semblait à nouveau lui-même et ce matin je l'ai entendu siffloter, comme autrefois. Mais là, il est...

Elle haussa ses maigres épaules en signe d'impuissance, et sa bouche prit un pli amer.

— Bois ton thé, dis-je. Il est délicieux.

En quittant brutalement la table, Robert avait renversé son verre. Adele baissa la voix :

— Ton cher mari m'a téléphoné au travail aujourd'hui – je sais que tu y es pour quelque chose. Il se demande si Robert accepterait de l'accompagner à Iowa City pour faire examiner son visage par les médecins. Peut-être aussi pourrait-il porter un bras artificiel.

— Je n'y suis pour rien, c'est l'idée de Conrad.

— Oh, il est comme sa mère : gentil, attentif aux autres. Plus il vieillit, plus ça me frappe. Sa mère était ma meilleure amie. Je n'ai jamais retrouvé quelqu'un comme elle – du moins jusqu'à ce que je te rencontre, ma chère Miranda. Tu es comme ma fille.

— Et toi, comme ma mère.

Je détestai chaque mot qui s'échappait de mes lèvres. Je la remerciai pour le thé, pris ma bicyclette et frappai au presbytère en face.

Les Letty étaient à la maison. J'allai à la cuisine aider tante Gertrude à éplucher des pommes de terre.

— Je ne m'attendais pas à te voir aujourd'hui, dit ma tante.

— J'étais chez les Laird.

— Ah… Robert a enfin accepté de voir quelqu'un ?

— Je suis la seule…

Je réprimai un rire nerveux. Il m'avait vue, en effet… Je me repris :

— Je ne suis restée qu'un petit moment. Il est vite retourné dans sa chambre.

— Pauvre garçon… Malgré tout, Adele peut s'estimer heureuse qu'il soit en vie. Les Russel ont reçu hier un de ces terribles télégrammes du ministère de la Guerre leur annonçant la mort de leur fils. Mme Russel est effondrée.

Je ne répondis rien. Je n'avais pas envie d'engager la conversation sur cette voie. Je voulais simplement éplucher les pommes de terre sur cette bonne vieille table de cuisine, entendre le grincement familier de la porte du placard, sentir l'odeur de soufre de l'allumette quand tante Gertrude allumait le vieux fourneau avec ses tulipes en émail. La déchirure du lino, le petit saladier ébréché que je serrais sur mes genoux, le grésillement de la radio qui diffusait les nouvelles de la guerre, cet univers me rassurait.

24

J'allais à la bibliothèque tous les après-midi. Robert ne se montrait jamais. Je me rendais ensuite chez lui, lorsque sa mère était rentrée de son travail, et elle arrivait parfois à le convaincre de venir s'asseoir avec nous à la cuisine, mais il restait sans rien dire, évitant mon regard.

— L'état de Robert ne s'améliore pas, dit Joe, venu chercher Mig à la maison un jeudi après-midi. Il ne sort pas de chez lui, il ne dit que quelques mots.

Le regard bleu de Joe était embué de tristesse.

— Il t'a parlé, à toi ?

— Non, pas beaucoup.

— Il m'a dit qu'il viendrait pique-niquer avec nous samedi si vous acceptez de venir, avec Conrad bien sûr, s'il est libre…

Je lui dis que Conrad travaillait presque tous les samedis et je ne me montrai guère enthousiaste pour le projet.

— Miranda est sur des charbons ardents ces temps-ci, dit Mig sur un ton moqueur, elle nous envoie promener, n'écoute rien de ce qu'on lui dit, elle oublie tout…

— Justement, un pique-nique lui changera les idées, dit Joe. Robert parle de la ferme de M. Calvinhorn parfois. Ça n'est pas très loin. Je crois qu'il n'acceptera de sortir qu'avec nous.

— Vous n'avez qu'à apporter la boisson, nous nous

occupons du reste, dit Mig. Nous ferons une salade de pommes de terre avec du poulet – si on en trouve, sinon ce sera des œufs durs.

— Et ton fameux gâteau au chocolat ? fit Joe.

— J'en ferai un si j'ai du sucre et du beurre.

Ils me sourirent tous les deux et je ne trouvai aucun prétexte pour refuser. Nous avions un ticket pour le sucre, et Mig en échangea une mesure à un voisin contre du beurre. Le samedi matin, nous avions deux paniers pleins, recouverts des serviettes et de la nappe à carreaux rouges.

J'aperçus Joe et Robert gravir l'allée dans le soleil de cette fin de matinée : le blond qui claudiquait et le brun avec son visage bandé et sa manche repliée tenue par une épingle à nourrice. Ils portèrent les paniers, Mig prit la limonade et moi le thé glacé. Nous ne pouvions marcher à quatre de front, Mig et Joe marchaient devant en se tenant par la main. Je suivais, à côté de Robert. A un moment, Joe se retourna vers nous.

— Je marche moins vite qu'avant, ce qui n'est pas pour déplaire à Mig, dit-il en riant. Passez devant, et marchez à votre allure, nous nous retrouverons là-bas.

— Viens, dit Robert d'une voix sèche. Ils ont envie d'être seuls.

Nous les dépassâmes. Robert continua d'un pas vif et, à l'embranchement de la route de campagne, nous les avions déjà perdus de vue.

— Maintenant tu vas m'écouter, bon gré mal gré. Tu fais la conversation à ma mère, et tu ne viens que quand elle est là. Et je ne peux pas dire grand-chose au téléphone. Pour moi, c'est comme si tu vivais sur la lune.

— Tu pourrais venir à la bibliothèque, j'y suis tous les jours à trois heures. Je lis *New Republics* et *National Geographic*.

— Je n'ai pas le cran d'y aller. Qu'est-ce que tu ferais avec un bras en moins et la moitié de la figure...

Je me mis à crier :

— Mais je suis mariée ! Il faut que tu m'oublies. Oublie tout ce qui s'est passé. Tu trouveras quelqu'un d'autre si tu veux t'en donner la peine et tu ne te rappelleras même plus...

— Je n'oublierai rien du tout ! C'est la seule chose qui me reste : me souvenir ! Pendant toutes mes nuits blanches je me repasse le film de mes souvenirs !

Il me barra la route.

— Et à quoi crois-tu que je pense la nuit quand je n'arrive pas à dormir ?

J'évitai de le regarder.

— Ce n'est pas de ma faute. Si je viens quand ta mère n'est pas là, je risque...

— Tu risques quoi ?

Il se mit à crier à son tour :

— Tu risques de me donner une raison de ne pas me sentir un sous-homme ! Voilà ce que tu risques, si tu viens me voir !

Je ne pus rien lui répondre. Je me remis en route. Il m'emboîta le pas, le long d'une clôture d'arbustes tout poudrés de poussière. Nous marchions en silence. Parfois le cri d'une alouette s'élevait dans les airs.

— Viens à la bibliothèque.

— Tu te rends compte que tu es assise chez moi, à la table de cuisine, que tu parles à ma mère, que tu essaies de me parler... Tu sais pourquoi je ne dis rien ? Tu es là, si près que je pourrais toucher tes cheveux blonds, doux comme la soie, tes seins, tes lèvres, et tu voudrais que je te fasse la conversation ? Alors que tu te dérobes à moi !

J'étais incapable de regarder Robert, je fixais le toit délabré de la grange de M. Calvinhorn, au-delà des champs de maïs dorés par le soleil. Lorsque je me retournai, Robert avait posé son panier au pied d'une vieille grille. Il me prit le mien des mains, le posa à terre et m'attira dans le champ, derrière un buisson.

— Embrasse-moi. T'es pas cap.

Combien de fois nous étions-nous, enfants, lancé ce défi : t'es pas cap de monter tout en haut du grenier à foin, t'es pas cap de faire ceci ou cela... Il me serra contre sa poitrine en répétant :

— T'es pas cap !

Ce baiser ne ressemblait pas à ceux que nous avions échangés auparavant – j'étais de nouveau nue contre lui, je pleurais, tout mon corps se souvenait. Il rit en se détachant de moi.

— Tu vois, tu n'as pas oublié, tu en as autant envie que moi !

— Non, hurlai-je. Je ne reviendrai pas chez toi. Tu es mon meilleur ami. Je ferais n'importe quoi pour toi. Tout sauf ça !

Je ramassai mon panier, ma thermos de thé et plantai Robert sur place. Tout en gravissant avec mon fardeau le chemin creusé d'ornières, je sentais son regard courroucé dans mon dos.

La vieille grange penchait une épaule fatiguée vers le nord, et le foin de ses entrailles se répandait au soleil. J'entrai dans l'ombre fraîche, réfléchissant à ce que j'allais dire à Joe et Mig quand ils verraient Robert en colère. Je choisis un tas de foin fraîchement étalé sous l'une des fenêtres pour y installer la nappe à carreaux, heureuse d'avoir une occupation prosaïque. L'oreille aux aguets, je déballai la salade et les fruits, m'assis sur un tonneau et attendis. Soudain une ombre se dressa devant moi à contre-jour : c'étaient Mig et Joe.

— Où est Robert ? demanda Joe.

— Vous ne l'avez pas vu ? Il était juste derrière moi, au bord du champ, vers la vieille grille.

— Alors il ne va pas tarder, rétorqua Joe en aidant Mig à vider son panier.

Le pique-nique était prêt, et nous explorâmes la grange.

— J'adorais me balancer à cette corde, dit Joe. On grimpait sur l'échelle du grenier pour l'attraper, on s'élançait et, dès qu'on touchait le plancher de l'autre grenier, on donnait un coup de pied pour revenir en arrière, et ainsi de suite jusqu'à ce qu'un autre gosse nous arrache la corde des mains.

Mig sourit à Joe. Puis ils se turent : ils pensaient à Robert.

— Tu ne crois pas qu'il est rentré chez lui ? dit Mig. Il ne se sentait peut-être pas bien…

— Il t'a dit quelque chose ? me demanda Joe.

— Non. Je croyais qu'il me suivait.

— Je vais jeter un coup d'œil, dit Joe.

Il redescendit le chemin. Mig était tout sourire.

— Nous avons discuté tout le long de la route. Ça y est, nous avons choisi la date du mariage !

— Oh, Mig ! Je suis ravie pour toi ! Vous êtes tellement heureux ensemble ! C'est quand ?

— Le 15 octobre. Et tu ne devineras jamais, Conrad lui a proposé un emploi à la Beale Equipment Company ! Un bon travail.

— Vous n'avez plus de souci à vous faire. Conrad sait reconnaître les hommes de valeur.

J'entendis Joe appeler : « Robert ! Robert ! » au loin dans la campagne brûlante de soleil.

— Nous ne remercierons jamais assez Conrad. C'est l'homme le plus gentil que je connaisse – après le mien, évidemment, dit Mig en étouffant un petit rire.

Je ne pouvais détacher mon regard du chemin qui serpentait jusqu'en bas de la colline. Dans la brise venue des champs, le foin voletait sur le sol de la grange et la corde du grenier oscillait sous une coupole de toiles d'araignée.

— Je l'ai rattrapé, dit Joe. Il préfère rentrer. Je n'ai pas voulu lui demander pourquoi. Alors, et ce pique-nique ?

Joe et Mig avaient faim, ils étaient heureux. Je mangeai en essayant d'oublier pourquoi Robert était parti.

— Je vais rentrer, dis-je quand nous eûmes replié la nappe à carreaux. Trois personnes, c'est la foule... Et puis j'ai des tas de choses à faire à la maison. Prenez votre temps, amusez-vous bien.

Ils me prièrent poliment de rester – mais sans conviction. Puis ils m'escortèrent jusqu'au chemin pour me dire au revoir : quand je me retournai, un peu plus bas, ils avaient déjà disparu dans l'ombre propice de la vieille grange.

Je frôlais les hautes herbes en balançant mon panier. Au loin un tracteur produisait un bourdonnement d'abeille. C'est alors que je vis Robert. Il était loin, il marchait à travers champs. Il ne me vit pas. Il suivait une rangée de maïs, j'en suivis une autre. Une fois sur la route, il se dirigea vers la grange, sans un regard en arrière. Je courus sans bruit derrière lui et parvins à sa hauteur au moment où il atteignait la porte de la grange. Il se retourna et me jeta un regard furieux. Nous étions tous les deux sur le point d'entrer dans la grange, mais nous arrêtâmes net. Mig et Joe étaient déjà dans la paille, à demi nus, trop amoureux pour s'être aperçus de notre présence.

Avant que j'aie pu esquisser un geste, Robert fit volte-face et courut jusqu'aux bois, d'une drôle de façon, le balancement de son bras unique lui donnant un air penché. Je le suivis, je l'entendis crier « Bon Dieu ! ». Puis il s'arrêta contre un arbre, le corps et le visage plaqués contre le tronc en répétant : « Bon Dieu ! »

Je tendis la main.

— Robert...

Il se remit à courir entre les arbres, jusqu'à la lisière du champ. Et soudain il disparut. Bien sûr... Il était allé à la maison des enfants perdus. Elle devait toujours être là. Je ne vis rien, mais je ne tardai pas à reconnaître le vieux chêne avec le bocal où nous nous laissions des messages. Je repérai la trappe.

— Robert ?

— Va-t'en !

Sous terre, sa voix paraissait étrange, comme désincarnée, assourdie. La porte était plus solide que celle que nous avions faite autrefois. Je tirai dessus jusqu'à ce qu'elle cède. En bas tout était sombre. Une échelle de corde, fabriquée avec habileté, se balançait dans les profondeurs.

— Bon Dieu !

Sa voix avait des accents désespérés. Je descendis les échelons, la gorge nouée.

— Robert...

Au moment où je touchai le sol recouvert d'une couverture, Robert tira d'un coup sec sur une corde et la porte de la trappe se referma sur nous. Il n'y avait plus que l'obscurité, et la main de Robert qui m'agrippait. Je ne pouvais pas me battre contre cet homme blessé. Nous avions quitté la lumière de l'après-midi d'été, avec les chants d'oiseaux et les feuillages bruissants, et nous étions sous terre, dans le noir, comme si le monde extérieur n'avait jamais existé.

Robert relâcha son étreinte pendant un court moment.

— Joe et Mig vont te chercher ? demanda-t-il.

— Je leur ai dit que je rentrais à la maison.

— Tu es à la maison, murmura Robert, le visage enfoui entre mes seins. Avec moi. Dans notre maison.

Il s'allongea sur moi, l'odeur de la terre devenait presque palpable dans l'air poussiéreux, la couverture jetée sur le sol était fraîche, aucun son ne parvenait du dehors, pas même un cri d'oiseau... Il couvrait de baisers chaque partie de mon corps, mes pieds, mes doigts, mes cheveux épars sur la couverture, murmurant les mots du poète d'un autre âge, ces vers que nous connaissions tous deux par cœur. Ma voix se mêla à la sienne, soupirant et gémissant avec elle.

Plus tard, épuisé, haletant, il se mit à genoux, gratta une allumette et alluma une bougie, puis une autre, dont la lueur joua sur nos corps nus.

— Regarde, nous sommes dans notre maison. La maison de Miranda, Wendy-Miranda.

J'étais partout sur les murs poussiéreux : une photo de moi à neuf ans, les cheveux rebelles et souriant de toutes mes dents, avec une citrouille, le jour de Halloween. Miranda en Bohémienne, sur une photo prise à l'école. Miranda en pique-nique avec sa classe. Miranda en mariée barbouillée de rouge par le baiser de Robert, devant le porche de l'église. Une rose en papier était épinglée sous la photo.

— C'est une rose de ton bouquet de mariée, dans *La Bohémienne.*

Je levai les yeux. Des planches neuves bouchaient l'entrée de la cavité, qui me parut plus profonde qu'autrefois. Nous étions assis, nus sur la couverture, mon visage souriant sur tous les murs, le beau corps souple de Robert amputé, son visage à demi détruit.

— J'étais tellement désemparé l'été dernier quand tu as épousé Conrad... Je suis venu me réfugier ici. Nous sommes frères de sang, nous sommes comme Peter et Wendy.

Il prit la fleur en papier, chercha où la mettre sur ma peau nue, ce qui nous fit sourire tous les deux. Finalement il la piqua derrière mon oreille, dans mes cheveux emmêlés.

— J'ai creusé plus profondément, apporté des planches neuves pour construire une porte, entassé davantage de terre sur le toit, étalé des couvertures au sol, puis j'ai accroché tes photos... J'en ai passé, des heures, avec toi ici, tandis que tu...

Il se tut mais il n'y avait plus de colère dans son œil.

— Tu es là... je peux endurer n'importe quoi puisque tu es là...

— Il faut que je parte...

— Ne t'en va pas, dit Robert en soufflant les bougies. « Enfin consentante, elle se laissa aller entre ses bras... », murmura-t-il contre ma bouche.

Je luttai pour échapper à son étreinte et remis mes vêtements. Je grimpai à l'échelle, ouvris la porte sur la lumière de l'après-midi, malgré ses supplications : « Ne t'en va pas... » Le panier du pique-nique gisait dans l'herbe folle, la rose faisait un bruit de papier froissé à mon oreille.

— Reviens demain, à une heure, dit Robert, nu, dans la pénombre de la maison des enfants perdus.

Je fis non de la tête. Sa voix résonnait bizarrement dans la cavité :

— S'il te plaît...

J'ôtai la rose de mes cheveux et la posai dans les feuilles mortes près de l'entrée.

— Tu sais bien que ce n'est pas possible ! Je suis désolée... vraiment désolée...

Je m'enfuis à travers les bois écrasés de soleil.

25

Le lendemain dimanche, lorsque j'entrai dans l'église avec Conrad, j'aperçus Robert, en uniforme, assis à côté de sa mère – il s'était enfin décidé à venir. Après l'office, j'allai lui serrer la main, comme tout le monde. Encore un jeune Américain estropié pour avoir fait son devoir. On voyait de plus en plus de jeunes gens éclopés – et il y avait de plus en plus d'étoiles d'or sur le monument aux morts de la ville.

Robert ne me quitta pas des yeux pendant l'office, je le sentais. Pour la communion, les fidèles formèrent une queue en demi-lune, afin d'accéder à la grille du chœur. Je m'agenouillai près de Conrad et jetai un regard vers Robert, qui était accompagné de sa mère : son bon profil était tourné vers moi et, l'espace d'un instant, je redevins la collégienne qui observait le beau Robert Laird à la dérobée. Je vis son œil étinceler et mon innocence d'autrefois s'envola sur-le-champ – j'avais un tel besoin de pardon que je fermai les yeux et adressai cette prière à Dieu : « Donnez-moi la force de ne pas lui céder, même si j'éprouve une immense compassion pour lui. »

Je ne cédai pas. Il eut beau dire et beau faire, je n'allais chez lui que lorsque sa mère était là. Les après-midi de congé de Mig, il me téléphonait, déployant toutes sortes d'arguments pour me faire venir dans la cabane des bois.

— Pourrais-je parler à Wendy ? demandait-il quand ce n'était pas moi qui décrochais.

— Vous avez fait un mauvais numéro, répondait Mig.

Et c'était la vérité.

Lorsque je rendais visite à sa mère, il venait s'asseoir en silence à la table de la cuisine, et ses paroles me revenaient à l'esprit : « Tu es si près de moi que je pourrais te toucher... »

Autrefois cela m'amusait de lui tenir la dragée haute, d'embrasser Conrad, je goûtais le plaisir sournois de la vengeance. Aujourd'hui, tout cela m'apparaissait comme une aire de jeux pour enfants : on ne peut pas remettre ses pas dans les traces d'anciennes glissades, et la balançoire qui vous semblait si haute est à peine à trente centimètres du sol.

Vers la fin juillet, Conrad me dit :

— J'ai proposé à Robert de l'emmener à Iowa City consulter des spécialistes à l'hôpital universitaire. Nous devrions l'inviter à déjeuner pour en parler avec lui, maintenant qu'il commence à sortir de sa coquille... il ne se sentira pas gêné avec nous.

Robert accepta l'invitation et vint en uniforme, avec sa manche repliée et son bandage ; il me jetait des regards sinistres. S.C. était assis en bout de table.

— Alors, on vous avait donné pour mort, vous les avez bien eus !

— Oui, monsieur.

Mig sourit à Robert en posant son assiette devant lui, et il lui rendit son sourire.

— Un de mes amis, qui m'avait vu tomber, m'a porté derrière les lignes, mais j'étais déjà entré dans les statistiques officielles. De telles erreurs sont fréquentes lorsque la bataille fait rage, personne ne sait exactement ce qui se passe. Même à San Diego, les gens ne savaient pas que j'avais été donné pour mort. J'étais sur le point d'être démobilisé lorsque je l'ai appris – c'est à ce moment-là que j'ai envoyé un télégramme.

— Ta mère a failli mourir de joie, dis-je.

— Miranda a couru de maison en maison annoncer la bonne nouvelle, dit Conrad en me souriant.

— Elle a été si bonne… pour ma mère.

— Vous allez avec Conrad à Iowa City pour vous faire réparer ? demanda S.C.

— Je vais essayer. Ils me donneront peut-être un coup de main…

Robert ne rit pas à sa propre plaisanterie. Et, le dimanche suivant, à l'église, il n'était pas plus souriant. Conrad m'avait prévenue :

« Pour son visage, les spécialistes disent qu'il n'y a rien à faire. Tout au plus pourra-t-on atténuer ses cicatrices, mais il n'existe aucun moyen de réparer sa joue ni son oreille, et son œil est définitivement perdu. En revanche, il peut avoir un bras et une main en métal.

— Comment vivra-t-il avec ce visage mutilé ? »

Conrad avait haussé les épaules.

« Il peut porter un bandage, ou une sorte de masque… Je crois qu'il devra fournir des explications, si les gens lui posent des questions. Il faudra qu'il apprenne à supporter les regards… et il aura du mal à trouver du travail.

— C'est affreux.

— Il y a un poste pour lui dans notre entreprise, avait-il dit avant de poser sur moi un regard grave. Tu ne lui as guère parlé pendant le repas. Ça pourrait le blesser. Essaie de te montrer aimable avec lui, sinon il va imaginer que tu le trouves horrible et que tu ne veux pas le voir.

— Conrad… »

Je m'étais sentie incapable de dire autre chose. J'avais passé les mains dans ses cheveux soyeux et plongé mon regard, avec tout l'amour que j'avais pour lui, dans ses yeux noirs.

Aujourd'hui, avec le recul, la naïveté de mes dix-neuf ans paraît inimaginable. Cette année-là, les grosses chaleurs du mois d'août m'affectèrent plus que de coutume, et un samedi matin, alors que j'aidais ma tante et Betty pour la lessive, je fus prise de nausée.

— J'ai affreusement mal au cœur, j'ai dû manger trop de tomates hier.

Ma tante attendit que j'aie vomi avant de me poser quelques questions embarrassantes. Betty, bouche bée, n'en perdait pas une miette.

— Ecoute, dit ma tante d'un ton qui se voulait apaisant, ce n'est pas à cause des tomates. Tu n'es pas malade, tu attends un bébé, voilà tout. Cela fait maintenant plus d'un an que tu es mariée, tu as deux mois de retard, c'est parfaitement naturel.

Naturel ? Je dus pâlir car ma tante me mit le bras sur l'épaule. C'est tout juste si j'eus conscience de ce geste, très inhabituel chez elle. Je me laissai tomber sur une chaise de salon, les yeux fixés sur la maison de Robert, juste en face.

— Un bébé ? fit Betty. Déjà ?

Tante Gertrude éluda la question, comme il se doit, et envoya Betty cueillir des haricots. Puis elle m'apporta du thé avec un toast et me fit allonger.

— Il faudra que tu ailles voir le docteur Horton pour être sûre que tout va bien. Conrad va être très heureux. Son père aussi.

Je ne crus pas tante Gertrude. Pourtant, chaque fois qu'elle m'avait informée des désagréments qui allaient affecter mon corps, ses prédictions s'étaient vérifiées, mais cette fois-ci elle s'était sûrement trompée... Je me cachais le matin pour vomir, ce qui n'était pas facile. Conrad me surprit une ou deux fois, je lui dis que j'avais dû manger quelque chose qui ne me réussissait pas.

— Ne t'inquiète pas, je me sens bien.

Mais je ne me sentais pas bien du tout. Je vomissais tous les matins et je finis par me dire que tante Gertrude avait raison. Le monde m'apparaissait menaçant, comme à l'époque où, petite fille, je me cramponnais à la main de ma mère. J'attendais un bébé. Le soir, couchée près de Conrad, je me tâtais le ventre. Où était le bébé exactement ? Quand allais-je grossir ?

Au bout de quelques jours, le doute ne fut plus permis. Je pleurais la nuit, j'enlaçais Conrad endormi en murmurant, ma joue contre la tiédeur de son dos :

— Il y a quelqu'un d'autre avec nous maintenant – quelqu'un qui appartient à un autre...

Soudain, des visions jaillissant comme un feu d'artifice me traversèrent l'esprit : Conrad, avec son visage heureux, dans nos draps en désordre, Robert souriant – enfin – à la lueur des bougies, dans la cabane des enfants perdus.

Après tout, ce bébé était le mien. Je me repliai sur moi-même, protégeant mon ventre. Et si j'avais déjà fait du mal à mon bébé, en allant d'un homme à l'autre ?... Conrad et Robert passaient désormais au second plan. Je ne laisserais personne toucher à mon bébé. Je serais même plus féroce que la chatte sautant dans le hangar en feu pour sauver son chaton.

Robert s'obstinait à téléphoner. Je lui raccrochais au nez. Je me refusai à Conrad ce soir-là. Et le suivant. A l'église, le dimanche, je lançai des regards furieux à Robert. Conrad était déconcerté par mon attitude, mais il se montra très prévenant, il me prenait dans ses bras, m'embrassait. Nous passâmes un merveilleux week-end à Des Moines – il pouvait acheter de l'essence sur le compte de la compagnie. Seule ombre au tableau, il n'obtint rien de moi au lit.

Tante Gertrude était au courant, Betty aussi, mais sa

mère la contraindrait au silence tant que je n'aurais rien dit à Conrad.

La phrase de ma tante avait fait son chemin dans mon esprit. Par une chaude journée d'été, je pris donc rendez-vous chez le docteur Horton. C'était la première fois que je subissais ce genre d'examen. Le docteur me posa toutes sortes de questions : « Comment se porte S.C. ? Votre mari travaille-t-il toujours autant à l'usine ? Vous êtes en pleine forme, ma jeune dame. » Je fis de vagues réponses et il me laissa enfin me rhabiller. Il n'avait pas fait allusion au bébé. Je regardais les appareils luisants et barbares, comme un condamné qui vient d'échapper à la potence regarde la corde. Pas de quoi m'inquiéter, puisque j'étais « en pleine forme ». L'homme en blanc m'attendait dans son bureau.

— Prenez du repos. Votre bébé devrait naître à la mi-mars, dit-il en souriant.

J'eus l'impression d'avoir reçu une gifle. Je descendis en courant les deux étages, en faisant craquer les vieilles marches. Dans Main Street inondée de soleil, je me sentis complètement perdue, je ne savais pas où aller. Me précipiter chez Victoria, pleurer sur son épaule, comme la lycéenne naïve, dans sa robe de mariée d'opérette, qui croyait que le monde allait s'écrouler parce qu'un Robert Laird lui avait fait faux bond ? Pourquoi aller dire à Victoria que Conrad... non, c'était impossible, je ne pouvais pas raconter ça. Pas même à Victoria.

Je n'avais personne à qui me confier. Je passais devant toutes ces maisons ensoleillées, dont les occupants me tourneraient le dos lorsqu'ils sauraient. « Vous savez, c'est elle qui... » Il fallait que je fuie la ville, que je retire mon argent de la banque. Même les Letty me rejetteraient, avec un... « enfant illégitime ». Le mot lui-même était redoutable. Personne dans mon entourage ne s'était jamais trouvé dans cette terrible situation.

Je marchai jusqu'au presbytère. L'odeur acide des tomates flottait jusque dans l'entrée : tante Gertrude était en train de faire ses conserves, c'était le parfum familier des étés de mon enfance, les senteurs du jardin écrasé de chaleur. Je pris un tablier et commençai à peler les tomates charnues et brûlantes.

— Je vais bientôt annoncer à Conrad qu'il va être père.

— J'imagine qu'il va être très heureux, dit tante Gertrude en versant une bassine de tomates dans l'évier. C'est le seul qui puisse perpétuer le nom des Beale. Robert est un Beale, mais sa mère l'a appelé Laird.

— Tu crois que je serai trop grosse pour aller à l'université à la rentrée ?

L'autre moi-même, celle qui fuyait la ville avec un enfant illégitime, me narguait intérieurement : « Parce que tu imagines que tu iras à l'université ? Avec un bébé et pas de mari ? »

— Je crois que ça ne se verra pas avant un bon moment – pas pour ton premier. Conrad est bien bâti, tu risques d'avoir un gros bébé. Mais tu peux mettre des vêtements amples, ça passera inaperçu.

— Je vais être malade ?

« Tu vas te retrouver toute seule, malade, dans une ville inconnue… », murmurait la voix intérieure.

Ma tante haussa les sourcils.

— Non… Une fois passées les nausées du matin, tu te sentiras lourde et fatiguée, tu auras parfois des fringales bizarres, mais c'est tout.

Elle était en train d'ébouillanter les pots et me tournait le dos.

— Est-ce que ça peut faire mal au bébé si… enfin… si on dort avec son mari ?

Tante Gertrude eut la délicatesse de ne pas se retourner.

— Je n'ai jamais rien entendu de tel, répondit ma tante

par-dessus le tintement des bocaux. Tiens-le à distance le dernier mois, par prudence.

« Dormir avec Conrad, quand il saura ? Impensable », ricanait ma voix intérieure.

Betty et Ben arrivaient du jardin avec un seau de tomates fraîchement cueillies. Il faisait une chaleur étouffante et, après avoir mis en bocaux les tomates déjà épluchées, nous sortîmes tous les quatre sous la véranda pour boire de la limonade.

— Il paraît que Jack t'écrit presque tous les jours, dis-je à Betty en essayant de donner le change, d'être la Miranda Beale d'avant, heureuse et confiante.

J'avais l'impression de gravir un escalier sans fin, chargée d'un lourd fardeau.

Betty gloussa, se trémoussa en tortillant son tablier plein de taches.

— Il a rien d'autre à faire, dit Ben.

Ben et Bernard ne rataient pas une occasion de se moquer de leur sœur.

— A part faire la guerre… répliqua Betty.

— Quand commences-tu chez Becket ?

— Lundi prochain.

— Elle est tellement amoureuse qu'elle ne vendra pas une seule robe. Elle arrivera même pas à rendre la monnaie, dit Ben.

— En tout cas, je rapporterai de l'argent à la maison, moi !

— C'est pas de ma faute si j'ai seize ans. Je suis assez grand pour m'engager ! s'écria Ben. Je fais au moins dix-huit ans. Ils s'en fichent – du moment que je peux me battre.

— Tais-toi donc ! cria tante Gertrude, un accent de désespoir dans la voix.

Elle avait posé le pichet de limonade fraîche contre son front brûlant. Son tablier était constellé de taches de tomate, une mèche échappée de son filet tombait le long de sa joue.

Bruce commençait à s'agiter dans son parc. Ma tante me lança un regard qui signifiait : « tu vas bientôt passer par là… », puis elle posa le pichet et rentra dans la maison.

Nous fîmes des conserves de tomates jusqu'à ce que nous ne puissions plus supporter la chaleur. J'étais heureuse de travailler dans l'odeur des tomates, les mains poisseuses de jus. Je me sentis apaisée. Je regardais le vieux presbytère comme si je ne devais jamais y revenir. Je ne connaîtrais pas le goût de ces tomates étincelantes comme des rubis dans leurs bocaux alignés la tête en bas sur la table de la cuisine.

Je me lavai de la sueur de la journée dans la vieille baignoire, qui reposait toujours sur ses pattes de lion. Au passage, j'entrouvris la porte du débarras : point de fantômes, rien que des affiches de football et les chaussures de tennis de Ben et de Bernard, dans le soleil de l'après-midi.

— Encore merci pour ton aide, me dit tante Gertrude en me raccompagnant sur le seuil.

Quelqu'un cria « hello ! » de l'autre côté de la rue. Je me retournai : c'était Robert. Il ne m'accorda pas un regard, s'adressant à tante Gertrude :

— Pourriez-vous libérer Miranda un petit moment ? Ma grand-mère voudrait lui parler.

— Nous avons fini pour aujourd'hui, répondit poliment ma tante.

Je ne pus me dérober, je suivis Robert chez lui. Sa grand-mère dormait et sa mère était encore au travail. Il m'attira contre lui, essayant de déboutonner ma robe. La colère décuplait la force de son bras.

— Arrête ! Lâche-moi !

Il se mit à crier :

— Pourquoi ? Qu'est-ce que je t'ai fait ?

Il me renversa sur son lit, mais je le repoussai.

— Ecoute-moi, s'il te plaît, assieds-toi et écoute-moi.

Il s'assit si près de moi que nos souffles haletants se mêlèrent.

— J'attends un bébé. Je voulais que tu le saches.

Pendant un moment on n'entendit que le ronflement léger de la grand-mère dans le salon. Le regard de Robert devint presque aussi noir que celui de Conrad.

— Il est de moi ! J'ai tellement prié pour que ça arrive…

— Quoi !

— C'était mon plus cher désir ! Et c'est arrivé !

La joie brillait dans son œil soudain agrandi.

— Mais pourquoi, pourquoi voulais-tu…

— Parce que désormais tu es à moi ! Tu portes mon enfant !

Il voulut m'embrasser, mais je m'esquivai.

— Ce n'est pas possible. Comment peux-tu imaginer une chose pareille ? Je suis mariée.

— Mariée ?

Dans sa bouche, ce mot résonna soudain de façon détestable.

— Nous allons nous enfuir, toi, moi et le bébé. Nous formerons une famille… je t'aime tellement… Je ne te laisserai jamais…

— Lâche-moi !

Il se cramponnait à moi et réussit à m'embrasser.

— Je t'apprendrai à voler, dit-il tout contre mes lèvres.

Peter Pan… Mais cela ne me fit pas sourire, et je parvins à me libérer. Wendy était devenue adulte.

— Je suis mariée, n'oublie jamais ça, et j'attends un enfant…

— C'est mon enfant !

— Non.

L'œil de Robert étincela de fureur.

— Tu crois que je ne suis pas au courant ? Conrad ne peut pas avoir d'enfant.

Je ne trouvai rien à répondre.

— Ma mère le sait. La mère de Conrad était sa meilleure amie et, un jour, j'ai surpris une conversation entre elles. A part ma grand-mère et moi, personne n'est au courant. Tu ne sais même pas de qui tu es enceinte ? Conrad ne t'a rien dit ? C'est un lâche… pire que ça…

Robert me fixait intensément. Son ton méprisant m'était intolérable. Je lui répondis avec un égal mépris :

— Il me l'a dit. Avant notre mariage.

— Alors pourquoi l'as-tu épousé ?

— Parce que je l'aime.

Robert m'attira vers lui et posa la main sur mon ventre.

— C'est *moi* que tu aimes. Et tu portes *mon* enfant.

— Personne n'en saura rien. Sauf si je le dis.

— Alors dis-le !

— Non.

— Tu ne peux pas m'enlever mon enfant !

— Je n'ai pas le choix.

— Tu l'as dit à Conrad ?

— Pas encore.

Sa voix se fit méprisante à nouveau :

— Il te chassera ! Il ne voudra pas élever l'enfant d'un autre.

Mes yeux s'emplirent de larmes. Le silence s'installa dans la petite pièce. Robert me lâcha enfin, mit les mains sur son visage et dit d'une voix désespérée :

— Il voudra élever l'enfant. Il voudra te garder, avoir une famille…

Je m'approchai de Robert et avançai la main vers lui. Il se leva d'un bond.

— Je le tuerai ! Tu ne m'en crois pas capable ? J'ai appris à tuer, figure-toi ! Il ne peut pas tout avoir !

J'essayai de le prendre dans mes bras, mais il me repoussa.

— Tu ne feras jamais une chose pareille. Nous ne sommes

que très peu à savoir, pour Conrad. Tu pourras te marier et fonder une famille, tu seras heureux…

— Pas sans toi ! « Ne me laissez mourir de langueur dans les larmes. »

Tout était dit. Je le laissai là, près de son petit lit, dans sa chambre de jeune homme.

Il fallait que je parle à Conrad. Au moment de me mettre au lit avec lui, ce soir-là, j'étais malade d'appréhension. Mon existence tranquille et harmonieuse ne serait bientôt qu'un souvenir, comme une gare qui disparaît peu à peu aux yeux du voyageur emporté par le train.

— Qu'est-ce que tu as ? Tu trembles, tu as froid ?

Il me prit dans ses bras et m'attira contre lui.

— J'ai quelque chose à te dire.

— C'est si important que ça ?

— Oui. Jamais je n'aurais cru devoir t'annoncer ça.

Je luttais contre les larmes.

— Ma chérie, raconte-moi, tout ira bien, dit-il en me caressant les cheveux.

Je respirai profondément, comme si je devais sauter dans le vide.

— J'attends un bébé pour le mois de mars.

Il sursauta violemment.

— Quoi ?

— J'attends un bébé.

Je sentais son regard sur moi, je ne pouvais pas lever les yeux. Il me lâcha et s'assit au bord du lit, en me tournant le dos. Ses épaules nues étaient affaissées, dans la lueur de la lampe de chevet. Je n'osais ni le toucher ni lui dire un mot. Puis il éteignit la lumière et s'allongea. Une voiture passa au loin. Une légère brise d'été qui faisait frémir les feuilles des arbres soufflait par les fenêtres ouvertes. Après d'interminables minutes, il prit une profonde inspiration :

— Tu en es sûre ?

— Je suis allée chez le docteur ce matin.

Un long silence s'installa.

— J'ai prié, tu sais, bien que je sache que c'était sans espoir. Mais... il n'est pas de moi, n'est-ce pas ?

Ma gorge se noua. Un faible murmure s'échappa de mes lèvres :

— Tout est de ma faute... j'étais tellement désolée...

— Alors ma prière est exaucée.

Je ne voyais pas son visage, mais sa voix trahissait une immense souffrance. Le silence était devenu insupportable et je dis d'une voix tremblante :

— Tu m'as demandé une fois... de toujours te dire la vérité...

Conrad se dirigea vers la fenêtre, son profil se détachait faiblement contre le mur. Je ne lui avais pas encore avoué le pire...

— J'ai compris. C'est un Beale, n'est-ce pas ? Notre famille a été durement frappée par la guerre, et tu ne supportes pas de voir quelqu'un souffrir.

Je mis ma main devant ma bouche pour m'empêcher de crier.

— Il t'aime, ça crève les yeux. A présent qu'il est défiguré et diminué, je suppose que tu as eu pitié...

Il donna un coup de poing dans le mur.

— C'est bien ça ?

Sa voix était tendue, presque inaudible. Dehors, le vent agitait les arbres. Je lui avais fait tant de mal déjà... mais il fallait que j'aille jusqu'au bout :

— Robert sait que nous ne pouvons pas avoir d'enfant – Adele était la meilleure amie de ta mère. Il a surpris une conversation entre elles autrefois.

Conrad poussa un petit cri étouffé et s'appuya contre le mur, silhouette solitaire, à mille lieues de moi.

270

— Il sait que l'enfant est de lui, il le veut. Il me veut aussi.

Une brusque rafale de vent souleva le rideau et le crépitement de la pluie sur les feuilles emplit soudain la chambre. J'étais recroquevillée sur moi-même, le visage enfoui sous les draps. Conrad ferma les fenêtres, ralluma la lampe et je sentis le matelas ployer sous son poids quand il s'assit sur le lit.

— Une petite fille, dit-il d'une voix douce. Ou un petit garçon...

— Oui, dis-je, le visage toujours caché.

— Dis-moi, veux-tu que ce soit son enfant ou le mien ?

Je me dressai dans le lit, choquée.

— Conrad ! La question ne se pose pas, cet enfant sera le tien ! Nous t'appartenons tous les deux. A qui voudrais-tu que je donne cet enfant ?

Conrad éteignit la lampe et se recoucha. La pluie cinglait l'angle de la maison et, à la faveur d'un éclair, je m'aperçus que Conrad me regardait. Pendant un long moment nous n'entendîmes que le bruit de la pluie, puis Conrad parla dans l'obscurité :

— Je ne peux pas vivre sans toi, c'est ainsi.

26

Le lendemain matin, lorsque je m'éveillai, les vitres étaient constellées de gouttelettes brillantes comme des diamants. Conrad dormait encore. Je me levai et promenai un regard circulaire autour de la chambre. « C'est aujourd'hui que je dois partir... »

Mais non... « Je ne peux pas vivre sans toi », avait dit Conrad la veille au soir. Je n'aurais pas à renoncer à ma vie confortable et paisible, j'étais Mme Conrad Beale, je pourrais aller à l'église, sortir en ville, ma grossesse ne se remarquait pas encore. A cette pensée, une vague de douceur me submergea.

Je me hâtai de m'habiller avant que Conrad se réveille – j'aurais été incapable de soutenir son regard. Au petit déjeuner, je ne levai pas les yeux de ma tartine. J'observai Conrad à la dérobée – lui non plus ne me regardait pas.

— Comment te sens-tu ? me demanda-t-il au bout d'un moment. Tu es encore malade le matin ?

— Non, plus maintenant. Ça va.

— Tu étais tellement repliée sur toi-même ces temps derniers. C'était à cause du bébé, n'est-ce pas ?

Il y avait du soulagement dans sa voix. J'acquiesçai d'un petit signe de tête.

— Je suis si heureuse… que tu veuilles bien me garder…
avec le bébé.

— Bien… Mais nous devrons dire la vérité à papa.

Il avait dit « nous » et cela me faisait chaud au cœur.

— Nous le lui annoncerons mardi, je le ramènerai tôt de
l'usine.

Il redoutait donc autant que moi de faire cet aveu à son
père : mardi était le jour où Mig prenait son après-midi. Nous
prîmes notre café avec S.C. en silence et, pour une fois, ce
silence n'était pas pesant. S.C. était plongé dans le journal,
Conrad et moi dans le mutisme dicté par notre secret
commun.

Après le départ des deux hommes, je me mis à errer de
pièce en pièce. Je n'avais pas eu à faire ma valise, mes vêtements étaient toujours suspendus dans l'armoire et mes livres
pour la rentrée m'attendaient sur mon bureau. Le reflet d'un
arbre jouait sur la table de la salle à manger impeccablement
cirée. Le service à thé en argent, la coupe en verre taillé sur le
rebord de la fenêtre du salon et les flacons de ma table de
toilette étaient tout pailletés d'or par le soleil matinal. J'allai
rejoindre Mig dans la cuisine, je la serrai dans mes bras.
Comment aurait-elle pu deviner qu'une activité aussi banale
que prévoir le menu du dîner avec elle me mettait au bord des
larmes ? J'avais besoin de me confier à quelqu'un. Je décidai
d'aller au cimetière. Il faisait doux, les tombes étaient scintillantes de gouttelettes de pluie et la petite stèle de ma mère
luisait dans l'air frais du matin. Il n'y avait personne et ma
voix se perdit dans l'étendue du cimetière :

— Maman, si tu savais… j'attends un enfant et il n'est pas
de mon mari.

Seul un chant d'oiseau fit écho à ma voix. Au loin une
maman appelait : « Joan ! Viens ici ! Tout de suite ! »

De gros nuages blancs obscurcissaient les pierres tombales
de leurs ombres fuyantes.

— Mais Conrad tient à moi, il veut me garder avec lui. Il construit un véritable rempart autour de moi, comme s'il avait une forteresse à défendre.

Près de la tombe de maman, un petit érable frissonna au passage d'un nuage, puis son feuillage sembla s'épanouir sous le soleil revenu.

La semaine se traînait vers ce mardi fatidique où nous devrions annoncer la nouvelle à S.C. Chaque jour me parut durer une semaine, un mois, une année. Le dimanche, Robert assista à l'office avec sa mère. Ils se trouvaient de l'autre côté de l'allée. Conrad et moi suivions les cantiques sur le même missel et récitions les prières à l'unisson. Mon oncle le pasteur nous couvait d'un sourire bienveillant : il devait être au courant de mon état.

Depuis dix ans maintenant que j'assistais aux prêches de mon oncle, je ne m'étais jamais demandé combien de fidèles avaient une double vie : y avait-il des amants – comme Robert et moi – qui écoutaient le sermon d'oncle Boyd sur le bombardement de Rome et l'importance du pardon ? Y avait-il parmi l'assistance un autre mari contraint de soutenir la vue de celui qui avait engrossé sa femme ?

Nous venions de chanter le dernier cantique, oncle Boyd dit encore une prière pour le président Roosevelt, Winston Churchill et Staline.

Nous nous trouvâmes face à face avec Robert et sa mère.

— Tu as un chapeau ravissant, Miranda, dit Adele en m'adressant un sourire.

— Merci.

Robert ne souriait pas, Conrad non plus. L'espace d'une seconde, son regard croisa celui de Robert, puis Conrad me prit la main, passa mon bras sous le sien et nous descendîmes la nef.

Le temps n'en finissait pas de s'écouler. Lundi... mardi... mon seul réconfort eût été de faire l'amour avec Conrad – je l'aimais plus que je ne m'en serais crue capable. Il était si gentil, si calme, si poli. Qu'est-ce que tu espérais ? me dis-je en moi-même, allongée à côté de lui. Aimerais-tu le toucher ou l'embrasser s'il avait couché avec une autre femme alors que tu pensais avoir l'exclusivité de son corps, de ses caresses, de ses lèvres ? Et si cette femme attendait un enfant de lui alors que tu étais stérile ? J'étais sûre qu'il ne dormait pas : il était muré dans sa solitude et sa souffrance, luttant pour ne pas céder à son imagination...

Le mardi fatidique arriva enfin. Toute la matinée, j'errai dans la maison comme une âme en peine. Je lus le journal de A à Z. La Sicile était conquise, les jeunes filles épousaient leurs petits amis soldats pour toucher les cinquante dollars mensuels qui leur permettraient de vivre à l'aise. On en était à la quatrième édition des carnets de rationnement. Les conducteurs d'utilitaires qui roulaient pour leur plaisir n'étaient plus sanctionnés. L'épidémie de poliomyélite semblait reculer. On voyait l'atterrissage de nos troupes aux îles Aléoutiennes, et nos soldats en train de danser avec leurs flirts, des filles des services de l'armée.

A l'heure du déjeuner, je grignotai vaguement, soulagée que Mig ne soit pas là. Finalement j'entendis la voiture dans le garage, puis le grincement du fauteuil roulant de S.C. dans la véranda. La sueur coulait le long de mon dos, sous ma robe fraîchement repassée. La veille, j'étais allée chez le coiffeur : je faisais mon possible pour sauver les apparences alors que j'étais malade de culpabilité et de terreur et que je n'arrivais pas à mettre mon rouge à lèvres sans trembler.

— Pourquoi tout ce mystère ? maugréait S.C. Pourquoi rentrer si tôt à la maison, alors que nous avons une nouvelle presse ?

— Fred s'en occupe. Miranda et moi avons quelque chose à te dire. Nous voulions être seuls à la maison.

— Qu'avez-vous donc de si important à me dire ?

S.C. recula son fauteuil pour nous observer, le ciel se reflétait dans ses lunettes. Conrad me passa un bras autour des épaules, je lui pris la main. Ainsi enlacés, nous étions prêts à affronter son père.

— Nous voulions t'annoncer… commença-t-il avec une voix qui tremblait un peu, quelque chose de merveilleux. Miranda attend un bébé pour le mois de mars. Tu vas être grand-père.

S.C. resta immobile pendant une minute, qui nous parut une éternité, le dos raide, ses grosses mains crispées sur les accoudoirs de son fauteuil. Soudain il se pencha en avant, crachant ses mots comme des boulets de canon :

— Et qui est le père ? Conrad Raymond Beale, peut-être ?

— Non, dit Conrad.

Je le sentis trembler légèrement contre moi.

— Tu comptes élever l'enfant d'un autre ? Lui donner notre nom ?

On aurait dit qu'il prenait un malin plaisir à nous torturer. Cette fois-ci, j'étais directement visée. La pièce sembla s'obscurcir autour de moi, je me cramponnai à Conrad, et lui à moi. S.C. eut un sourire mauvais qui s'évanouit presque aussitôt.

— Et Miranda ! Nièce de pasteur, élevée dans un presbytère ! Débarrasse-toi d'elle ! Divorce, ne lui donne pas un sou. Elle pourra toujours gagner sa vie en continuant comme elle a commencé…

— Ça suffit ! hurla Conrad.

Il me lâcha et se précipita sur son père. Il le secoua si violemment par les épaules que ses lunettes tombèrent sur ses genoux.

— C'est la dernière fois que tu nous parles de la sorte.

Pendant des années, j'ai supporté tes sarcasmes parce que tu es mon père, je me suis efforcé de ne jamais oublier ça. Mais je ne tolérerai pas que tu parles ainsi de ma femme.

En cherchant ses lunettes à tâtons, S.C. les fit glisser à terre et Conrad ne fit pas un geste pour les ramasser.

— Nous déménageons dès aujourd'hui. J'ai trouvé une très belle maison pour Miranda et le bébé. Tu peux garder Mig à ton service, nous trouverons une autre gouvernante...

— Tu ferais mieux de trouver une autre femme ! vociféra S.C. Sinon je raconterai à tout le monde...

— Non, trancha Conrad d'un ton froid. Tu ne feras rien de tel. Voir ta famille éclaboussée par le scandale ? Tu n'auras pas la bêtise de faire ça. Tu as toujours désiré avoir des petits-enfants. Si jamais tu dis un mot à quiconque, tu ne nous reverras jamais.

Je n'avais jamais vu Conrad dans une telle rage.

— Tu as dépassé les bornes. Tu peux chercher un nouveau directeur. A partir d'aujourd'hui je n'émarge plus chez Beale Equipment.

Il avait dit « émarge » d'un ton ironique : en effet il n'avait pas de salaire, il touchait simplement de l'argent de poche, comme un petit garçon de dix ans.

— Je rentre chez John Deere le mois prochain, je gagnerai bien plus que je n'ai jamais gagné chez toi. Je suis content de quitter cette maison – je n'y ai pas de bons souvenirs –, mais si tu veux venir voir notre enfant, tu seras toujours le bienvenu.

Conrad me prit par le bras et m'entraîna vers la porte. Nous restâmes un moment dans notre chambre, enlacés, sans dire un mot, sous le choc.

— Tu as vraiment trouvé un nouvel emploi et une nouvelle maison ? dis-je au bout d'un moment, d'une voix mal assurée.

— J'ai eu la semaine pour m'en occuper. Deere a beaucoup de mal à trouver de bons directeurs – ils sont contents de m'engager. J'ai trouvé une maison à vendre, toute meublée. Tout juste assez belle pour toi.

— Oh, Conrad…

— Je redoutais que papa ne prononce ces mots-là.

Conrad n'ajouta pas « parce qu'ils sont vrais », mais le malaise planait encore entre nous.

— Oublie tout ça, dit-il en me tendant une clé. Et viens voir ta maison.

La porte de la véranda était fermée et, lorsque nous franchîmes le seuil de chez S.C., je regardai une dernière fois cette maison dont les murs résonnaient encore de mots cruels, où une voix demandait Wendy au téléphone, où j'abandonnais un cahier avec des citations dans la marge…

Nous descendîmes l'allée jusqu'à la rue.

— Nous ne prenons pas la voiture ?

— Ce n'est pas la peine.

— C'est près d'ici ?

Le soleil brillait, je marchais d'un pas léger et pourtant j'avais du mal à imaginer que Conrad eût acheté une maison sans moi. Mon avis comptait donc si peu à ses yeux ? Mais il avait l'air tellement content… Et il m'aimait. Je souriais en désignant des maisons du doigt :

— C'est celle-ci ? Celle-là ?

— Non, pas encore.

Il s'arrêta au pâté de maisons suivant.

— Nous y sommes.

La maison, située à l'angle d'une rue, entourée d'un jardin fleuri et d'un parc planté de grands arbres, ne ressemblait pas aux autres, toutes construites sur le modèle du ranch. Edifiée par un banquier dans les années vingt, période florissante s'il en fut, elle possédait deux étages, des baies vitrées, des vérandas, de vastes portes et de larges auvents. Je regardai Conrad, bouche bée :

— C'est celle-là ? Elle est magnifique ! Tu savais qu'elle

me plaisait beaucoup ! Je ne cessais de le dire chaque fois que nous passions devant.

— Entrons. Les Brandon ont déménagé mardi. Ils étaient ravis de la vendre meublée. Deere avait besoin de Brandon dans une autre usine et il a dû partir tout de suite. La maison est à nous.

— Tu l'as achetée avant même que nous parlions à S.C. ?

— J'avais prévu sa réaction. Maintenant, je veux que tu oublies tout ça. Tu as besoin de changement et il nous faut une maison à nous, n'est-ce pas ? Puisque nous allons avoir une famille…

Pour la première fois je gravis l'allée qui serpentait vers les marches en pierre de mon vaste perron, je tournai ma clé dans la serrure…

— Attends, dit Conrad en me soulevant dans ses bras.

Il ouvrit la porte d'un coup d'épaule et me posa délicatement sur le sol. L'entrée était immense, avec un escalier qui s'enroulait autour d'un lustre étincelant.

— Tu as le téléphone, dit-il en décrochant le combiné à côté de moi, une vraie chambre, une salle de bains, une cuisine, des meubles, des rideaux, des tapis…

Il connaissait l'histoire de mon arrivée au presbytère des Letty.

— Tu as une maison à Cedar Falls, Iowa. Tu es chez toi.

27

Nous emménageâmes le jour même. La véranda resta obstinément fermée et silencieuse pendant que nous chargions la voiture. Nous suspendîmes nos vêtements dans la grande chambre du premier étage et posâmes nos brosses à dents dans la salle de bains flambant neuve.

— Aimerais-tu installer ton bureau dans le petit fumoir ? demanda Conrad. Il y a même une cheminée, et les portes-fenêtres donnent sur le jardin. La chambre et la salle de bains de la gouvernante sont derrière la cuisine. Il y a beaucoup de chambres, laquelle allons-nous choisir pour le bébé ?

Je rangeai mes livres sur les étagères dans le petit fumoir et Conrad choisit une grande pièce à l'étage pour y installer son propre bureau. J'avais préparé un panier avec le repas froid que Mig nous avait laissé et disposé celui de S.C. dans sa salle à manger. C'était notre premier repas chez nous. Nous fêtâmes cela avec du vin.

— Mig dîne chez Joe et ses parents ce soir. Je ferais bien de lui téléphoner, sinon elle va se demander où nous avons disparu...

Stupéfaite, Mig m'assaillit de questions :

— Quoi ? Vous habitez là-bas ? Comment ça, depuis aujourd'hui ?... Que je vienne demain ?

Je lui dis au revoir et raccrochai.

— Elle est complètement médusée. Qu'est-ce que tu paries qu'elle va venir ce soir ?

Je ne m'étais pas trompée. Lorsque je lui ouvris la porte, nous tombâmes dans les bras l'une de l'autre.

— Quelle maison ! s'exclama-t-elle en avançant dans l'entrée comme si elle marchait sur des œufs. Quels beaux meubles ! Il y en a, des pièces ! Et la cuisine ! Vous êtes installés ?

— Oui. Nous espérons que tu resteras avec S.C. jusqu'à ton mariage – nous chercherons quelqu'un d'autre après.

— Et vous ? J'avais déjà pensé à ma petite sœur pour prendre la suite, quand je serai mariée. Tu sais, Yvette... Elle a dix-sept ans maintenant. Je lui en ai déjà parlé. Elle est bonne cuisinière, et je ne pense pas...

— D'accord ! Nous prenons Yvette dès demain, si elle sait faire le gâteau au chocolat, le soufflé et le poulet en cocotte aussi bien que toi !

— Je lui ai appris.

— Voilà le petit appartement d'Yvette, dis-je en montrant à Mig la chambre décorée de chintz et sa salle de bains, avec vue sur le jardin.

— Elle va être tellement heureuse ! Mais, dis-moi... que s'est-il passé avec S.C. ? Du jour au lendemain...

— Il est trop méchant. Conrad ne pouvait plus le supporter.

— C'est une bonne chose. Il a bien fait.

— Conrad travaille chez Deere à présent, et je ne t'ai pas dit le plus important : j'attends un bébé pour le mois de mars.

Les yeux noirs de Mig brillèrent de joie.

— Et voilà le futur papa, dit-elle en apercevant Conrad. Toutes mes félicitations !

Pour la première fois, Conrad était confronté au mensonge : le silence maladroit qui suivit passa pour de la timidité aux yeux de Mig.

— Il était temps ! dit-elle.

— Merci. Nous sommes très heureux, répondit Conrad, d'un ton qui se voulait enjoué, en souriant à Mig.

Je la poussai vers les autres pièces à découvrir.

— Je viendrai demain t'aider à nettoyer, dit-elle en jetant un coup d'œil vers les coins poussiéreux et les vitres ternes.

En faisant le ménage, nous explorâmes les placards et le grenier, admirâmes la porcelaine, rangeâmes les armoires. Je commençais à me sentir chez moi dans ces grandes pièces, en regardant par les fenêtres que pendant des années j'avais contemplées de l'extérieur.

J'avais tout pour être heureuse, j'étais Mme Conrad Beale, j'attendais un bébé. La rentrée universitaire aurait lieu dans une semaine. Je déambulais dans ma nouvelle maison entourée de fleurs, meublée avec raffinement et dotée d'une cuisine ultra-moderne. Mais la nuit, couchés côte à côte dans notre grand lit, Conrad et moi parlions aimablement de choses et d'autres, évitant soigneusement d'évoquer – et encore plus de faire – la chose la plus importante pour deux personnes qui s'aiment.

Quelques jours plus tard, je reçus plusieurs appels à mon nouveau numéro de téléphone.

— Quelqu'un demande « Wendy », me dit Yvette. Je lui ai répondu qu'il n'y a pas de Wendy ici, mais il insiste.

Le téléphone, muet sur son socle noir, semblait encore résonner de la menace de Robert : « Je le tuerai. J'ai appris à tuer. »

Le jour de la rentrée, j'allai à pied à l'université. Comme l'année précédente, un beau soleil d'automne brillait sur le campus. Les auxiliaires féminines de la marine et les cadets de l'armée de l'air défilaient sous les ormes jaunissants. Je portais le même ensemble écossais que l'année précédente, lorsque, toute jeune mariée, j'assistai à mon premier cours, à la différence qu'aujourd'hui ma jupe me serrait à la taille. Le premier cours avait lieu dans le même amphithéâtre, et cette fois-ci j'arrivai en avance pour être bien placée. La grande salle était vide, à l'exception d'un jeune homme brun, en uniforme, une manche repliée et un bandage sur le visage. Je sursautai et reculai dans le hall. Robert ne m'avait pas vue. Allais-je renoncer à mes cours ? Attendre que les sièges voisins soient tous occupés ? Je l'observais depuis le pas de la porte. Assis, seul, avec un bras et une moitié de visage, il se préparait à subir les regards et les commentaires à voix basse.

Que faire, sinon m'asseoir à ses côtés dans le siège à l'accoudoir muni d'une tablette ? Je voyais son bon profil.

— Comment as-tu appris que j'étais inscrite à ce cours ?

Il ne m'accorda pas un regard et je me dis qu'il ne m'adresserait pas la parole de la journée, mais au bout d'un moment il plaisanta, comme avant :

— En graissant la patte du secrétaire.

Les étudiants commençaient à emplir la salle, les sièges grinçaient sur le parquet, le professeur était debout près du tableau noir. Rien n'avait changé, sauf nous. Personne ne dévisageait Robert : après lui avoir jeté un bref coup d'œil, les étudiants détournaient le regard.

— Tu as le même ensemble que l'année dernière.

— Oui.

— Tu as déménagé ?

— Oui.

— Prenez une feuille de papier, dit le professeur Scott. Fermez vos manuels, inscrivez votre nom et donnez-moi une citation de Shakespeare, la première qui vous viendra à l'esprit.

Nous échangeâmes un regard. Nous avions étudié Shakespeare au lycée, nous avions appris par cœur des sonnets ou des passages de *Roméo et Juliette*. Dans le crissement studieux des stylos, je savais que Robert pensait à Spenser et à nos messages secrets. En ce qui me concernait, pas question de citer des mots d'amour. Après avoir écrit, Robert cacha sa feuille avec son livre.

Le professeur Scott passa dans les rangs, s'arrêtant devant chacun, lisant la citation et la replaçant dans son contexte. La plupart des étudiants avaient cité les vers les plus connus, extraits de *Hamlet* ou de *Roméo et Juliette*, « Etre ou ne pas être », « Roméo, où es-tu, Roméo ? », « La rose eût-elle un autre nom, elle exhalerait le même parfum. »

Nous étions assis au fond et il termina par nous. Il prit d'abord ma feuille : « Ne soit admise opposition au mariage de vrais esprits. »

— Sonnet 116. Très bien, commenta la professeur.

Puis il releva la feuille de Robert :

— « L'amour ne s'altère pas dans une heure ou semaine, il se poursuit jusqu'à la fin des temps, au bord même du précipice. » Même sonnet.

— Je crois, monsieur, que vous avez déjà frôlé le « bord du précipice ».

— C'est exact, monsieur.

— Bien, dit le professeur en rejoignant son bureau, chacun d'entre vous se souvient au moins d'un vers de Shakespeare, bien que leur auteur soit mort depuis près de quatre cents ans.

Personne ne savait ce que Robert et moi nous étions dit à travers les mots de Shakespeare, bien qu'ils aient été lus à haute voix. Visages de marbre, nous étions deux étudiants studieux au dernier rang.

Ce soir-là, je me dis qu'il fallait que Conrad soit au courant. Après dîner au salon, le moment me parut propice.

— Robert est revenu à l'université. Il suit le même cours que moi, sur Shakespeare, à neuf heures, dis-je en servant le café.

Je tournai ma cuillère dans ma tasse, sans oser lever les yeux. Je répandis du café dans ma soucoupe.

— Il est terriblement aigri. C'est très dur pour lui, tout le monde l'évite, alors je me suis assise à côté de lui. Il a l'impression d'avoir tout perdu.

— Je sais, dit Conrad.

« Il a juré de te tuer... » aurais-je voulu lui dire. « Au bord même du précipice du désespoir. »

— Il ne parle pratiquement pas.

Je ne pus en dire plus.

De sa main valide, Robert avait griffonné « Quatre heures à la bibliothèque » dans la marge de mon cahier. Je me fis un devoir d'y aller. Lorsque je grimpai l'étroit escalier, mes chaussures plates résonnaient sur le métal. Robert était là : je n'avais pas franchi la dernière marche qu'il se jeta sur moi et m'embrassa sauvagement en me maintenant fermement la nuque. Impossible d'échapper à son étreinte.

— Je veux te sentir contre moi, dit-il en glissant sa main dans mon dos. Je veux sentir mon enfant. Dis-moi que tu m'aimes.

— Je suis ta meilleure amie, Robert. Ne me suis-je pas assise à côté de toi au cours ?

— Nous n'avons jamais fait l'amour, peut-être ? Et c'est avec moi que tu as fait un enfant, avec personne d'autre ! Tu es venue vers moi, de ton plein gré, tu me voulais ! Et l'enfant que tu portes est l'enfant de l'amour. C'est le mien !

J'étais désemparée, là, tout contre lui, je ne trouvai rien à répondre. Soudain il me repoussa.

— Conrad veut te garder, n'est-ce pas ? Je ne m'étais pas trompé !

— Il m'aime...

— Il va me prendre mon enfant !

— Il m'a épousée.

— Il t'a achevé une belle maison, il a un nouveau travail...

— Tu as eu ta chance, pendant des années, Robert. Crois-tu que j'aurais refusé si tu m'avais demandée en mariage autrefois ? Si seulement tu m'avais regardée ? Conrad m'a épousée, moi, la bonniche des Letty !

— Un... deux... trois... quatre... psalmodiait un sergent en bas sur le campus.

La guerre fit de nouveau irruption dans nos existences.

— Je le tuerai, dit Robert. Sans toi, ma vie ne vaut rien.

Une lueur de joie cynique traversa son œil unique.

— Il ne compte pas... Pas plus que la petite figurine sur notre pièce montée. J'étais le garçon d'honneur, tu t'en souviens ?

Je ne dis rien. Robert descendit l'escalier de métal en faisant claquer ses talons. Il ne revint jamais au cours de littérature. J'étais désormais seule au fond de la classe. A l'église, j'évitais de le regarder, ce qui n'échappa point à Conrad.

— Robert ne vient plus à l'université, lui dis-je un matin. Il est comme fou.

Nous pouvions enfin prendre notre petit déjeuner tranquilles, lire le *Register* et parler de nos projets pour la journée sans avoir à subir le silence de S.C., diffus et glacial comme un brouillard d'hiver.

— Robert a été engagé chez Deere, dit Conrad. Il est venu postuler hier. Il commence lundi. Nous avons besoin d'embaucher, et même avec un seul bras...

— Conrad, dis-je en lui prenant les mains, Robert n'est plus lui-même. Il est capable du pire.

— Je sais... Je ne l'ai pas reçu personnellement. Un collègue s'en est chargé à ma place. Je n'ai même pas eu à lui parler.

— Il dit qu'il n'a rien, et que tu as tout.

Conrad se leva de table, alla vers la fenêtre.

— Il a raison. Si tu restes avec moi, j'aurai tout.

— *Si* ? Mais comment peux-tu dire ça ? Je suis là, avec le

bébé. Il n'est pas question que nous partions. Pendant des années Robert m'a complètement ignorée – jusqu'à ce que tu me demandes en mariage. J'ai eu pitié de lui... et regarde où cela m'a menée...

Je repensai à Joe, tapi dans l'obscurité de sa chambre.

— Ne t'inquiète pas. Il ne se passera rien. Il a un travail intéressant, ça va l'occuper.

J'étais quand même inquiète. Je fis quelques promenades de l'autre côté de la rivière, le long des berges où nous menaient nos vagabondages d'enfants. Robert et moi n'étions alors que des gamins pouffant de rire aux bruits incongrus que faisaient nos pieds nus dans la vase.

Les feuilles d'automne tombaient en pluie incessante et mélancolique dans les bois épais et jetaient des éclats d'or dans le courant de la rivière. Je ramassai une feuille d'un jaune éclatant, une rouille, une violette et une autre, vert bronze. Je me dis que ces quatre feuilles auraient pu figurer les quatre personnes qui, à part Conrad, connaissaient mon secret : Robert, sa grand-mère, S.C. et Adele Laird.

La grand-mère de Robert ? Elle ne vivait déjà plus dans notre monde. S.C. ? Nous étions sans nouvelles. « Il ne dira rien, affirmait Conrad. Personne ne déteste le scandale autant que lui. »

Si le nouveau poste de Conrad de directeur chez Deere ou notre récent déménagement avaient fait jaser en ville, nous n'en sûmes jamais rien. Conrad était sursitaire : son travail chez Deere était « indispensable à l'effort de guerre », selon l'expression de la commission d'enrôlement.

Robert ? Le danger venait de lui. Il était aveuglé par la colère : c'était lui la feuille violette au creux de ma paume. Quant à sa mère, c'était à moi de lui dire la vérité. Elle me répétait sans cesse que j'étais sa meilleure amie. J'allais la voir presque tous les jours, avant que Robert rentre de son travail. Nous échangions un sourire au-dessus de nos tasses de mauvais café chichement sucré. « Miranda ! s'exclamait-elle, ravie, dès que j'ouvrais la porte de sa cuisine. Entre ! Justement je pensais à toi ! » Que dirait-elle ? Elle aurait sans doute la même réaction que S.C., elle demanderait : « Qui est le père de cet enfant ? »

Je lui ai rendu visite mais je n'ai rien pu lui dire. Robert ne parlerait pas non plus. Les semaines passaient, je travaillais avec Adele à la cuisine de l'église en conversant amicalement avec elle. Je me sentais lâche. Pour tante Gertrude, j'étais une jeune femme mariée, respectable, qui attendait un bébé et, un soir où je faisais la vaisselle avec Adele dans la cuisine de l'église, ma tante s'arrêta un instant près de l'évier et dit en souriant :

— Vous connaissez le bonne nouvelle ? Notre Miranda attend un bébé pour le mois de mars.

La mère de Robert resta un instant figée, une assiette à demi essuyée à la main.

— C'est bien…

Elle acheva son geste et rangea l'assiette.

Madame Newton, qui venait d'entrer avec une pile d'assiettes sales, me gratifia d'un regard rayonnant.

— Conrad doit être heureux.

— Oui.

— Son père aussi, je suppose !

Mme Newton, réalisant brusquement qu'Adele Laird écoutait, posa les assiettes et s'éclipsa, bientôt suivie de tante Gertrude, nous laissant dans un silence si pesant que j'entendais les bulles éclater à la surface de l'eau de vaisselle. Puis je vidai l'évier et la mère de Robert emporta les assiettes dans la salle à manger. Quelques minutes plus tard, elle avait disparu, et son manteau n'était plus à la patère.

— Où est Adele ? dit tante Gertrude en me rejoignant dans le hall. Elle a oublié sa casserole et le reste de sa farine.

— Elle a dû rentrer chez elle.

— Elle n'a pas eu l'air tellement heureuse d'apprendre la nouvelle. Elle a toujours souhaité que tu épouses Robert. « Je suis si contente que Robert sorte avec Miranda », disait-elle. Maintenant tu es mariée, tu attends un bébé et elle se retrouve seule avec son Robert estropié. Pauvre femme…

Tante Adele savait, maintenant. Le lendemain après les cours, je ne bougeai pas de chez moi, essayant de me plonger dans mes devoirs. Le surlendemain, malgré l'humidité et le froid, je fis une promenade dans les bois. Une semaine s'écoula, et je n'étais toujours pas allée chez elle… Je ne trouvais pas les mots pour en parler à Conrad. Nous entretenions des rapports cordiaux et polis, comme de bons amis. Nous dormions côte à côte dans notre nouvelle chambre, en frère et sœur.

La semaine suivante, après mes cours, j'allai aider tante Gertrude et Betty à récolter les derniers légumes du potager et nettoyer la terre avant l'hiver. Le samedi, nous étions occupées à ramasser les potirons pour les mettre à la cave lorsqu'une voix au bout du jardin nous fit lever la tête : c'était Adele. Tante Gertrude enjamba les plants d'épinards flétris et s'approcha de la clôture.

— Bonjour Adele, comment allez-vous ?

— Je n'ai pas à me plaindre. Et vous, ça va ? J'ai vu Miranda entrer au presbytère tout à l'heure, pourrait-elle passer une minute quand elle aura fini ? Si tu veux bien, ajouta-t-elle à mon intention, en m'apercevant derrière le pommier.

J'aurais donné n'importe quoi pour dire non, mais j'acceptai. Je descendis à la cave, les bras chargés de potirons, dont le poids me parut bien léger comparé à celui de ma propre frayeur.

— Adele a maigri, dit ma tante en déposant sa charge sur le tas de potirons. Elle n'a pas l'air en bonne santé.

— En effet.

— Elle se fait du souci pour Robert.

Je terminai machinalement d'aligner les potirons le long du mur de la cave. J'allais devoir parler à Adele Laird. Nous étions en octobre et la nuit tombait de plus en plus tôt. Lorsque je frappai à la porte de la cuisine des Laird, il faisait presque nuit dans l'allée.

— Entre.

Adele était de dos, devant son nouveau fourneau.

— Tu prendras bien un café ? Ote ton manteau et assieds-toi.

Je posai mon manteau sur une chaise. Quand elle s'était retournée pour me parler, je m'étais aperçue à quel point elle avait les traits tirés. Chaque recoin de cette pièce m'était familier, je connaissais par cœur chaque tasse et chaque soucoupe, pourtant quand Adele apporta le café, nous nous regardâmes comme deux étrangères. Elle me passa la crème, puis le sucre. Je pris un cookie dans le plat qu'elle me tendait et, lorsque je relevais la tête, je vis des larmes dans ses yeux.

— Oh, Miranda !

Je lui pris la main.

— Je t'en prie, ne pleure pas.

— Si tu savais à quel point j'ai honte, dit-elle en retirant sa main. J'ai honte pour mon fils… Commettre un tel acte et ne pas éprouver le moindre remords ! Il parle de te forcer à partir avec lui, il parle de meurtre ! En rentrant de l'église l'autre jour, j'avais le pressentiment que… c'était lui, j'en étais malade. Il ne m'a pas menti, c'est déjà ça.

Son visage était ruisselant de larmes. Je me levai et l'entourai de mes bras. Robert arriva à ce moment-là en claquant la porte derrière lui. La partie visible de son visage était livide, sa manche n'était pas repliée : il portait une prothèse en métal, avec un gant à la place de la main.

Il me lança un regard venimeux.

— Qu'est-ce que tu fais là ?

— Ta mère m'a demandé de passer, dis-je sans lâcher Adele.

Il s'en prit à elle :

— Pourquoi as-tu fait ça ? Miranda ne veut plus entendre parler de nous !

Il s'avança pour me séparer de sa mère et me maintint à bout de bras.

— Regarde un peu : elle attend un enfant de moi et elle veut le donner à Conrad Beale ! Elle m'a rejeté !

— Mais non, dit Adele en hochant la tête, elle a eu pitié de toi, c'est tout. Je la connais ! Et puis elle est mariée – et à ton propre cousin ! Miranda n'est pas... un os que vous pouvez vous disputer comme des chiens ! Conrad ne menace pas de te tuer, il a davantage de bon sens.

— Il a tout ! hurla Robert. Son père nous a fait la charité toute notre vie – il avait l'argent ! Maintenant c'est Conrad qui a l'argent ! Tu as vu la bague qu'il lui a offerte ? Et leur maison ? Il n'a pas fait la guerre, il n'est pas revenu estropié comme Joe et moi, il est resté tranquillement à la maison, à faire de l'argent ! Il est payé trois fois plus que moi. Il l'a, elle, et maintenant il va prendre mon bébé parce qu'il n'est pas capable d'en faire un. Il a tout, et moi je n'ai rien !

Je me dégageai et m'assis à la table.

— Tu n'as pas honte de crier comme ça, tu vas la rendre malade ! Il vaut mieux que tu rentres, ma chérie, dit Adele en me donnant mon manteau. Ne marche pas trop vite, et repose-toi en arrivant. Je regrette de ne pas avoir de voiture...

Elle était toute pâle et semblait soudain vieillie. Je lui pris les mains.

— N'écoute pas Robert, dis-je. Ce sera ton petit-enfant à toi. Je veux cet enfant pour Robert, parce qu'il a beaucoup souffert, et je n'ai pas trouvé d'autre façon de l'aider à vivre...

— Je ne veux pas de ta pitié ! hurla Robert.

— Et je veux cet enfant aussi pour Conrad parce qu'il ne peut pas en avoir – et il m'aime tellement… qu'il comprend.

— Tu es à moi ! cria Robert.

— Non, hurlai-je à mon tour. Je n'appartiens à personne. C'est mon bébé – et il aura le père que j'ai décidé de lui donner.

— Je le tuerai ! Si tu lui donnes mon enfant, je le tuerai !

— Mon Dieu ! gémit Adele.

Je fixai Robert droit dans son œil.

— Si tu fais ça, cet enfant n'aura pas de père ! Il n'aura que la honte pour tout héritage !

Je lui saisis le bras et sentis la dureté du métal sous la manche.

— Cet enfant ne sera jamais à toi, tu ne le verras même pas grandir, tu finiras en prison – ou tu mourras – et tu briseras le cœur de ta mère.

Je lâchai prise et sortis en claquant la porte de la cuisine. Je courus le long de cette même allée que j'avais gravie l'été dernier… alors que je me sentais presque nue dans ma robe de coton léger et mes sandales, caressée par la brise tiède. A présent le froid d'octobre transperçait mon manteau jusqu'à ma peau moite de sueur, j'étais glacée jusqu'aux os. Perdue dans mes souvenirs, je faillis tourner pour aller chez S.C. Ma propre maison m'attendait, imposante au milieu des arbres dénudés.

28

Je n'avais guère l'esprit à la fête, mais Mig allait se marier et il fallait s'occuper de sa robe et de celles des demoiselles d'honneur, organiser sa lune de miel. Mig avait assez d'économies pour un mariage simple et je lui avais donné de l'argent pour la circonstance. Je serais sa dame d'honneur, et Yvette sa demoiselle d'honneur.

— Tu ne sais pas ce que ça représente pour ma famille, une maison à moi, un mari qui possède un bon travail, et tout ça grâce à toi ! Nous avons de la chance, toutes les deux.

Ses paroles joyeuses me faisaient peur, comme un défi au destin. Robert travaillait chez Deere et il voyait Conrad tous les jours.

Le froid s'installa mais j'avais l'impression que le bébé me tenait chaud : un petit être grandissait en moi, qui me tenait compagnie. Un samedi, j'affrontai le vent glacial pour aller à l'épicerie. Les cartons remplis de commandes en attente étaient entassés dans le magasin et seul un étroit passage permettait d'accéder au comptoir, derrière lequel trônait M. Ward.

— Bonjour, madame Beale. Quel froid aujourd'hui ! Qu'est-ce qu'il vous faut ?

Je sortis ma liste et mes tickets de rationnement de mon porte-monnaie.

— De la farine : cinq kilos. Le café n'est plus rationné, Dieu merci.

— Quand elles ont vu ça, certaines de mes clientes m'en ont acheté des kilos la semaine dernière. J'ai dû les rassurer, le gouvernement a promis qu'il n'y aurait plus de rationnement de café. Je vous en mets un kilo, comme d'habitude ?

— Oui, merci.

L'épicier disparut dans l'arrière-boutique pour chercher le café.

— Bonjour, Robert, dit M. Ward en revenant à son comptoir.

— Bonjour, dit une voix derrière moi.

J'eus du mal à m'y retrouver sur ma liste.

— Deux douzaines d'œufs...

M. Ward repartit. Robert était tout près de moi dans la boutique encombrée. Il ne fallait pas que je le regarde. Il ne dit pas un mot. M. Ward empila les articles de ma commande sur le comptoir avec une lenteur exaspérante, et je lui donnai les timbres correspondants, bleus et rouges. Je payai et dis au revoir, ma commande serait livrée plus tard. Sans me retourner, je me frayai un chemin parmi les rangées de boîtes et, au moment où j'allais sortir, quelqu'un me tint la porte.

— Viens boire un café, dit Robert.

— D'accord.

Je ne lui avais pas adressé la parole depuis cette scène chez sa mère. Nous pouvions tout de même parler, en gens raisonnables.

— Allons au drugstore, dit-il.

Nous traversâmes College Street, le vent était glacial. Une odeur de médicament flottait dans le magasin, il y faisait chaud. Le bar était vide. Nous nous assîmes dans un coin, attendant en silence nos deux tasses fumantes. Je regardais cette main que je connaissais si bien prendre la petite cuillère.

— Tu travailles chez Deere ?

— Oui, répondit Robert d'une voix sèche. Tous les jours je mange à la cafétéria. Hier, des employés se sont rassemblés autour de Conrad en lui donnant des claques dans le dos.

Sa main tremblait quand il reposa sa cuillère.

— Tu sais ce qu'ils lui ont dit, à lui : « Alors, tu vas être père, il paraît ! »

— Robert...

— « Comme ça, tu as mis dans le mille ! »

Le ton moqueur et brutal de ces plaisanteries de mâles me fit froid dans le dos.

— « Tu as fait mouche ! Bravo ! » Voilà ce qu'ils ont dit, à Conrad !

— Je suis désolée.

— Ce n'est pas vrai.

— Je suis désolée pour Conrad.

Je me levai sans boire mon café. Je sentis le regard de Robert parcourir mon corps, s'arrêter sur mon ventre.

— Conrad ne peut pas avoir d'enfant à lui – ce n'est pas ton cas.

Robert se leva d'un bond.

— Il ne risque pas de le perdre. Comme moi.

Je tournai les talons. Je n'aurais pas dû accepter de lui parler. Il n'essaya pas de me suivre, je regardais sans arrêt derrière moi pour m'en assurer. Tout en luttant contre le vent, je m'efforçai de l'oublier, j'essayai de me convaincre qu'une grossesse, c'est long. Les arbres étaient dénudés à présent, sauf les chênes dont les feuilles brunes et bruissantes se recouvriraient de neige. Depuis plusieurs jours, les rues de la ville sentaient les feux de feuilles, doux parfum de l'été enfui. Je marchais vite, je n'étais plus qu'à quelques pâtés de maisons de chez Victoria.

— Miranda ! s'exclama-t-elle en me faisant entrer dans la grande pièce où elle travaillait désormais.

Son père, bien au chaud dans son rocking-chair, lisait le *Woman's Home Companion*.

Victoria s'assit devant Minnie, sa machine à coudre. Elle avait son sourire malin, et ses petits yeux noirs pétillaient.

— J'applique des ours en peluche ou des poupées sur ce col ?

— Les deux. Comme ça, on ne risque pas de se tromper !

— Je mets un petit morceau de tissu des robes de ta mère dans chaque.

— Il t'en reste encore ? fis-je, étonnée.

— Des petits bouts. J'avais tout prévu… après la robe de mariage, les robes de maternité, c'est logique ! dit Victoria en riant.

Je rougis.

— Je parie que Conrad est fier d'être papa !

La sonnette retentit et j'allai ouvrir : c'était Mig, les pommettes rosies par le froid.

— Tu commences à t'arrondir, dit Mig.

— Un peu.

— Moi non plus, je ne vais pas tarder à prendre de l'embonpoint, me glissa-t-elle à l'oreille.

— Oh, Mig ! C'est merveilleux ! chuchotai-je à mon tour. Joe doit être heureux !

— Ça, oui ! Je l'aime tellement ! Lui qui n'a jamais réussi à mettre dans le mille quand il était à la guerre, dit-elle en étouffant un petit rire.

La robe de mariée de Mig était suspendue dans l'atelier de Victoria, son voile se déployait sur le tapis, à côté de ma robe de dame d'honneur, un peu élargie à la taille.

— La taille est un peu serrée, dit Mig, sanglée dans le satin blanc.

Elle me gratifia d'un large sourire que Victoria, accroupie à ses pieds, des épingles au coin de la bouche, ne pouvait pas voir.

— « Les zazous, avec leurs allures dégingandées, leurs fripes et leurs chaînes de clés qui descendent jusqu'aux genoux, font comme les étudiantes qui portent des chaussures de sport sur le campus alors que c'est interdit par le règlement », lisait M. Kline de sa voix monocorde.

— Tu as les Letty à déjeuner dimanche ? me demanda Victoria.

— Oui. Nous avons de la dinde au menu.

— Une grosse, précisa Mig, de la ferme de mon oncle.

— S.C. ne sera pas des vôtres ?

— Non. Comment ça se passe avec lui ? demandai-je à Mig.

— Sans histoires. Il ne desserre pratiquement jamais les dents. Après dîner, il passe ses soirées dans la véranda. Le matin, je lui prépare son petit déjeuner et Howard Bremen le conduit à l'usine. C'est Effie Coring qui me remplace, elle commence demain.

— Elle n'est pas aussi bonne cuisinière que toi. Demain Mig vient m'aider à préparer le dîner, dis-je à Victoria, c'est la première fois que je fais un grand dîner dans notre nouvelle maison.

« Amusons-nous un peu, avais-je déclaré à Conrad la semaine précédente. Il est grand temps… Commençons par les Letty pour nous entraîner. Si nous les invitions à dîner ? »

Le parfum de la dinde rôtie et de la tarte aux pommes accueillit les Letty dès l'entrée. Ils connaissaient la maison – je leur avais fait faire un petit tour du propriétaire peu après notre emménagement –, pourtant, au moment de passer à table, ils étaient intimidés, un peu guindés dans leurs plus beaux vêtements – ceux que je leur avais offerts : comme tout ceci me paraissait loin déjà…

Conrad, assis en bout de table, faisait la conversation tout en découpant la dinde :

— Nous combattons sur le sol italien, c'est déjà un progrès, dit-il en détachant les pilons.

Oncle Boyd déplia sa serviette en poursuivant :

— Ce sera une rude et longue bataille.

Pas plus qu'ils ne posèrent de questions sur l'absence de S.C., mon oncle et ma tante ne nous demandèrent pourquoi nous avions déménagé, ni pour quelle raison Conrad avait quitté l'entreprise de son père.

— Il n'y a pas moyen d'avoir une literie décente de nos jours, dit tante Gertrude en passant la sauce à Betty, on ne trouve pas un seul drap dans les magasins.

Conrad demanda à Betty si elle savait danser le lindy hop et elle gloussa en répondant que oui.

— Alors, les gars, nous avons gagné les World Series, qu'est-ce que vous en dites ? fit Conrad à Ben et Bernard.

Le dîner se passait bien. J'étais assise en face de Conrad, qui me dispensait de jouer les maîtresses de maison et de relancer la conversation, si bien que j'avais tout le loisir de l'observer. Lui, autrefois si timide et gauche, qui rentrait les épaules sous les invectives de son père, se tenait désormais bien droit et regardait ses interlocuteurs en face. Je crois que je ne l'avais pas remarqué jusqu'ici. Sa place était celle du maître de maison. Il avait déjà eu une augmentation chez Deere, les employés lui tapaient dans le dos en le félicitant de sa future paternité...

— Avez-vous déjà pensé à des prénoms pour le bébé ? demanda mon oncle.

Conrad le gratifia d'un large sourire.

— Pas encore. Pour l'instant, nous en sommes encore à « il » ou «elle ». Mais nous sommes ouverts à toutes les suggestions.

Mig apporta la tarte aux pommes et nous lui rendîmes justice dans un silence mérité.

— C'est une bonne chose que Robert ait cette prothèse,

dit tante Gertrude. Il travaille aussi chez Deere, n'est-ce pas ? Boyd va frapper chez les Laird de temps à autre, mais ils ne le font jamais entrer – remarquez, ça ne date pas d'hier.

— Ta maison est magnifique, chuchota Betty à mon oreille en me passant la crème. Et tu vas avoir un bébé, c'est formidable ! C'est bientôt le mariage de Mig... tu as vu sa robe ?

Le mariage de Mig... Je redoutais cette épreuve. Mais son bonheur faisait plaisir à voir. Elle passait presque tous les jours à la maison pour me parler du nouveau travail de Joe, de sa maison, de la chambre qu'ils avaient choisie pour le bébé.

La robe de Mig était splendide, Victoria s'était surpassée. Le jour du mariage, je l'aidai à se préparer, dans le parloir de l'église. Mig faisait une mariée ravissante. En disposant son voile sur le tapis, je repensai non sans honte à la jeune fille insouciante qui patientait dans cette même pièce, prête à épouser Conrad Beale pour les pires raisons qui soient. Il m'avait vue flirter et marivauder avec un autre et malgré cela son amour pour moi demeurait intact.

Nous attendions, fébriles, dans le parloir glacial aux vitres battues par la pluie. Je devais remonter l'allée centrale la première, suivie d'Yvette, puis de Mig, au bras de son frère aîné. Quand l'orgue attaqua la marche nuptiale, je pris mon bouquet contre mon ventre, inspirai un grand coup et avançai sur la première note.

L'allée était recouverte d'un tapis, les chandelles étaient allumées. Oncle Boyd se trouvait à sa place, en soutane. Deux soldats en uniforme de la marine nous attendaient, un grand blond au regard bleu qui n'avait d'yeux que pour Mig, un brun avec une main gantée, la face à demi cachée par un bandage, son œil unique fixé sur moi.

« J'étais ton garçon d'honneur, tu t'en souviens ? »

Il fallait que j'avance vers lui à pas lents, dans ma robe rose pâle, des roses pâles dans les cheveux et un bouquet rose pâle sur le ventre. Je portais l'alliance du marié à mon doigt ganté de blanc et affichais un air distant. Joe souriait à sa fiancée, noyée dans un flot de tulle blanc, et Robert me jeta un regard courroucé.

Une fois de plus, je me retrouvais devant cet autel avec Robert. A peine un an et demi auparavant, garçon d'honneur en smoking blanc, il était le point de mire de tous les regards féminins. A présent, je ne voyais de lui qu'un visage en partie dissimulé par la gaze du pansement. Ses décorations brillaient sur sa poitrine. Il donna au fiancé l'alliance de la future épouse et je donnai à la fiancée l'alliance de son futur époux. Robert me regarda au moment où les mariés s'embrassèrent.

Mon oncle avait fait le plan de table pour le repas de noces et je n'y pouvais rien changer : j'étais entre Robert et Conrad. Nous avons serré des mains, prodigué les remerciements d'usage. Parfois la manche de Robert effleurait mon bras nu. Mon bébé avait deux pères, qui ne s'accordaient même pas un regard.

Après le punch et le gâteau, je dansai avec Conrad. Trois hommes d'un certain âge jouèrent des valses et des fox-trot. Les couples virevoltaient sur les dalles en ciment de la grande salle. Les femmes dansaient entre elles ou avec les enfants, qui sautaient joyeusement au rythme de la musique. Excepté Joe, Robert et Conrad, il n'y avait pas d'hommes jeunes.

— Tu es très belle, murmura Conrad.

Je tenais mon bouquet sur son épaule, et j'approchai mon visage pour sentir le subtil parfum des roses. Au-dessus des fleurs, je m'aperçus que Robert nous observait depuis le bord de la piste.

— Tu es le plus bel ange de la Création, dit Conrad en riant avant de m'entraîner dans une valse.

Il était bon danseur et je le trouvais très beau dans son costume gris anthracite rehaussé d'une cravate rouge. Il faisait bien attention de ne pas trop me serrer, à cause du bébé...

— Tu permets ?

C'était la voix de Robert, dans mon dos. J'étais encore dans les bras de Conrad, mes yeux naviguant de lui à Robert, j'eus soudain la sensation que tout se figeait, je n'entendis plus la musique. L'espace d'une seconde, je ne vis rien d'autre que la haine dans le regard qu'ils échangèrent.

— Bien sûr, dit Conrad avec un tel mépris que le pauvre visage de Robert devint écarlate.

Je fis un pas vers Robert, posai mon bouquet sur son épaule et pris son gant inerte dans ma main. Il m'enlaça de son bras valide et m'entraîna sur la piste. Conrad, debout contre le mur, nous regardait danser d'un air tranquille... Le garçon d'honneur avec la dame d'honneur, et leur bébé...

— Laisse-moi partir, dis-je à l'oreille de Robert. Je ne me sens pas bien, lâche-moi, s'il te plaît.

Nous étions près de la porte. Je repoussai la poitrine médaillée de Robert et le laissai – *bis repetita* – au milieu de la piste. Puis je courus me réfugier dans une salle de classe obscure aux murs tapissés de citrouilles dessinées par les enfants.

En une seconde, Conrad fut près de moi, la voix tremblante :

— Tu te sens bien ?

— Oui, oui.

Je ne pus rien dire d'autre.

— Nous allons rentrer à la maison, dit-il en me tirant de mon recoin.

Il me fit asseoir sur un banc dans l'église déserte, le temps d'aller chercher mes affaires.

— J'ai prévenu Mig et ta tante que tu étais fatiguée et que je te ramenais à la maison, dit-il en revenant.

Il s'agenouilla pour ôter mes mules roses et me passa mes

bottes fourrées. Quand il m'aida à enfiler mon manteau et noua mon écharpe, je murmurai « merci », mais il évita de me regarder.

Je l'observais tandis qu'il conduisait : comme il était loin, le jeune homme timide avec sa boîte de chocolats, celui qui courbait l'échine sous les insultes de son père… Il s'agrippait à son volant comme s'il voulait étrangler quelqu'un. Je savais qui. Conrad avait dû lire dans mes pensées car ses yeux bruns s'assombrirent et nous échangeâmes un sourire complice en montant dans notre chambre. Il était encore tôt dans la soirée et Yvette était restée danser. J'allumai la lumière dans la future chambre du bébé : je l'avais décorée en rose et bleu. Nous étions debout près du petit berceau, j'enlaçai Conrad.

— Tout est prêt ?

J'avais terminé la garniture du berceau le jour même, j'avais mis le drap au revers brodé, la couverture de bébé et attaché le tour de berceau rembourré. Dans un coin du berceau, un nounours en peluche nous regardait de ses yeux brillants.

— Tu as donc décidé que nous aurions un garçon ? dit Conrad en prenant mon visage dans ses deux grandes mains, attentif à ne pas écraser mon diadème de roses.

Il me força doucement à lever les yeux vers lui et plongea son regard dans le mien.

— Il te ressemblera, dis-je. Garçon ou fille, il a intérêt à te ressembler…

— Si tu veux, dit-il, le regard étincelant. Du moment qu'il a ton amour.

Nous nous enlaçâmes en éteignant la lumière de la chambre d'enfant, puis de nouveau dans le couloir… Notre chambre était sombre, seule la faible lueur d'un réverbère trouait l'obscurité à travers les arbres du parc. Conrad me serrait fort contre lui, m'embrassant à perdre haleine.

Je m'écartai un instant pour lui murmurer :

— Tante Gertrude a dit que ça ne faisait pas de mal au bébé...

Conrad descendit lentement la fermeture éclair de ma robe rose et je sentis ses mains glisser le long de mon corps tandis que ma robe tombait sur le sol, puis elles remontèrent pour faire passer mon jupon au-dessus de ma tête. Nue sous le drap – à l'exception de la couronne de roses, oubliée –, je l'entendis ôter ses vêtements et fermer la porte à clé.

29

Ce fut bientôt Noël, puis le 1ᵉʳ janvier 1944. Le froid s'était installé dehors mais, dans notre grand lit, l'été était revenu. Un jour de janvier, en rentrant du travail, Conrad, secouant la neige de ses chaussures, m'apprit une triste nouvelle.

— La vieille Mme Laird est morte dans son sommeil la nuit dernière.

Le jour de l'enterrement, il faisait un froid vif. Je me tenais près de Robert et de tante Adele, au bord du caveau, dans le cimetière balayé par un vent glacial. Robert me regardait, par-dessus la tombe de sa grand-mère : ce mois de juin dernier, la vieille femme, emmitouflée dans ses pull-overs malgré la chaleur étouffante, avait été notre témoin inconscient. A présent elle reposait sous la terre glacée...

Au moment où mon oncle récitait les prières, sa voix fut emportée par une rafale de neige, le dais au-dessus de la tombe se serait transformé en voile sans la présence d'esprit des porteurs du drap funéraire, qui empêchèrent les poteaux de s'envoler. Conrad me fit un rempart de son corps pour me protéger du vent.

— Adele a l'air affectée, chuchota Mme Valey à mon intention, en maintenant son chapeau d'une main. Mais sa belle-mère était un fardeau. Elle va avoir un peu de temps à elle à présent.

Je ne lui dis pas que la mère de Robert avait décidé de quitter son emploi chez Herbert. « Je me sens terriblement fatiguée ces temps-ci », m'avait-elle confié la semaine précédente, alors que nous bavardions dans sa cuisine. « Robert peut subvenir à nos besoins, je vais pouvoir rester à la maison. » Elle m'avait tapoté affectueusement la main en me disant : « C'est un bon fils, tu sais. Tu connais ses colères, je sais, mais il est très gentil avec moi, nous sommes très proches l'un de l'autre. Nous n'avons personne, tu sais... à part toi et Conrad, bien sûr. »

Adele était présente à la petite réception donnée par les dames de la paroisse au cours de laquelle je devais recevoir mes cadeaux de naissance. C'était un matin de février. Les dames, tout sourire, s'étaient mises sur leur trente et un. Leurs enfants étaient mes anciennes camarades de classe, j'avais préparé avec elles d'innombrables dîners dans la cuisine de l'église – moi la parente pauvre, la petite orpheline « qui-avait-eu-la-chance-de-tomber-dans-une-bonne-famille ».

A présent je trônais à la place d'honneur, déballant les cadeaux avec maladresse, à cause de mon ventre rond. Tante Gertrude repliait les papiers cadeaux en me regardant avec bienveillance. Betty dénouait les rubans et épinglait les cartes sur les brassières, les bavoirs, les bonnets et les petits chaussons.

— Je vous remercie, c'est adorable ! Vous l'avez crocheté vous-même ?

La fatigue aidant, mes sourires devenaient de plus en plus guindés à mesure que les cadeaux s'empilaient sur la table. Puis, en ma qualité d'invitée d'honneur, je pris place à table avant tout le monde. J'avais repéré Adele Laird dans le cercle des dames : depuis le début de la journée, elle ne m'avait pas quittée des yeux.

— Avez-vous choisi des prénoms pour le bébé ? me

demanda Mme Palmer au moment où Adele me passait la cafetière.

J'essayai de répondre calmement à cette question anodine en apparence :

— Si c'est un garçon, ce sera Raymond Conrad et, si c'est une fille, Conrad est pour Miranda Alice mais je préfère Alice tout court – c'était le prénom de ma mère.

— C'est très joli, dit Mme Valey. C'est vous, Adele, qui avez confectionné ces délicieux petits gâteaux au citron ?

— Non, répondit Adele de sa voix douce.

La réception touchait à sa fin. J'allai déjeuner chez les Letty et nous fîmes une liste des cadeaux, de façon que je puisse envoyer des cartes de remerciement. Je ne pus me libérer avant une heure de l'après-midi. Je traversai pour aller chez les Laird – à cette heure-ci, Robert ne serait pas là...

Ce fut lui qui m'ouvrit. Je ne l'avais pas revu depuis l'enterrement de sa grand-mère – sauf dans mes cauchemars, quand je rêvais qu'il tuait Conrad, ou que Conrad le tuait...

— Je suis désolée, je ne savais pas...

— Entre. Je suis revenu du travail pour accompagner ma mère à l'hôpital.

— Que s'est-il passé ?

— Elle a déjà eu des alertes auparavant, mais cette fois-ci c'est plus grave.

Adele était étendue sur le canapé. Robert s'agenouilla pour lui prendre la main, mais elle n'ouvrit pas les yeux. On entendit un moteur dans la rue et Robert alla ouvrir la porte de devant. La pièce fut soudain pleine de monde, on hissa Adele sur une civière, on lui mit une couverture. Sans m'accorder un seul regard, Robert grimpa à côté d'elle dans l'ambulance.

Je m'assis à la table de cuisine, en pensant à mes longues conversations avec tante Adele. Tout comme Victoria, elle était devenue une mère pour moi. Dans le calme de la pièce, je fis une prière pour elle. Puis je me levai péniblement – le bébé était bas et pesait – pour aller éteindre les lumières. Une lampe de chevet était allumée dans la chambre d'Adele, une autre dans celle de Robert. Son lit était impeccablement fait. Je posai la main sur l'oreiller : mon bébé avait-il été conçu ici ou dans la cabane dans les bois ? « Tu portes l'enfant de l'amour, et c'est le mien... »

Le fauteuil de la grand-mère était toujours près de la fenêtre. Je lavai les quelques assiettes restées dans l'évier, les rangeai, puis me mis en route pour Sartori Hospital, sous un ciel lourd de nuages gris.

— Mme Laird est très malade, me dit-on au bureau des infirmières.

— Son fils est avec elle ?

— Il a dû retourner à son travail. Etes-vous un membre de sa famille ? Les visites ne sont pas autorisées aux autres personnes pour le moment.

— C'est ma tante.

On me laissa entrer pour quelques minutes.

Adele était allongée, les yeux clos, le visage aussi blanc que son oreiller.

— C'est moi, Miranda, murmurai-je.

Elle ouvrit les yeux.

— Miranda... Oh, ma chérie, je voulais te donner quelque chose pour le bébé. Je n'aurais pas dû attendre si long-temps... Va dans ma chambre : tu trouveras dans le tiroir du haut de ma commode, enveloppée dans un linge, une petite brassière de Robert. Tu pourrais la mettre à ton bébé pour le baptême ? En dessous... je sais que c'est stupide, dit-elle en esquissant péniblement un sourire, mais je voudrais qu'il ait quelque chose de lui...

— Bien sûr, ne t'inquiète pas, j'irai la chercher dès que possible. Je n'accouche que dans quelques semaines. Surtout soigne-toi bien. Il faut que tu sois d'aplomb pour le baptême.

— J'essaierai, répondit-elle d'une voix faible.

Elle referma les yeux. Une infirmière entra dans la chambre.

— Mme Laird a besoin de se reposer.

L'hôpital était imprégné d'une odeur âcre, mélange de médicaments et de produits de nettoyage, et je respirai à pleins poumons l'air froid du dehors. Des flocons de neige me fouettaient le visage et se collaient sur mon manteau.

Robert était à son travail. Je pris le chemin de la maison des Laird. J'entrai par la porte de derrière – je pénétrais toujours comme une voleuse dans cette maison. Dans la chambre d'Adele, je trouvai le paquet dans le tiroir de sa commode : c'était une petite brassière en linon, brodée d'un B entouré de douzaines de petites roses au point de France, et bordée de dentelle. A quoi pensait-elle quand elle brodait, vingt ans auparavant ? Elle avait déjà perdu deux bébés, se disait-elle qu'elle allait encore perdre celui-là ?

La neige tombait à gros flocons, qui s'agglutinaient en paquets. L'obscurité envahit bientôt la petite chambre, enveloppée d'un silence ouaté et comme isolée du monde par le rideau de neige. La cuisine était également silencieuse et sombre. Dans quelques heures, Robert allait rentrer dans cette maison vide, où sa mère l'attendait tous les soirs pour dîner. Il essaierait de se préparer quelque chose – avec un seul bras.

Je connaissais bien la cuisine, je ne fus pas longue à trouver de quoi faire un repas pour Robert. Le bébé pesait si lourd que je posai mon ventre sur le rebord de l'évier tout en épluchant des pommes de terre.

Et si je n'étais pas Miranda Beale ? pensai-je en regardant la lame du couteau glisser sous la peau des pommes de terre. Si j'étais Miranda Laird, en train de m'occuper du souper pour Robert et sa mère dans cette vieille cuisine ? Ce serait là que nous dînerions, en écoutant la radio installée dans le salon à côté. Je dormirais avec Robert dans la petite chambre aux fines cloisons et au plancher rugueux et, au petit déjeuner, je verrais mon bébé ramper sur le lino de la cuisine, tout décoloré aux angles...

Je remplis un plat que je mis dans le four et glissai un mot sous la salière : « Ton dîner est au four. » Mais en sortant, je laissai derrière moi Miranda Laird, et Mandy Letty avec. Et lorsque je traversai la rue sous la neige avec mon ventre lourd pour aller au presbytère, j'étais redevenue Mme Conrad Beale. Je racontai à tante Gertrude ce qui s'était passé.

— Mon Dieu ! s'exclama-t-elle. On l'a emmenée à l'hôpital ?

— Elle est vraiment malade, tu sais. Et Robert va se retrouver seul dans cette maison... Tu pourrais l'inviter à dîner de temps en temps ? Je lui dirais bien de venir chez nous, mais ça fait une trotte, après sa journée de travail, tandis que vous êtes en face. Ce soir il va sans doute retourner à l'hôpital et il risque de rentrer tard. Je lui ai préparé quelque chose à manger.

— Bien sûr, dit ma tante. Je vais envoyer un des garçons lui mettre un mot pour l'inviter à dîner demain soir. Il peut même prendre le petit déjeuner avec nous, s'il le veut. Pauvre garçon... Il n'a plus que sa mère... Je lui trouvais mauvaise mine, depuis des mois. Assieds-toi, ma chérie, je vais te faire du café. Tu ne vas pas rentrer à pied chez toi par un temps pareil, tu pourrais glisser.

— Je vais téléphoner à Conrad. Il passera me prendre en sortant de chez Deere.

Conrad avait une ligne directe, mais je ne l'appelais jamais sans raison valable.

— Miranda ? dit-il d'une voix inquiète.

— Adele Laird est à l'hôpital. On est venu la chercher en ambulance à une heure et demie – Robert était avec elle. Je ne suis pas rentrée à la maison après la petite réception à l'église et maintenant je suis au presbytère. Peux-tu passer me prendre ?

— Je serai là vers cinq heures, dit Conrad de sa belle voix grave, chargée d'émotion. Et Robert ? Je vais lui proposer de l'emmener à l'hôpital, le bus s'arrête assez loin.

— Dis-lui que je lui ai préparé à dîner. Les Letty l'invitent à prendre ses repas chez eux à partir de demain, dis-le-lui aussi.

Ma tante, qui faisait du café, entendit notre conversation, mais elle ne perçut pas l'intensité de nos silences.

Je m'assis lourdement sur le canapé du salon tandis que tante Gertrude apportait le café. Elle parlait de la tempête de neige, des réunions annulées, de la tournée de distribution de journaux de Bernard... Je promenai mon regard autour de la pièce. Je leur avais offert de nouveaux rideaux et un piano pour Betty. La cuisine était dotée d'un vrai réfrigérateur, les garçons avaient de nouveaux lits et je projetai de faire changer le lino de la cuisine au printemps.

Le salon était glacial, comme toujours. Dire que cette vieille maison m'était apparue comme un palais, quand j'étais arrivée avec ma mère... C'était la maison de mes rêves... et j'avais rêvé de vivre avec Robert dans la maison d'en face, qui me paraissait petite et sombre dans la tempête de neige... Conrad allait bientôt m'emmener, avec mon bébé, dans notre somptueuse maison... Je fis une prière silencieuse, entre ces murs qui en avaient entendu tant et tant... Je posai ma tasse et ma soucoupe sur mon ventre mais l'ôtai bien vite.

— Il va la renverser s'il donne un coup de pied, dis-je en riant.

Tante Gertrude se mit à rire aussi.

— Encore un petit peu de patience.

— Je suis si heureuse...

C'était vrai.

— Avoir un bébé à soi, ça récompense de toutes les peines, dit-elle en regardant ses mains abîmées.

Je me levai gauchement du canapé.

— C'est bientôt l'heure de préparer le dîner, puis-je me rendre utile à quelque chose ?

Malgré les protestations de tante Gertrude, j'insistai pour l'aider, et nous étions en train de bavarder dans la cuisine lorsque Conrad apparut sur le seuil, secouant la neige de ses bottes.

— Je ne veux pas marcher sur le tapis, dit-il en restant dans l'entrée.

— Avez-vous emmené Robert à l'hôpital ? demanda ma tante.

— Oui. Il m'a chargé de remercier Miranda pour le dîner, et vous tous de l'inviter à partager vos repas.

— Bien. Tu ne vas pas mettre tes bottes toute seule ! s'exclama tante Gertrude. Assieds-toi.

J'obéis. J'avais mon manteau, mes mitaines et mon écharpe, et ma tante me mit mes bottillons.

— N'oublie pas tes cadeaux de naissance.

Elle disparut un instant.

— Il y a des quantités de bonnets et de chaussons, dis-je à Conrad en lui donnant un baiser.

Conrad mit les cadeaux dans la voiture et revint me chercher.

— Je la ramène à bon port, dit-il à ma tante en me prenant fermement par le bras pour descendre l'escalier enneigé.

Dans la poche de mon manteau, un froissement de papier trahissait la présence d'un autre cadeau, une petite brassière brodée de roses et d'un B, comme Beale.

Que s'étaient dit Conrad et Robert durant le long trajet jusqu'à l'hôpital ? Etaient-ils restés comme deux statues de pierre ? Je ne pouvais décemment rien demander à Conrad, mais il répondit bientôt à mon interrogation muette.

— Robert m'a dit qu'il avait peu d'espoir pour sa mère.

— C'est si grave ?

— C'est le cœur. Elle peut vivre encore un certain temps ou bien partir subitement.

Nous regardions le mouvement des essuie-glaces sur le pare-brise, régulier comme un battement de cœur.

— Et S.C. ? Il ne va pas très bien non plus, il peut mourir d'un jour à l'autre. Nous ne lui avons jamais dit que nous voulions que le bébé ait un grand-père...

Conrad ne dit rien, il avait les yeux fixés sur les flocons de neige qui dansaient dans les phares et s'écrasaient comme des étoiles sur le pare-brise avant de fondre sous les essuie-glaces.

— Il passe toutes ses soirées seul chez lui, continuai-je. Il sait où nous habitons, il doit voir nos allées et venues. Je sais qu'il t'a fait beaucoup souffrir...

— Si quelqu'un a des raisons de ne pas pardonner, c'est bien toi...

— Je suis lasse des rancœurs, de l'esprit de vengeance, ce sont des sentiments sournois, qui vous minent et finissent par vous gâcher la vie. Pourquoi nourrir les rancunes ? C'est comme si on se promenait avec un panier d'œufs pourris...

Conrad me sourit.

— Tu as toujours le mot juste.

— Ton père est peut-être dans le même état d'esprit. Il souffre. Il doit se sentir seul, il t'a perdu.

Le sourire de Conrad s'évanouit.

— Il sait pourquoi. Il a fait des choses impardonnables.

Je le regardai avec insistance, jusqu'à ce qu'il se tourne vers moi : ses yeux, pailletés par le reflet des flocons de neige, étincelaient de colère. Je soutins son regard. Il devint pensif, puis confus :

— Un panier d'œufs pourris...

Les jours et les nuits s'égrenaient lentement. L'état de santé de tante Adele ne s'améliorait pas. J'allai la voir à l'hôpital. Une semaine s'écoula, puis deux.

Au beau milieu d'une nuit froide et neigeuse du mois de mars, je fus réveillée par le bébé : il me donnait des coups de pied et s'agitait.

— Conrad ?

Je n'eus pas besoin de l'appeler deux fois. Il était déjà debout et avait allumé la lumière, parfait dans le rôle du futur père dévoré d'anxiété. Je m'habillai à la hâte et, dans la voiture à côté de Conrad, je regardai défiler les lumières de la ville, en serrant les dents pour ne pas gémir. Nous venions de dépasser le presbytère. Je pensai à Robert, endormi dans sa petite maison, indifférent au monde extérieur. Au passage, notre voiture se refléta dans la fenêtre de sa chambre. Une feuille morte vint danser dans les phares. Au coin de la rue, un réverbère isolé répandait une petite flaque de lumière crue.

Les douleurs étaient de plus en plus rapprochées. Conrad m'aida à monter les marches et alla garer la voiture.

— Je suis Mme Beale, dis-je à l'infirmière de garde. Je suis une patiente du Dr Horton. Je vais accoucher…

— Ah oui, dit l'infirmière en feuilletant des papiers.

Je retenais mon souffle entre deux contractions. Elle me posa des quantités de questions, notant chaque réponse avec minutie. Je souffrais, je me disais que le bébé allait sortir tout seul… Elle parut satisfaite de mes réponses, rangea ses papiers et me demanda enfin si les douleurs étaient fréquentes.

— J'ai tout le temps mal, hoquetai-je au moment où Conrad, flanqué de Robert, entrait dans le hall.

Je devais avoir l'air à la torture, à en juger par leur mine à la fois horrifiée et coupable, et j'aurais ri si j'avais eu assez de souffle. Je leur tournai le dos et suivis l'infirmière qui se dépêchait enfin. On me déshabilla, on me porta sur une sorte de table blanche et froide, et, malgré toute l'agitation autour de moi, je me sentais seule avec ma souffrance. J'entendais les infirmières parler d'un ton anodin, j'étais ballottée dans un océan d'indifférence.

Quelqu'un dit : « poussez ! » Une lourde pierre me meurtrissait le ventre. Faites donc cesser ces cris, pensai-je en m'entendant hurler, heure après heure… Soudain, le poids de la lourde pierre qui me faisait souffrir s'envola, les cris et la douleur cessèrent. J'entendais toujours des voix autour de moi, auxquelles se mêlait un autre son : un petit cri furieux…

J'ouvris les yeux et je vis, aussi ébahi que moi, un petit garçon minuscule, sanguinolent au bout de son cordon, sur mon ventre, qui criait. Sans s'occuper du monde autour de nous.

— Vas-y, crie, Raymond Conrad Beale.

Il arrêta immédiatement de crier et leva vers moi des yeux étonnés.

— Un beau petit garçon, plein de vie, dit le Dr Horton avec le sourire, énonçant le bon vieux cliché comme s'il ne mesurait pas l'importance du lien miraculeux qui venait de se tisser entre ces petits yeux et les miens.

On nous lava, on nous changea, et je pus tenir mon bébé dans mes bras pour la première fois. D'après les médecins, c'était un gros bébé, il n'était pas ridé comme un petit vieux, ses joues étaient rebondies et il avait d'épais cheveux noirs. Il gigotait et donnait des coups de pied, exactement comme il faisait dans mon ventre, mais à présent il avait tout l'espace du monde pour étendre ses petits bras et ses petites jambes. Tandis que l'on nous emmenait, nous nous regardions intensément, peut-être étudiait-il mes yeux comme j'étudiais les siens, car seuls les yeux ne changent pas dans un visage.

Conrad courut vers nous, du bout du couloir. Une minute plus tard, le bébé observait une nouvelle paire d'yeux : Conrad se pencha sur moi et m'embrassa en murmurant :

— Miranda… Miranda…

Puis on nous laissa seuls dans une chambre.

— Raymond Conrad Beale, je te présente ton papa, dis-je doucement.

Le visage de Conrad reflétait une infinie variété de sentiments, jamais je ne lui avais vu une telle expression…

— Salut, mon fils, murmura-t-il en prenant la main du bébé qui agrippa ses petits doigts à l'index de Conrad.

Nous rîmes, soulagés.

— Comment te sens-tu ? Fatiguée ?

— Pas du tout. Je crois que je ne pourrai pas dormir pendant une semaine tellement je suis heureuse !

— Tu nous as surpris, tout s'est passé si vite.

— Vite ?

— Oui, pour un premier bébé. C'est le docteur qui l'a dit.

« Un premier bébé »… Une phrase bien banale… J'entendais déjà les gens : « Miranda Beale a eu son premier bébé… »

— Pour un enfant *unique*, précisai-je.

Conrad me regarda dans les yeux, reconnaissant de ma promesse tacite. Il se tut un moment, mais j'avais suivi le douloureux enchaînement de sa pensée.

— Ils ont fait venir Robert.

— C'est sa mère ?

— Oui, elle est encore consciente, mais ça ne devrait pas durer longtemps…

— Conrad, pourrais-tu…

Je n'eus pas besoin d'en dire plus.

— Tu veux la voir ?

Il baissa la voix :

— Tu voudrais lui montrer le bébé ?

— Tu crois qu'on nous autorisera…

— Essayons toujours, dit-il en sortant.

315

Dehors, le ciel était bleu par l'aube et le bébé s'était endormi, niché dans ses couvertures.

Conrad revint avec une infirmière.

— Votre tante est au même étage, dit-elle. On peut vous transporter jusque dans sa chambre.

Lorsque la porte au bout du couloir s'ouvrit, je vis Robert près du lit de sa mère. Il lui tenait la main. Conrad m'avait accompagnée le long du corridor mais, lorsque l'on fit rouler mon lit à côté de celui d'Adele, il s'éclipsa. Robert lâcha la main de sa mère et s'approcha lentement du bébé endormi.

— Robert ?

La voix d'Adele était faible et tremblante. Je lui pris la main.

— C'est moi, Miranda. Le bébé est là, avec moi. Tu as un petit-fils.

Je sentis la main d'Adele se crisper dans la mienne.

— … Un petit garçon ?

Je pris le bébé endormi et le tendis à son père.

— Prends-le. Montre-le à ta mère.

Robert réussit à prendre le petit ballot, le serra contre lui, puis le hissa un peu pour poser sa joue sur le minuscule visage. Il resta un moment ainsi à bercer doucement son bébé, et je me mis à pleurer. Puis il le posa délicatement dans les bras de sa mère.

— Le voilà.

Sa voix était altérée par l'émotion.

Adossée à ses oreillers, Adele observa le petit visage et les petits poings roses, puis elle leva les yeux vers Robert, et je me sentis soudain de trop dans la pièce.

— Il te ressemble, c'est tout ton portrait à la naissance. Mon beau petit garçon, dit-elle en caressant la joue de Robert.

— Oh, maman !

Robert se mit à pleurer, sa tête brune sur la poitrine de sa mère, le bras autour de son bébé, son bras en métal et sa main gantée gisant sur le drap. Ils restèrent ainsi immobiles tous les trois pendant un moment, jusqu'à l'arrivée de deux infirmières dans la chambre. La première se pencha doucement vers Adele.

— Nous devons emmener le bébé, maintenant.

Robert se laissa tomber sur une chaise, et l'infirmière prit délicatement le bébé des bras d'Adele et me le donna.

— L'adorable petit garçon... il ne s'est même pas réveillé...

— Au revoir, tante Adele. Je t'aime, je prierai pour toi.

Robert ne quitta pas sa mère du regard quand la seconde infirmière me transporta hors de la chambre. Tout au bout du corridor, j'aperçus Conrad, debout près d'une fenêtre, qui contemplait les premières lueurs du jour.

30

Adele mourut le lendemain. J'étais encore à l'hôpital quand on l'enterra.

— Son second mari est enterré à Des Moines, mais Robert tient à ce qu'elle repose près de son père, avec les Beale, me dit Conrad, assis près de moi dans ma chambre d'hôpital remplie de fleurs. Je lui ai dit qu'elle serait bien avec nous.

— Qu'en dit S.C. ?

— Je lui en ai parlé d'abord, je me devais de le faire. « Adele nous a quittés… Adele nous a quittés », il n'a rien pu dire d'autre.

Conrad caressa le visage de Ray endormi dans mes bras. J'imaginais difficilement que S.C. pût éprouver du chagrin.

— Il a demandé à être enterré près d'elle, et je le lui ai promis.

— Après tant d'années… Ils auraient pu devenir bons amis. S.C. a aidé Robert, pourquoi ne s'est-il pas occupé d'Adele ? Il aurait pu lui rendre la vie plus douce.

— Il n'a pas réussi à se débarrasser de son panier d'œufs pourris…

— C'est vrai.

Ray remua dans mes bras et ouvrit tout grands ses yeux sombres. Il agita ses petits poings et en porta un à sa bouche.

— Papa a mis huit mois à s'apercevoir qu'il pouvait diriger

la société sans moi. Peut-être est-il las de trimballer ses œufs pourris... Il veut vous voir, Ray et toi.

— Vraiment ?

— Sans doute parce que je lui ai dit... commença Conrad en me prenant la main, que j'allais m'engager et qu'il devrait veiller sur vous deux.

S'engager...

— Je voulais t'en parler, je veux que tu comprennes ce que je ressens. Tu étais enceinte, je ne voulais pas te perturber, mais à présent...

Ray s'agita soudain. Je me rendis compte que je le serrais trop fort...

— J'ai un enfant maintenant. Toute sa vie, on lui demandera ce que faisait son père pendant la guerre.

— Mais... la commission d'enrôlement ne te donnera jamais l'autorisation !

— Je peux m'arranger.

— Mais pourquoi ! Alors que tu es en sécurité ! Tu fais davantage pour le pays que si tu te battais.

— Je fais aussi beaucoup d'argent grâce à la guerre, alors que des hommes donnent leur vie pour la patrie.

Le bébé se mit à gigoter, son poing ne lui suffisait plus, il avait faim. J'ouvris mon peignoir, plaçai Ray sur mon sein, et je ressentis comme un choc électrique dans tout le corps. Je commençais à être habituée à cette sensation.

— Robert va déménager, il ne supporte plus de vivre seul dans cette maison maintenant que sa mère est morte. Il quitte Deere. Il quitte la ville, il veut s'installer à Chicago.

— Comment va-t-il se débrouiller tout seul ?

— Je ne sais pas. C'était déplacé de le lui demander...

Ray tétait avec de petits soupirs de satisfaction et Conrad le couvait du regard.

S'engager : cette pensée ne nous quitta plus lorsque nous rentrâmes à la maison avec Ray. Au retour de l'hôpital, nous couchâmes le bébé dans son berceau, avec son ours en peluche. Avec un enfant, notre maison était désormais un foyer. Mais son père allait partir à la guerre.

Quelques jours plus tard, nous nous rendîmes chez S.C. pour lui montrer Ray. S.C. ne dit pas un mot en nous voyant entrer. Il me parut vieilli, il était recroquevillé dans sa chaise roulante, comme s'il avait rétréci. Les souvenirs, encore vivaces, flottaient autour de nous dans cette véranda inondée de soleil.

— Comment vas-tu, papa ?

— Pas bien.

S.C. nous jeta un regard féroce sous ses sourcils broussailleux.

— Voici le bébé, je suppose.

Je regardai Conrad, puis déposai Ray sur les genoux de S.C. pour qu'il le voie. Le bébé semblait fasciné par S.C., sans doute était-il intrigué par ses lunettes. Il donna des coups de pied et agita les bras.

— Il est vigoureux, dit S.C., laconique.

J'imagine que d'autres grands-pères auraient eu des quantités de mots, mais un seul nous suffit : la conversation pouvait s'engager. Je lui enlevai Ray et allai m'asseoir. Conrad prit une chaise à son tour.

— Je viens de faire part à Miranda de mon intention de m'engager. Ça ne lui plaît pas, mais elle me comprend.

— Quelle sottise ! Tu devrais diriger la Beale Equipment Company au lieu d'aller te faire tuer !

— Je ne dirigerai pas la compagnie. D'ailleurs je ne l'ai jamais fait.

— Toi seul es capable d'occuper ce poste. Je n'ai pas un seul homme compétent. Tous des crétins ! Je suis en retard dans les commandes, l'acier n'arrive pas…

— Si je revenais à la tête de la compagnie, il faudrait que j'en sois propriétaire – tu aurais tes parts, bien entendu.

S.C. dévisagea Conrad.

— D'accord. A condition que tu ne joues pas les va-t-en-guerre. Car il n'y aura plus de Beale Company à ton retour.

— Les bénéfices sont en hausse. Et ils vont encore augmenter. L'Italie est sur le point de tomber, nous bombardons Berlin, nous allons débarquer en France. Et bientôt nous mettrons le pied sur le sol allemand. Nous aurons besoin d'armement en tout genre.

— Et ça nous coûtera des vies.

Conrad se leva.

— Sans doute. Il se peut que je ne revienne pas, c'est pourquoi je veux mettre les choses au point dès maintenant. Tu n'as jamais pardonné à tante Adele, je ne veux pas que cela se reproduise avec Miranda et Raymond.

S.C. ne répondit pas. Seul le tic-tac de l'horloge résonnait dans le silence.

— Réfléchis à deux fois, reprit Conrad, avant de me dire que Miranda et Ray ne font pas partie de la famille...

S.C. me jeta un regard furieux.

— De ma famille ? Certainement pas.

— Tu te souviens d'avoir dit qu'il y avait au moins un Beale dont tu étais fier ? Maintenant c'est un infirme. N'as-tu aucune pitié ?

— Bien sûr. C'est un blessé de guerre. Je le plains.

— Eh bien, Miranda aussi a eu pitié de lui. Elle est si jeune.

Conrad parlait avec lenteur. Je souffrais pour lui. Il poursuivit :

— Elle a donné le jour au petit-fils de ton frère, et elle m'a choisi pour être le père de cet enfant, car elle m'aime.

J'élèverai mon fils, et tu auras le petit-fils que tu ne pensais jamais avoir. Raymond Conrad *Beale*.

S.C. nous regarda alternativement tous les trois avec des yeux écarquillés.

— C'est aussi le petit-fils d'Adele Laird.

S.C. gardait obstinément le silence et l'atmosphère était de plus en plus pesante.

— Penses-y. Promets-moi de prendre soin de Miranda et de Ray : c'est notre seul héritier.

S.C. prit une profonde inspiration.

— D'accord.

— Bien, dit Conrad en me prenant Ray des bras, nous allons rentrer à présent. Tu es le bienvenu à la maison, si tu veux voir grandir ton petit-fils.

— Et Robert ? Il est au courant ?

Les yeux sombres de Conrad étincelaient de colère.

— Il sait que le bébé est de lui. Et il veut le récupérer, avec Miranda.

— Alors il parlera. Il ne renoncera pas si facilement.

Soudain, derrière ses lunettes, le regard de S.C. s'assombrit.

— Prendre la femme d'un autre ! Il nous a bafoués, exactement comme son père !

— Ecoute-moi bien : Miranda a donné naissance à *mon* fils, c'est la version officielle. Si Robert prétend que c'est lui le père du bébé, qui, à part toi, saura qu'il dit la vérité ?

Conrad referma doucement la porte de la véranda derrière nous. Sur le chemin du retour, je serrai bien fort Ray dans mes bras. Le printemps revenait, les pelouses commençaient à reverdir, mais je ne voyais rien.

— Je suis désolée, je suis égoïste, stupide. Il y a des gens qui sont condamnés pour ça.

— Tu n'es ni égoïste ni stupide, dit Conrad en regardant

droit devant lui. Au contraire, tu es toujours prête à aider les autres. Regarde ce que tu as fait pour moi.

J'avais les larmes aux yeux.

— Es-tu vraiment obligé d'aller te battre ? Même ton père pense que tu ne devrais pas. Si tu possèdes la compagnie, tu peux certainement…

— Non, je ne peux pas.

— La bataille va être terrible : il faut reprendre l'Allemagne, kilomètre par kilomètre… Et les Japonais ne capituleront jamais.

Conrad me regarda, le bébé endormi dans les bras.

— Ne me demande pas de rester. Je n'ai pas le choix.

Plusieurs semaines d'affilée, Conrad dut faire des heures supplémentaires chez Deere pour mettre son remplaçant au courant.

— Robert a décidé de quitter la ville. Il part pour Chicago le 29 avril, me dit-il un soir.

Je crus déceler du soulagement dans sa voix.

La veille de son dépat, Robert sonna à la porte : sans doute avait-il vu notre voiture dans le parking de Deere, et il savait qu'Yvette prenait son après-midi.

Je l'aperçus à travers les vitrages de la porte d'entrée. Il ne m'avait pas vue. J'étais seule, le bébé dormait à l'étage. J'eus un petit frisson de peur, et pourtant je me surpris à vérifier ma coiffure et ma silhouette dans le miroir du hall. Mon reflet me renvoya un regard honteux et j'allai vite ouvrir.

Robert avait le visage grave, il portait un énorme bouquet de roses.

— Tu te rends compte, je ne t'ai jamais offert de fleurs.

Son regard s'attarda un instant sur le vaste hall et les pièces qu'il apercevait par les portes cintrées.

— Si, répondis-je en prenant son bouquet. Une fois tu m'as offert un œillet – et une autre fois une rose en papier.

— Un œillet ?

Il resta un moment pensif et ne me suivit pas dans le salon.

— Au cimetière, l'année de notre diplôme de fin d'études.

— Oh… fit-il avec un petit gémissement. Tu n'étais pas encore mariée à l'époque. Tu étais devant la tombe de ta mère, tu as dit : « Il faut que je rentre, il est tard » – et tu avais raison, c'était déjà trop tard –, et j'avais envie de te crier : « Non, arrête tout ça tant qu'il est encore temps. Ne te marie pas avec Conrad. » Mais qu'est-ce que j'avais à t'offrir, à côté de lui ? Je n'avais que la cabane dans la forêt, et tu n'y venais plus…

La cabane dans la forêt. Cette évocation nous rapprochait si fort que c'était presque comme si nous étions dans les bras l'un de l'autre…

— Quant à la rose en papier, tu me l'as rendue. Et tu n'es jamais revenue.

— J'ai eu tort. Je n'aurais jamais dû venir.

— Vraiment ? Et notre petit garçon ne serait pas venu au monde ?

Je reculai d'un pas et détournai la tête.

— Ça s'est passé dans la cabane des « enfants perdus », n'est-ce pas ? Où mon petit garçon perdu a-t-il été conçu ? Je suis capable de compter jusqu'à neuf, aussi bien que toi. Il est là-haut ?

Je fis oui de la tête, posai les roses sur la table du hall et suivis Robert à l'étage. En haut, le soleil entrait à flots dans le hall, mais la chambre du bébé était fraîche et sombre. Robert se pencha sur le berceau pour embrasser Ray endormi.

— Au revoir, mon fils. Ton papa t'aime. Dis-le-lui, si jamais tu oses lui dire la vérité un jour.

— J'ai déjà assez fait souffrir autour de moi.

— A commencer par moi.

Robert fit le tour du berceau, me prit dans ses bras et m'embrassa.

— Rappelle-toi que je t'ai embrassée dans cette pièce.

Il sortit dans le hall, et je lui emboîtai le pas.

— C'est votre chambre ? dit-il en ouvrant la porte.

— Oui.

Il m'attira sur le dessus-de-lit en satin et m'embrassa à nouveau.

— Je veux que tu te souviennes de moi, ici, chaque nuit.

— Robert ! Non, je t'en supplie ! Je suis désolée ! Tout ce gâchis... C'est de ma faute.

Il était furieux, il ne m'écoutait pas, il se coucha sur moi et glissa la main sous ma robe.

— Si on faisait un autre bébé ? Qu'est-ce que tu en dis ? Là, dans son lit... Puisqu'il ne peut pas en faire... Tu pourras donner à Conrad Beale un deuxième enfant de moi...

Robert était robuste mais il n'eut pas la force de me maintenir – et c'était peut-être la chose la plus pitoyable. Il eut tôt fait de me rattraper et il me serra contre lui en murmurant :

— Je vais t'embrasser dans chaque pièce de cette maison. Pour que tu te rappelles...

Il me poussa dans une autre chambre et m'embrassa, me caressant les cheveux, chuchotant à mon oreille le vers de Spenser : « Enfin consentante, elle se laissa aller entre ses bras. »

— Et ici, qu'est-ce que c'est ? Ton bureau ? Non, c'est celui de Conrad, n'est-ce pas ?

Je fis un petit signe de tête. Il s'assit au bureau de Conrad, m'attira sur ses genoux, m'embrassa encore et passa la main dans mon corsage.

— Non, Robert !

Je réussis à lui faire relâcher son étreinte. Nous descendîmes au rez-de-chaussée. Le miroir du hall me renvoya l'image de mes joues en feu et de ma bouche barbouillée de rouge à lèvres.

Robert ouvrit encore une porte.

— C'est ton bureau ?

Il me poussa à l'intérieur de la pièce et inspecta mes livres, ma machine à écrire, s'attarda sur la vue du jardin semé de jonquilles.

— Je viendrai demain à la gare te dire au revoir, dis-je pour essayer de le calmer.

— Souviens-toi que je t'aime, souviens-toi de moi dans cette maison, dit-il d'un ton fiévreux.

La sonnette retentit. Je sursautai.

— Sors par la porte de derrière ! chuchotai-je, terrorisée à l'idée que l'on puisse nous surprendre. Dépêche-toi !

Nous échangeâmes encore un bref regard puis il se sauva. Notre bébé dormait là-haut…

Lorsque j'ouvris à Mme Newton et à Mme Palmer, qui revenaient de l'église, j'étais redevenue une jeune femme convenable. Je m'étais passé de l'eau sur le visage et avais remis de l'ordre dans mes cheveux.

— Entrez, entrez… Excusez ma tenue, j'étais en train de m'occuper du bébé.

Les dames restèrent dans le hall, un peu guindées.

— Nous savons que Conrad part bientôt à la guerre et nous avons pensé que quelques douceurs lui feraient plaisir, il risque de ne pas pouvoir en manger avant longtemps.

Elles me tendirent une tarte et un plat de cookies.

— Quelles belles roses, dit Mme Palmer.

Elles n'étaient qu'en boutons mais incendiaient le hall d'un rouge flamboyant.

— Oui, n'est-ce pas ? J'allais les porter à l'église pour l'office de dimanche.

— Vous avez assez à faire avec le bébé. Si vous voulez, nous les porterons sur le chemin du retour, il fait un temps très agréable pour une promenade.

J'allai chercher Raymond pour le faire admirer, j'offris le thé dans mon beau service en porcelaine, et finalement les dames emportèrent les roses de Robert. Il ne restait plus rien de lui dans cette maison... à part Ray et le souvenir de ses baisers sauvages qui allaient me poursuivre quelque temps...

31

— Robert m'a apporté une douzaine de roses aujourd'hui, dis-je à Conrad lorsqu'il rentra ce soir-là. Mme Newton et Mme Palmer t'ont apporté des friandises et je leur ai donné les roses pour fleurir l'autel dimanche.

Conrad leva les yeux vers moi sans rien dire.

— Il est venu voir Ray une dernière fois et faire ses adieux.

Conrad se taisait. Je me serrai contre lui jusqu'à ce qu'enfin il referme ses bras sur moi. Le soir, en ouvrant notre lit, je remarquai que le dessus-de-lit en satin avait gardé l'empreinte de deux corps...

Le lendemain, par un matin nuageux de la fin avril, les amis de Robert se retrouvèrent sur le quai pour lui dire au revoir.

— Bonne chance à Chicago, dit S.C. Donnez-nous de vos nouvelles.

Conrad lui serra la main. Joe lui donna une tape dans le dos en disant qu'il serait toujours le bienvenu chez lui, et Mig, sa petite fille dans les bras, avait les larmes aux yeux. Les camarades de classe de Robert étaient là, ainsi que des amis de chez Deere, des professeurs du lycée, des membres de la congrégation religieuse et la famille Letty.

Je regardai à peine Robert, mais, cette fois-ci, nous n'étions plus seuls avec notre secret : j'avais Ray dans les bras, Conrad et S.C. connaissaient la vérité.

Le train arriva. « Bonne chance », « A bientôt », « Reviens à Cedar Falls », les saluts fusaient de toutes parts. Robert dit au revoir et, en grimpant dans le train, il nous enveloppa, Ray et moi, d'un regard intense.

Les roses de Robert durèrent à peine jusqu'au dimanche, bien que leurs tiges aient été renforcées avec du fil de fer. Avant l'office, j'avais dit à Joe et Mig d'où provenaient ces roses.

— Robert a une chance de trouver à Chicago un poste équivalent à celui qu'il avait chez Deere, dit Joe. En ce moment, on embauche les mutilés de guerre, mais ça risque de ne pas durer. Je pense qu'il a eu raison de partir. De toute façon il ne supportait plus de vivre dans cette maison, maintenant que sa mère est morte...

C'était le dernier dimanche de Conrad avant son départ, prévu le mardi. Après le service religieux, il reçut les vœux de toute la congrégation rassemblée autour de nous. Tôt le lundi matin, un fleuriste frappa à la porte et la maison fut bientôt remplie de bouquets. Pas une seule rose rouge, mais des jaunes, des blanches et des roses, des lys, des pâquerettes, des jonquilles et des tulipes, chaque pièce regorgeait de fleurs.

Yvette rentra chez elle après le souper. Conrad passa son smoking blanc, et moi la robe que je portais à l'Empire Room, devenue juste un peu étroite. Nous mîmes des disques et dansâmes à travers toutes les pièces, nous étourdissant de rires et de baisers pour ne pas penser au lendemain. Dans un bruissement de satin bleu et de tulle, je me remémorai ce jour où Conrad, un énorme diamant dans sa poche, m'avait demandé : « Tu m'aimes ? » J'avais dit : « Oui. » J'avais dit oui... à Conrad !

Deux années s'étaient écoulées depuis le bal du lycée, où je valsais, heureuse et fière, une orchidée à mon corsage. J'avais humilié le beau Robert Laird en le plantant au beau milieu de la piste. L'espace d'un instant, je le vis, seul dans le tourbillon du monde, avec son bras de métal et son visage mutilé.

Nous dansions aux accents de *They're Either too Young or too Old* lorsque Conrad me dit :

— Tu as entendu ce que papa a dit hier au baptême de Ray ? Il l'a pris, l'a regardé et a dit : « C'est le petit-fils d'Adele... et de mon frère. »

— Il a appris à l'aimer, tu vois. Je lui ai raconté, pour la petite brassière de Robert qu'Adele m'avait donnée avant de mourir.

— C'était sa bénédiction.

— J'en ai grand besoin... Robert aussi, où qu'il soit. Ray en aura besoin aussi. Maintenant que son père et son grand-père savent qui il est.

Conrad ne répondit rien. Il n'y avait rien à répondre. L'irréparable avait été commis. Tout en dansant dans le frou-frou du satin bleu, je me demandai si en enfer on devait subir ce supplice qui consiste à voir ses fautes se répéter éternellement.

— Mettons les fleurs dans notre chambre, dit Conrad.

Nous transportâmes tous les vases et les pots à l'étage et allumâmes tous les chandeliers que nous pûmes trouver dans la maison. Un havre de bonheur...

Ray se réveilla juste au moment où nous ôtions nos vêtements. Je le changeai et le pris dans les bras, sans m'être rhabillée, et je le portai à Conrad, nu lui aussi dans le lit. Le bébé paraissait minuscule dans les grandes mains de Conrad, son petit corps était tout rose à la lueur des bougies. Je lui donnai le sein et Conrad se mit à me caresser et à me faire l'amour. Le bébé se moquait bien de nos ébats coquins. Quatre bras pour le protéger, c'était mieux que deux ! Et personne ne l'empêchait de téter ! A ce moment-là, j'eus la sensation que nous formions une vraie famille.

Nous recouchâmes Ray et, penchés sur son berceau, nous attendîmes qu'il s'endorme.

— Il aura changé quand tu reviendras. Et toi aussi. Un homme n'est jamais le même quand il revient du combat.

Je ne pus retenir mes larmes.

— Ne pleure pas, dit Conrad en me prenant dans ses bras.

Il m'entraîna dans notre chambre.

— Tu vois ce réveil ?

La flamme des bougies allumait une lueur de malice dans ses yeux sombres.

— Je vais le faire sonner toutes les heures. Tu ne crois pas que je vais gaspiller ma dernière nuit avec toi à dormir !

Le lendemain matin, nous étions ensommeillés mais pas assez pour être insensibles. Je faisais mon possible pour ne pas pleurer.

— Tu es mon ange, dit Conrad en m'embrassant une dernière fois. N'oublie jamais ça. Et prends bien soin de Ray.

La guerre s'éternisait. Les mois passaient trop lentement. Pour le débarquement, en juin, nous avions mobilisé quatre mille navires, trois mille avions, et les troupes alliées dépassaient les quatre millions de soldats. Conrad ne prit pas part au débarquement en Normandie, mais il survécut à la bataille des Ardennes, traversa Paris libéré. Il se trouvait à Reims quand le président Eisenhower accepta la reddition de l'Allemagne. Durant cette interminable année de guerre, personne n'eut de nouvelles de Robert, pas même Joe. Une nuit, je fis un rêve : Robert frappait à ma porte, un bouquet de roses à la main, et demandait : « Il est là-haut ? »

Enfin, la guerre se termina et Conrad revint d'Allemagne, où il était dans le premier bataillon. Nous parlions de temps en temps de Robert avec S.C. Nous avions cherché son nom, sans succès, dans l'annuaire de Chicago. Conrad devait-il faire le voyage pour essayer de savoir quelque chose ? Mais par où commencer ?

— Je crois que Robert a débuté une nouvelle vie, et sans doute souhaite-t-il couper les ponts, dit Conrad. S'il lui était arrivé quelque chose, nous l'aurions appris, nous sommes sa seule famille.

Pourtant Robert n'avait pas complètement disparu, puisque Ray était là. Et l'Alibi Ritter de mon enfance avait raison : le fantôme de Robert hantait ma maison. Parfois le souvenir de ses baisers me surprenait, comme si quelqu'un me prenait le bras, comme si je sentais sur ma joue le contact brutal d'un pansement.

Les heures et les jours s'égrenaient lentement. Au début, Conrad faisait des cauchemars, parfois son regard était habité par des visions insoutenables. Toutefois, je crois qu'il était satisfait d'avoir accompli son devoir et il se coula vite dans les habitudes confortables du mariage, comme on se glisse dans un vêtement usagé, comme on partage inlassablement la complicité des vieilles plaisanteries.

Nous évoquions parfois le souvenir de Robert, que nous imaginions marié, avec des enfants et un bon travail. Au cours des voyages que je fis avec Conrad – à New York, à Londres ou à Athènes –, je crus plusieurs fois reconnaître Robert dans la silhouette d'un homme de haute taille, aux cheveux grisonnants, comme ceux de Conrad à présent. Mais je fus chaque fois victime de mon imagination.

Un an après le départ de Robert, en me promenant jusqu'à la grange de M. Calvinhorn, je vis des bulldozers qui transformaient le chemin en route nationale. Le paysage familier, labouré d'ornières, livré au vrombissement et aux allées et venues incessantes des énormes engins, était devenu méconnaissable. A l'emplacement de notre cabane souterraine, on aménageait une piste cyclable et un parc.

Joe et Mig eurent une deuxième petite fille, puis une

troisième. J'obtins ma licence de lettres. Nous avions oublié la frayeur que nous avait causée Hitler, et les années noires où tous les jeunes gens étaient partis à la guerre, où des étoiles d'or brillaient aux fenêtres des familles en deuil. Cedar Falls avait pris de l'importance et on dut agrandir l'église. Mais à la paroisse les dîners avaient toujours le même goût et à Noël un ange annonçait la bonne nouvelle aux fidèles.

Betty, Ben, Bernard et Bruce se marièrent et eurent des enfants et des petits-enfants. Tante Gertrude et oncle Boyd furent enterrés près de ma mère. Tante Adele repose entre les deux frères, Sam et Henry Beale.

Je suis souvent passée près de la maison de Robert. Elle est occupée depuis des années par une famille avec des enfants : il y a une balançoire dans la petite cour. Qui se souvenait de la belle Adele Webster ou de Robert, le Prince, le capitaine de l'équipe de football ?

Ray était parti pour être aussi grand que Conrad, c'était un Beale, tout le monde le disait – mon enfant unique, la prunelle de mes yeux. Je comprenais à présent Adele Laird et les mères qui avaient perdu un fils à la guerre, ainsi que ma propre mère, le jour où nous avions pris ce train pour l'Iowa... Après avoir terminé ses études universitaires, Ray partit comme pilote de bombardier au Vietnam. En octobre 1966, on apprit que quatre cent trois avions américains étaient portés disparus dans le Nord Vietnam...

Mais Ray eut de la chance, comme autrefois Conrad. A son retour, il devint le bras droit de Conrad à la Beale Equipment Company et épousa son amour d'enfance, la plus jeune des trois filles de Mig et Joe. La disparition prématurée de la jeune femme nous brisa le cœur, et Ray, inconsolable, vécut seul longtemps.

A présent il est remarié, il a une petite fille, Margaret, quatre ans, mon trésor. Elle aurait dû s'appeler Adele, car elle ressemble à son arrière-grand-mère, mais quelle petite fille accepterait de s'appeler Adele de nos jours ? Pour elle, le nom de son arrière-grand-mère est celui de la femme de S.C., gravé sur une pierre tombale dans la concession des Beale : Lillian Marie McCutcheon Beale. Je pense à toutes ces grand-mères inconnues, enterrées dans des cimetières lointains...

Pourtant Adele Laird ne nous a pas quittés complètement, comme les fantômes d'Alibi Ritter. Un jour – Ray devait avoir environ treize ans –, S.C. lui racontait une histoire. Je n'avais nullement l'intention d'écouter aux portes mais j'entendis la voix de mon beau-père : « Elle criait "Papa ! Papa !" Elle s'attacha une corde autour de la taille pour ne pas se perdre et s'aventura aussi loin qu'elle put malgré le blizzard, sans cesser d'appeler son père... »

Margaret a les mêmes yeux que son arrière-arrière-grand-père, d'un vert intense, « verts comme la mauvaise herbe ». Je ne l'ai jamais fait remarquer à Conrad, mais S.C. a dû s'en apercevoir. Pendant toutes ces années, je fis rarement allusion à Robert. Nous avions déménagé pour une maison plus grande quand Ray avait cinq ans – une maison où n'apparaissait pas dans chaque pièce le fantôme d'un homme mutilé.

32

Au fil du temps, l'image de Robert s'estompa davantage, jusqu'à n'être plus qu'une vague silhouette tenant dans ses bras la jeune fille que j'étais autrefois.

Nous vieillissions ensemble, Conrad et moi. Il avait un vaste bureau dans le nouveau building de la Beale Equipment Company et partageait la tâche avec son fils. Mon bureau était équipé d'un gros ordinateur, et mes romans, traduits dans de nombreuses langues étrangères, occupaient une bibliothèque entière. J'avais toujours aimé raconter des histoires...

J'aimais Conrad, en réalité je l'avais toujours aimé. Un matin de mai, le soleil entrait à flots dans notre chambre, projetant sur notre lit l'ombre des feuilles à peine écloses. Je ne sais comment nous en sommes venus à évoquer des souvenirs : un ange emmailloté dans la gaze, une boîte de chocolats, un vieil homme dans un fauteuil roulant, un bébé dans les bras d'une femme mourante, un soldat qui avait perdu un bras et un œil à la guerre...

— Je t'aime, dit Conrad.

Je lui dis – pourquoi à ce moment-là ? – combien je l'aimais moi aussi.

— Je vais préparer le petit déjeuner. Le docteur t'a dit de ne pas fatiguer ton cœur, dors encore un peu.

Je chantais dans ma cuisine ensoleillée, un nouveau printemps s'annonçait. Lorsque je remontai chercher Conrad, le soleil jouait sur son visage et il me regardait fixement, fixement...

Conrad ! Conrad !

Je compris qu'il était mort. Je me précipitai pour l'enlacer, il était encore tiède !

— Je t'ai dit de te rendormir – mais juste un petit moment... Oh, Conrad !

Nous l'avons enterré près de sa mère, sur la colline verdoyante. Il y a une place pour moi à côté de lui.

Pendant un an je n'ai pas pu écrire une ligne. Les saisons se succédèrent, tout m'était égal. Lorsque, au printemps suivant, l'ombre des jeunes feuilles joua de nouveau sur mon lit, le retour du mois de mai dans l'Iowa me laissa totalement indifférente. Les feuilles étaient luisantes de sève, mais Conrad n'était plus là.

— Maman, tu ne peux pas te terrer dans ta maison toute la journée, me dit Ray. Sors, vois des gens, remets-toi à écrire !

Ray était un fils adorable, il se faisait du souci pour moi, toute seule dans ma grande maison. Un matin, il me demanda de garder ma petite-fille : sa maman avait dû aller à Des Moines et Ray ne pouvait s'absenter de son bureau.

— Que veux-tu faire, ma chérie ? demandai-je à Margaret.

Son petit chemisier était barbouillé de chocolat et j'enlevai le plus gros avec un chiffon humide. Elle leva vers moi ses grands yeux verts.

— Aimerais-tu aller au parc ? Ou à la piscine ?

Margaret est une petite fille de son temps et elle s'écria :

— Je veux voir un film !

Elle se dirigea vers les cassettes vidéo rangées dans le salon.

— C'est ma rangée, choisis, ferme les yeux !

J'en piochai une au hasard et Margaret la mit en route avec

l'incroyable aisance de ces bouts de chou nés avec l'ordinateur.

J'étais fatiguée et m'installai pour lire une revue, pas fâchée que la boîte à images fasse office de baby-sitter pendant une heure ou deux. Pour ma part, je regardais rarement la télévision, sauf quand il s'agissait de l'adaptation d'un roman que j'avais aimé.

Les dessins animés emplirent la pièce de leurs couleurs criardes et de leurs onomatopées assourdissantes, si bien que je laissai tomber mon magazine et allai à la cuisine me faire du thé. Je m'assis un moment dans le jardin, à l'ombre. Lorsque je retournai dans le salon, Margaret n'avait pas bougé et, sur l'écran, une petite fille en chemise de nuit volait dans les airs.

Je regardais le dessin animé avec Margaret lorsque Raymond, venant à l'improviste prendre un dossier, passa la tête par la porte pour voir si tout se passait bien.

— Ah, vous regardez *Peter Pan*.

Je lui lançai un regard indigné.

— Non, ce n'est pas *Peter Pan*. Dans le livre, Peter Pan est égoïste et méchant. C'est Wendy, le personnage aimant et généreux, à la fin elle est très vieille, tu te souviens ?

— Oui, bien sûr, tu me l'as lu. Je devrais le lire à Margaret… *Tu* devrais le lui lire.

Il me sourit, mais j'étais quand même en colère. Je regardais les petits bonshommes du dessin animé se glisser dans leur maison souterraine et soudain je réalisai, consternée, que j'avais oublié Robert Laird : il était aussi désincarné qu'un fantôme. Quel goût avaient ses baisers ? Ses caresses ? Le timbre de sa voix qui me susurrait « les ébats de Dame Plaisir » ?

En rentrant chez moi, j'allai directement dans mon bureau. Avais-je encore des photos de Robert ? En fouillant mes placards, je finis par exhumer une boîte poussiéreuse, qui contenait mes cahiers de texte de lycée et mes albums de photos : il y avait Robert adolescent, avec ses beaux yeux sombres, en train de faire une passe au football ou un discours, en tant que président de la classe. La couverture d'un des cahiers se détacha quand je l'ouvris : c'était mon cahier de première année d'université, avec tous les messages que Robert me griffonnait dans la marge pendant les cours. Je retrouvai aussi *La Reine des fées*, un exemplaire tout écorné où j'avais souligné en rouge les vers que Robert me citait et en bleu ma réponse en forme de sentence : « En vain il poursuivait... » Et sa réplique : « Ne me laissez mourir de langueur dans les larmes. »

Il n'y avait dans la boîte ni rose en papier ni lacet. Assise sur le plancher, je regardai les photos de Robert et un flot de souvenirs me revint soudain en mémoire, comme si une caméra avait tout enregistré : les sensations, les goûts, les odeurs et les bruits.

Je décidai d'aller faire un tour en voiture du côté de la route nationale, où se trouvait autrefois la ferme de M. Calvinhorn. A cette époque de l'année, les champs de maïs et de soja étaient bien verts et déjà hauts. Je me garai à l'emplacement où devait se situer la vieille grange. Un parc s'étendait maintenant de l'autre côté de la route et les champs de maïs avaient fait place à un parking. Le bois au sommet de la côte existait toujours, mais son feuillage dense et bruissant abritait désormais des tables de pique-nique. Une partie du bois était encore intacte, et le sous-bois sentait l'humus. Le soleil, filtrant à travers les branches, éclairait un endroit dégagé, un monticule de terre laissé par les bulldozers cinquante ans auparavant.

La cabane des enfants perdus était-elle encore là-dessous ? La terre disparaissait sous la végétation. Je me frayai un chemin parmi les buissons jusqu'au sommet de ce petit tertre mais ne trouvai que des feuilles mortes. Il y avait cinquante ans...

Des bardanes s'étaient accrochées à mes jeans, j'essayai de les ôter, mais elles s'agrippaient obstinément et je renonçai. Je m'arrêtai dans le petit chemin pour jeter un coup d'œil en arrière. Etait-ce à cet endroit que Robert avait gémi « Mon Dieu, mon Dieu... », à quelques pieds sous terre ?...

Le petit parc était agréable. J'y avais emmené Margaret l'été dernier, mais, vite lassée, elle était allée explorer les bois. Elle était revenue en courant le long des étroits sentiers, chargée de menus trésors : des coussinets de mousse, des glands, un papillon mort.

Nous y étions retournées en automne, quand les feuillages n'étaient plus que d'immenses masses rouille et or. Margaret avait ramassé des poignées de feuilles mortes, toutes plus belles les unes que les autres. Je m'étais assise sur une pierre et avais choisi quatre feuilles. Il fallait perpétuer la mémoire.

— Tu me les prêtes ?

— Pour quoi faire ?

— Eh bien, celle-ci serait pour une vieille dame, grand-mère Laird, celle-là pour ton arrière-grand-tante, Adele. Cette autre pour ton arrière-grand-père, Sam Beale, et la rouge pour... ton cousin, Robert Laird.

— Je ne les connais pas, dit Margaret en levant les yeux. Cet arbre-là n'a pas de belles feuilles.

Je suivis son regard. C'était un gros chêne mort, couvert de feuilles brunes racornies, qui faisait figure de squelette auprès de la splendeur flamboyante des autres arbres. Je regardai en l'air et reconnus le chêne, le creux dans le tronc familier... Je posai mes feuilles sur une pierre et passai la main dans la cavité du tronc : autrefois, il était trop haut pour moi... Nous devions grimper pour atteindre le bocal... Il était toujours là !

— Qu'est-ce que c'est ? s'écria Margaret en attrapant le bocal. Regarde ! Il y a un papier dedans ! Et une fleur ! C'est un secret ? Vite, ouvre !

Elle sautait de joie.

Le couvercle était rouillé.

— Je vais le casser.

Je m'écartai un peu et brisai le bocal contre un rocher, où personne ne risquait de marcher. Je lus rapidement les quelques lignes. Le vent s'était levé, ébouriffant mes cheveux.

— Ça dit quoi ?

Margaret me tirait la main pour essayer de voir le papier. Je fis semblant de lire, les lettres dansaient devant mes yeux.

— Il était une fois, il y a très longtemps, un prince et une princesse qui venaient se promener ici quand ils étaient jeunes. Ils avaient bâti une maison secrète et s'écrivaient des messages dans ce vieux bocal. Ce message dit que quand ils ont grandi, ils sont tombés amoureux l'un de l'autre, ont vécu heureux et que tu es leur princesse royale...

— C'est vrai ? Ça dit vraiment ça ? s'écria Margaret.

— Regarde toi-même.

Elle scruta un moment le papier.

— Mais je ne sais pas lire !

— Il dit aussi que quiconque trouvera ce papier doit le déchirer en mille morceaux et les jeter en l'air, puis enterrer la rose de papier à six mètres du vieux chêne, au milieu du cercle.

— Je dois le faire, c'est moi la princesse, dit Margaret. Toi, tu es trop vieille.

Elle prit la feuille d'un air sérieux et, lentement, avec application, en fit des confettis qu'elle recueillit dans un pan de son chemisier.

— C'est assez petit ?

— Oh oui.

— Alors je les jette en l'air !

Elle sauta pour lancer les petits bouts de papier, qui se

dispersèrent au gré du vent d'automne et se perdirent dans les sous-bois.

— Et la rose ? Ce n'est pas une rose, c'est du papier.

— Elle était rouge autrefois, dis-je.

— Il faut l'enterrer. Six mètres, c'est où ?

— Il est dit « au milieu du cercle ». Cette petite clairière doit être le cercle, et le milieu, c'est ce monticule.

— Ouf, fit Margaret en grimpant parmi les buissons. Ça colle à mes jeans !

— Ce sont des bardanes.

— Voilà, je la mets sous les feuilles mortes, dit-elle en creusant. Elle a disparu !

— Il est temps de rentrer, ma chérie, c'est bientôt l'heure du dîner.

— Quand je vais leur raconter !… criait Margaret tandis que nous ôtions les bardanes de son pantalon. Ils vont pas le croire ! Le prince, la princesse, la rose et tout…

— Si on leur montrait un petit morceau de la lettre, ils nous croiraient…

En fourrageant dans les feuilles mortes, nous retrouvâmes deux confettis, que Margaret serra dans son petit poing.

— Et nos feuilles ?

— Elles ont été emportées par le vent.

— Dépêchons-nous ! Je veux leur dire !

Elle raconta l'histoire à sa façon, en exhibant fièrement les petits bouts de papier.

Je l'entendis encore parler en allant au lit :

— C'est une histoire vraie ! Grand-mère, elle sait bien…

Un peu plus tard, Raymond me rejoignit sur le canapé du salon.

— Margaret a passé une journée merveilleuse, dit-il. Elle croit dur comme fer qu'un prince et une princesse ont vécu dans le bois, lui ont laissé une lettre, et qu'elle aussi est une princesse !

Je lui caressai la joue. Passé la cinquantaine, il était encore bel homme, avec ses yeux sombres et ses cheveux bruns parsemés de fils d'argent.

— Tu as tout manigancé, n'est-ce pas ? C'est toi qui as écrit le mot dans l'arbre, et la rose en papier...

— Oui, je plaide coupable...

— Tu te rappelles toutes les histoires que tu inventais pour moi ?

— J'étais douée pour ça.

Je fondis soudain en larmes et Raymond passa son bras autour de mes épaules en murmurant :

— Pleure, laisse-toi aller, maman. Je sais combien papa te manque.

Je restai un moment dans ses bras, à pleurer son père, tandis que la pluie cinglait les vitres. Des confettis de papier, à l'encre délavée par la pluie, gisaient désormais là-bas parmi les feuilles mortes :

Hier je t'ai offert des roses. Aujourd'hui des grenades mettront fin à une existence qui m'est devenue insupportable.

Si tu trouves cette lettre, laisse-moi ici. Nous avons mêlé notre sang. C'était notre secret. Je veux rester dans la cabane des enfants perdus, comme tous ceux qui ne sont jamais revenus de la guerre, je veux rester ici avec tes photos, près de toi.

Prends bien soin de notre petit garçon perdu.

Personne ne saura jamais combien je t'ai aimée.

Achevé d'imprimer par GGP Media en Allemagne
pour le compte de France Loisirs, Paris
en avril 2001

N° d'éditeur: 35078
Dépôt légal: avril 2001
Imprimé en Allemagne